绕远路的雏人偶

Little birds can remember

"冰菓"系列④

(日)米泽穗信/著
Honobu Yonezawa
方宁/译

CNS | 湖南美术出版社

绕远路的雏人偶

Little birds can remember

该做的事情就尽快做

1

我很清楚自己的喜好，但是如果被问到想要什么的话，就有些难以回答了。

回想自己的过去，并没有什么特殊的经历。父亲虽然很少在家，但是能确保让家人过上衣食无忧的生活。老姐供惠刚进入大学就马上存钱踏上了漫长的旅途，是个离经叛道、旁若无人的怪胎，不过也不是什么三头六臂的怪物。而我本人——折木奉太郎，活到现在也从未体验过什么特别惊天动地的事情。

真要说起来，我姑且算是被卷入到“可能谁都不曾体验过”的风波里。稀里糊涂之间，就认识了交往至今的朋友——福部里志。当时老姐说“这种事情经常会有，没什么大不了的”，我还对她这种反应表示不满。在我皱起眉头嫌这嫌那的时候，不知不觉就从初中毕业了。事后回想起来，才发觉的确不是什么大不了的事情。

我在学校的成绩不算差。虽然没有杰出到会被称为天才儿童，但也不至于对学习感到束手无策。一如神山市这一带九成以上“成绩还不算差”的初中生，我也没作多想就报考了神山高中。虽然准备入学考试很辛苦，不过那也只是普通程度的辛苦而已。

神山高中拥有完美的初中直升高中制度，是本地最好的升学学校，然而招生与报考的比率却没有超过1比1.1。考虑到还有人同时报考了私立高中，录取率几乎是百分之百。我也不出意外地考上了。

入学典礼的时候，我坐在座位上暗自思索。搞不好，我在这所神山高中也会碰到很多事情吧。在三年的时间里，一定会有很多让人眼花缭乱的事情。

然而那些“眼花缭乱的事情”，大概此刻在场的所有人，不，只要是同世代的人，就都有可能体验到。不是那种能让我挺起胸膛夸耀说“这真是与众不同啊”的事情。明明经历了那么多风波，在离开镝矢中学时，我却仰望着校舍，说出了“到头来并没有什么特别值得一提的事情”这样的话。三年后，当我离开神山高中的时候，估计也会说出相同的话吧。

因为，我有一个不可动摇的信条。

即使拼命回想，我也记不清楚从什么时候开始就对此笃信不疑。既不是别人教我的，也不是从哪本书上看来的。尽管如此，这一路上我都坚定地遵守这个信条。

那就是——

如果可以不去做的话，那就不做。

实在非做不可的话，那就尽快解决。

2

我打从心底喜欢自己的信条。

但我因此在放学后陷入了苦境。书桌上有两张草稿纸，第一张写着标题“入学一个月的实际体会与今后的抱负”，第二张是白纸。学生毕业辅导处的老师实在非常热心，觉得新生谈及抱负时应该会写上吧。真是让人感激不尽。

这是作业。我昨天在家里写了。虽然完全回忆不起到底写了些什么，但我确实是写了的。然而在放学后我被留了下来，不得不再次面对不知该如何下笔的难题。这堪称是一个令人惊愕的谜团，简而言之就是——“老师，我把作业忘在家里了”。

别说发下来的两张稿纸了，我仅写了三行就已经毫无头绪。里志忍不住笑着对我说道：

“也是啦，奉太郎你的信条是‘如果可以不去做的话，那就不做’嘛。被问到今后的抱负，想必是很伤脑筋的。不过，这种东西随便敷衍一下不就好了。”

这个似懂非懂的家伙。我用手指夹住自动铅笔转来转去，反驳道：

“我已经敷衍过了。昨天晚上就是这样做的。”

“那么，为什么第二遍就卡壳了呢？”

“因为是第二遍啊。”

听到我这么说，里志不解地皱起了眉头。

我在指间转动铅笔。不对，是想转动。自动铅笔被手指钩住，猛然打转飞出并擦过里志的脸，飞到教室的角落。我平静地站起来，走过去捡起笔，若无其事地回到座位上。里志也是一脸从容不迫的表情，好像什么事情也没发生过一样。

“第二遍就不好办了吗？”

“第一遍可以随便乱写。但是第二遍无论如何都会试图模仿第一遍，因此就没办法随便乱写了。”

昨天我下了一番工夫，编造出了有模有样的“抱负”。要把之前的东西尽数抛掉，重头再来的话会更加困难。真搞不清楚里志干吗这么开心，他嬉皮笑脸地说道：

“哈哈……我能理解。那么，回想起昨天写的内容不就好了吗？”

“但是，因为是随便乱写的，所以想不起来啊。”

我用自动铅笔的笔头咚咚地敲了敲桌子。里志耸了耸肩，似乎觉得这个话题就到此结束了。

四月也差不多快结束了。虽然现在是放学后，不过时间上并不晚。除了我之外，还有另外几个人留在教室里，正热烈地聊着一些无关紧要的事情。外面下着小雨。这两三天一直在下雨。天气预报说到了晚上雨势会越来越大。虽然这并不是主要原因，不过我就是想要早点回家。坐在桌角的里志探过头来看了看我手边的稿纸。他将一直拎着的束口袋甩到肩上。

“看来要很久啊，你还会去社团活动室吗？”

听到“社团活动室”这个词，我不禁皱起了眉头。

根据个人信条得出的结论，我当然没兴趣加入社团活动。我所渴望的明明是悠闲的高中生活，为什么要自作孽活受罪啊。

但是，一封从印度贝拿勒斯寄来的信打乱了我的计划，要我加入古籍研究社。后来也因为一些阴差阳错的原因，让我遵照指示成为了古籍研究社的成员。

眼前的福部里志也是古籍研究社的社员。不过，这家伙还同时加入了手工艺社，而且身兼总务委员的职务。兴趣是骑自行车远行。这个混蛋闲人。

里志说道：

“千反田同学很在意哦，她非常希望你能过去啊。”

我默默地摆出了虽然毫无进展但仍埋头写作的姿势。

千反田也是古籍研究社的社员，全名是千反田爱瑠。

根据除了关键事情之外无所不知的里志所说，她好像是在神山市北部拥有广阔农田的世家千金。外在打扮并没有闪闪发亮的家徽，长长的头发与薄薄的嘴唇勾勒出楚楚动人的形象，跟我们是同学。千反田……我不由自主地无视了那个名字。不知道里志有没有注意到，我似乎非常不擅长应付那个家伙。

我本来以为社团里没有其他人，所以才加入了古籍研究社。但由于千反田也加入进来，使得社团成了名副其实的存在。不过总体来说，我不擅长应付她并不仅仅出于这方面的原因。

怎么说呢，她不算是我讨厌的类型，节能主义者没有强烈的好恶。只是，千反田在与我初次见面的那一天，向我这样问道：“我为什么会被锁在教室里呢？……我很好奇。”

那一天，千反田被反锁在教室里面，而她本人居然没有发现这点。开门的人是我，但我当然没有把她锁在里面，会感到不可思议也是在所难免。但是，不知为何千反田会寄望于我去解决那个谜团，而且态度极为坚定。拗不过她的我只好绞尽脑汁地去想。

幸好，那一天总算是圆满收场。但是在判明事情真相之后，我走在回家的路上，突然产生了奇妙的预感。我的节能主义是无可动摇的。因为，没有人会费尽心思去动摇陌生人所抱有的小小信条，这是常理。当然，千反田也不例外。可是……随着“我很好奇”这句话一同逼近过来的，是千反田的那双大眼睛……

“千反田同学现在正在填写申请许可提交表。麻烦她处理那些让人头痛的文件手续，我实在非常过意不去。但作为尽责的总务委员，这是我必须完成的任务。”

“这样啊，真辛苦呢。话说，‘苦心钻yan’的‘yan’字要怎么写啊？”

“我不太赞同使用不会写的字哦。如果是忘记了怎么写，那就另当别论。换成‘努力’不就好了？”

里志是个有话直说的人，但这并不代表他少根筋。

他轻轻地叹了一口气——

“……算了，你不想去的话，就不要勉强自己了。反正只是社团活动而已。”

我并没有说自己不想去。但是，至少在今天，“入学一个月的实际体会与今后的抱负”比古籍研究社要重要多了。心怀身为神山高中一员的骄傲，我今后会更加苦心努力的。里志，果然还是要用“钻研”才通顺啊。

里志俯视着仿佛永远都填不满的稿纸，打了个哈欠。看到他瞄向窗外，我还以为他在看下个不停的春雨，却不想他突然笑着对我说：

“啊啊对了，我听说了一个蛮有趣的传闻，就是有点老套而已。你听过了吗？”

“老套？”

我抬起头来。会这么容易被分散注意力，就表示我差不多对“抱负”感到厌烦了。里志得意洋洋地点点头，笔直地竖起了食指。

“是的，非常老套。我实在太感兴趣了。神山市最大的升学学校，古怪社团的巢穴。神山高中究竟是怎样的魔境呢？每次穿过校门我都会心跳加速、激动不已。然而，在如此与众不同的神山高中，居然还有这么老套的传闻啊。”

“你这根手指是在干吗啊？”

“啊，抱歉。没有什么特别的意思。”

他很干脆地将竖起来的手指缩了回去，但依然没有改变笑眯眯的表情。

“奇谈怪谈，学校的诡异传闻。我真想说给你听啊。”

他神秘地压低了声音。我不禁心想是多么神奇的事情——

“……据说，在夜深人静的时候，音乐室里的钢琴独自奏响了音乐……”

“我知道了，你不用再说了。”

一点都不像很有趣的样子。我摆了摆手，制止他继续往下讲。

确实老套。在小学时也有过，当然初中也不例外。貌似独特，实际上只是重复定式的“学校传说”。虽然不至于厌烦，但我对此并没有太大兴趣。没想到兴趣至上的里志居然会提起这么无聊的事情。

然而里志夸张地摇了摇头，像是在扼腕叹息一般。

“你没弄明白啊，奉太郎。你认为我会觉得这种司空见惯的‘学校怪谈’很有趣吗？”

不好说。毕竟这家伙前不久才说简易保险的构造很有趣。

“不是。有趣的当然是传闻开始流传的这个事实呀。”

“……嗬。”

“在分不清左右的新环境，我们这些一共三百二十人的一年级学生就像可怜的小羊羔一样东奔西窜。入学后两个星期，就有了‘这个学校其实啊’这样的话题。这不是喜人的成长吗？”

里志展开双臂，表现出他的喜悦。

原来如此。我有点理解他想表达的意思了。我用右肘抵住桌面，将下巴靠在右拳上。

“有道理。忙着摸索新环境时，的确没有心思去散播谣言。适应环境后变得从容了，才使得可疑的谣言有了传播的机会。你是这个意思吧？”

“对对，就是这个意思。你理解得这么快真是太好了。”

“这让我想到血型占卜啊。”

我随口说出了自己的想法。顿时，心情大好的里志停止了准备点头的动作。

“……为什么？”

“那不是刚刚认识会提到的话题，在彼此有一定的了解之后，才会慢慢聊起这些。基本上，大家都会和乐融融地聊得火热。但其实，不相信的人也相当多。”

里志闻言猛地倒抽了一口气，还瞪大了双眼。如此夸张的反应让我不禁愣住了。

“干什么啊？”

“呀，我真是大吃一惊！”

他用力拍打着我的背。

“没想到奉太郎居然会点评与人交流的方法论！我还以为奉太郎对于‘人类是社会性动物’这点，是闭上眼睛不加以理会的。”

真没礼貌。

“我并不讨厌人类，也能看着别人的眼睛说话。”

我故意目不转睛地盯着里志的眼睛说出这番话。当然，里志觉得很不自在，一下子就别开了脸。

“也对，奉太郎只是纯粹的节能主义者而已。我明白。”

真的明白吗？太可疑了。

“那么，怎么样？有兴趣听听象征着我们一年级学生之从容的音乐室奇谈吗？”

就算里志舌灿莲花，我也没有特别想听的欲望。但是，如果我自始至终都拒绝的话，就很可能会被他调侃“看吧，奉太郎你果然故意回避社会状况。对无聊的话题也要产生兴趣，这是圆滑处理人际关系的第一步”。算了，反正不会妨碍我写作业的。我重新拿好自动铅笔，将注意力集中在稿纸上，说道：

“总而言之，你很想说对吧。那我就听听好了。”

“很好。”

里志有些做作地咳嗽了一声。

“是昨天发生的事情。一年级的女生去了特别大楼的四楼。”

“该不会是千反田吧？”

虽然没打算认真听，但里志的开头让我有了反应。

特别大楼四楼除了音乐室之外，还有地学教室，也就是古籍研究社的社团活动室。

我们一年级的教室在普通大楼的四楼。要前往特别大楼的四楼，必须先下到三楼，通过连接通道的屋顶进入特别大楼，才能最终到达四楼。像今天这样的下雨天，屋顶就没办法用了。这样一来，就必须下到二楼才有办法过去。这距离远得让人提不起劲来。

而且特别大楼四楼位处神山高中校舍的边缘，除了千反田之外，我实在想不到还有哪个好事女生会没事干跑到那里去。

才刚开头就被打断的里志一瞬间露出了忧伤的表情。

“……不是。”

“那么——”

“你先听我说完。”

他生气了。我还是闭嘴吧。

“女生在放学后去了特别大楼的四楼，那时将近六点。由于六点校门就要关闭了，所以校内几乎没有人影。

“从三楼往上走的途中，她就察觉到流淌着钢琴的旋律。该说是幸运还是不幸呢，那个女生对音乐欣赏颇有心得，发现那段音乐弹奏得非常美妙，运指技术之精湛，表现力之丰富，可谓无与伦比。曲子也很熟悉，是钢琴奏鸣曲《月光》。那个女生原本是要回去拿自己落下的东西，但美妙的旋律让她沉浸其中，一时之间呆呆地伫立在原地。

“夕阳将走廊、楼梯还有女孩子都染得通红，仿佛全世界都在燃烧，然后逐渐蔓延开来一般。动听的音乐听起来宛如献给末日的镇魂曲。震撼人心的感动从脚下往上窜，那个女生——”

我对这个描述有意见。

“昨天也是雨天，看不到夕阳的。”

“没错，淅淅沥沥下个不停的雨，还有不断逼近的暮色。湿漉漉的感觉缠绕住肌肤，让人不快，雨声如同噪音一般混杂在音乐之中。琴声在那个女生心中刻下了难以形容的不安。”

太随便了……

里志巧舌如簧，兴致丝毫没有减弱。

“神山高中的文科类活动本来就远近闻名，就算有这种水平的钢琴名家也不足为奇。女生想要当面称赞那位钢琴高手，于是来到了音乐室的门前。音乐的确是从那里面传出来的。而且除了音乐室以外，学校里就找不到其他有钢琴的地方了吧？”

体育馆有典礼用的钢琴吧。不过这种时候泼他冷水也没什么意思，所以我选择了沉默。

“但是，就在她准备打开门的瞬间，琴声停止了……这是怎么回事呢？感到疑惑的她缓缓地打开了门。”

里志故意压低声音，做出开门的动作。从他这副故弄玄虚的样子来看，故事应该快接近高潮了。

“音乐室里充满了异样的气氛。

“全部窗帘都拉得严严实实，里面一片昏暗。女生迅速地朝钢琴看去。但是，那里没有人在。钢琴的盖子是打开的，但没有人坐在那里。那个女生大惊失色。她用眼睛扫视左右，然后看到了……一个身穿水手服的女同学站在音乐室的角落，披散的长发遮住了面容，看起来是一副全身乏力的样子，正用一双充血的大眼睛死死地盯着闯入者！”

里志握紧双拳，愤慨地说道“啊啊，这种事情实在是太离奇了”。这家伙还真喜欢演。

“那个女生吓得全身寒毛倒竖，一转身就逃走了，连头也不敢回。事后她才得知那一天是钢琴社在使用音乐室。钢琴社只有一个三年级的社员，而那个三年级学生因为不幸的事故导致手指受伤，根本没办法弹钢琴！

“啊啊，但是奉太郎！钢琴自动演奏其实很符合情理哦。因为在这所神山高中里，曾经有钢琴社社员在参加全国大赛之前，因为事故而死去，壮志未酬！”

“真的有吗？”

里志这时总算恢复了正经的表情。

“谁知道呢。也许有吧。反正我不太清楚。”

真不可思议，一边听里志瞎扯一边写小作文，速度居然提升了不少。大概是“随便听听”的心态引出了“随便写写”的效果吧。我头也不抬地说道：

“钢琴社使用音乐室、社员只有一个人，这些事情都是你知道的吧。”

我感觉到里志露出了苦笑。

“真是明察秋毫啊，奉太郎。正是如此——钢琴社社长多丸润子，现在正因指关节受伤处于治疗中。”

我不知道那个身为目击者的女生是什么人，但一般来说，不可能如此清楚地掌握其他社团的内情吧。如果是里志的话，就很有可能。这家伙是总务委员，对神高的所有社团活动都了如指掌。

里志一改之前装模作样的演戏风格，饶有兴致地说道：

“但是，那个身穿水手服、披头散发的幽灵女生似乎真的存在哦。那个一年级女生不知道是太害怕还是真吓到了，今天午休的时候，在A班传得沸沸扬扬呢。”

“水手服没什么稀奇吧。”

毕竟神山高中的规定制服是男生立领，女生水手服。如果出现身穿西装外套和罩衫的女生，那我倒会稍微有些吃惊。

“接下来就看这个传闻能不能扩散开来。如果能扩散开来的话，又会以怎样的速度扩散呢？只要把传播的过程记录下来，说不定能作为民俗学研究的基础资料呢。‘神山高中也有的七大不可思议 其二’。不知道传播到我所在的D班要花上多长时间呢。”

虽然是半开玩笑的语气，但里志似乎相当感兴趣。传闻的扩散过程啊……的确很像这家伙会埋头钻研的课题。

但是，我可没工夫理会里志的研究……因为他的这番话里面有一段让我无法充耳不闻的内容。

“等一下，你刚才说了什么？”

“欸？我是说民俗学呀。不过，可能称为都市传说要更贴切吧。提到民俗学，总感觉像是民间传说那一类……”

“不不，这些都无所谓啦。”

看到我突然变了脸色，里志也感到相当惊讶。

“怎么了，‘自动演奏《月光》的钢琴’这个奇谈就这么有趣吗？真意外，我没想到奉太郎居然会如此感兴趣。”

奇谈本身的内容根本无关紧要。但是，如果里志所言非虚……

那就麻烦大了。必须制定好对策才行。

“再说得更详细一些吧。不对，我要先解决这个……”

我埋头写起眼前的“入学一个月的实际体会与今后的抱负”。只要快点将这个搞定，那就没有问题了。

但欲速则不达，自动铅笔写写停停，想不出半点内容。实在非做不可的事情就尽快解决。然而，既然有能尽快解决的事情，同时也就存在无法尽快解决的事情。

3

雨下个不停。我一边听里志讲述详情，一边拼命填写稿纸。历经千辛万苦，我总算将第二遍抱负写完了。就在我如释重负般准备回家的时候，有个人甩着一头飘逸的黑发走进教室。

“啊啊，折木同学你还在教室里呀。”

她的嘴角和眼角浮现出了若有似无的笑意。来者就是古籍研究社的社长，千反田爱瑠。尽管外表不算特别出众，但突然有个引人注目的漂亮女生笔直地朝我这边走来，也难怪留在教室里的其他同学会朝我投来意味深长的目光。

我指着黑板的方向说道：

“你的教室在隔壁。”

我是一年B班，千反田是A班。但是，千反田只是微笑着歪了歪小脑袋。

“是的，我知道。”

她在已经很近的距离间又逼近了半米左右才停下了脚步，从手中的文件夹中拿出一张打印纸来。

“福部同学，我写好了。”

“哦哦，辛苦你了。这个文件其实很多余啦。”

说起来，里志刚才有提到千反田在社团活动室填写文件。因为他说这是提交用的申请许可书，所以我还以为他是在开玩笑而已，不过看来确实是有那么一回事啊。我瞄了一眼那张纸，只看到标题写着“社团经费申请追认单”。

里志从自己的束口袋中取出皮革面的笔记本，将文件对折夹在里面。注视着里志完成这一连串动作之后，千反田转过头来，将视线对准了我。她全身上下只有一处背叛了楚楚动人的形象——就是那双大眼睛。当她流露出热切的眼神，甚至会让人觉得瞳孔都放大了。

我对那双眼睛、那对瞳孔有非常深刻的印象。驱使节能主义者折木奉太郎奔走解谜的正是千反田这直视的目光。距离上次在放学后的古籍研究社社团活动室与千反田初次邂逅并没隔多长时间，我也没有更多与她深入交谈的机会。换句话说，我们其实不太熟。但直觉告诉我……要来了。

眼看她就要张嘴说话，我以迅雷不及掩耳之势先下手为强。

“你来得正好。”

“欸？”

气势受挫的千反田眨了眨眼睛。终于搞定麻烦的小作文让我如释重负，所以由衷地露出了快活的笑容。

“我刚刚从里志那里听说了古怪的事情，是一则很奇妙的传闻。”

“啊，我要说的就是这方面的事情。”

……果然不出所料。

“是关于‘秘密俱乐部的找人纸条’，你已经知道了吗？里志说那个是‘神山高中也有的七大不可思议 其一’。”

千反田再次眨了眨大眼睛。

她一瞬间惊讶得噘起嘴巴。接着十指交扣于胸前，恢复了原来的微笑。

“欸，那是什么啊？秘密俱乐部是真实存在的吗？”

“我刚听到的时候也不太相信。这个嘛，与其听我说……”

我转头看向里志。

“里志，你来说给她听吧。”

“嗯，哦哦，好的。”

可能是没能理解眼前的状况吧，里志显得有些困惑。他瞄了我一眼，我依旧是一脸假笑，示意他快点说。

真不愧是福部里志，对于讲故事从来不会推三阻四。他在课桌上端正了一下坐姿，欢快地说道：

“那么，就劳烦客官听在下讲一段关于‘秘密俱乐部’的事情……管理这个社团的招新事宜也属于总务委员会的工作。我是通过这个渠道听来的。”

他先来了段开场白。

“毕竟神山高中的社团实在是太多了，社团数量一多，招新海报的数量自然也很多。大概整个第一学期里，学校公告栏都会贴满招新海报。当然，使用公告栏需要获得许可。没有总务委员的许可印章，就不能贴。

“话虽如此，毕竟是一张纸一枚图钉就能搞定的事情。如果不频繁巡视的话，就会时不时冒出未经许可便张贴出来的招新海报。发现后将那些海报撕下来也是总务委员的工作。正规社团如果张贴未经许可的海报，是要受到处罚的。最糟糕的情况是被削减社团经费。”

“……没想到管理起来这么辛苦啊。”

“没错！这个工作相当辛苦呢。”

千反田很快就被滔滔不绝的里志勾起了兴趣。她一边频频点头，一边聚精会神地听着。

“然而，据说每年都会出现一张出处不明的招新海报。

“更准确来说，比起海报更像是纸条。去年好像真的就是在笔记本上撕下一角，然后写上集合地点和时间而已。不仅张贴的海报没有获得批准，就连社团本身也是未经许可便成立起来的。我听田名边总务委员长说，这所神山高中存在连总务委员会都无法掌握的秘密俱乐部，就是那帮家伙在偷偷摸摸地招揽新人。

“真的存在着这种社团。活动目的不明，也不知道在招募怎样的学生……唯一知道的就只有那个俱乐部的名字而已。”

里志说到这里，故意停下来卖关子。完全上钩的千反田询问道：

“名字是什么啊？”

里志微微一笑。

“‘女郎蜘蛛会’。”

“女郎蜘蛛……”千反田嘟囔着把这个词念了好几遍，突然说道：

“在我家的院子里也经常看到它们的蜘蛛网。”

……你从蜘蛛网就能分辨出蜘蛛的种类吗？

“田名边学长去年似乎打算依靠回收的纸条去接触‘女郎蜘蛛会’。但是，进展并不顺利。指定地点是空教室，问题在于那个教室上了锁进不去。千反田同学你也知道，没有正当理由是无法外借钥匙的。因此，学长的结论是‘女郎蜘蛛会’这个团体空有一个名头，并没有组织起真正的社团。只不过是一群在公告栏贴恶作剧纸条的幼稚学生。然而——”

就像在宣布接下来才是重头戏一般，里志加重了语气。

“毕业典礼的那一天，有一名毕业生对学长说：

“……我是‘女郎蜘蛛会’的会长。下任会长也请你多多关照。

当然，你要先把那家伙找出来才行……不管怎样，升任总务委员长的田名边学长不会允许未经许可就胡乱张贴海报的行为。他们今年想必也会在某处贴出招新公告。总务委员都有留心注意，不过目前还没有发现。”

里志耸了耸肩膀，为这个话题做了最后的收尾。

刚才他在讲音乐室奇谈时也是如此，尽管讲得眉飞色舞，但没有一丝不自然的感觉。我认识里志蛮久了，还是头一回发现他有说书的潜质。这家伙将来可以选择活辩士*之类的职业吧。

千反田轻轻地吁了一口气。

“的确，这个高中的社团多到有点不可思议的程度。说不定这种充满谜团的俱乐部真的存在呢。”

作为一所全日制的普通高中，神山高中的文艺类社团确实多得离谱。什么阿卡贝拉社、魔术社啦，数来起码有五十个以上这样的社团。到了秋天还会举行长达三天的文化祭，断定不存在秘密俱乐部的话，那也未免太不识趣了。我说道：

“在活动目的不明这点上，‘女郎蜘蛛会’与古籍研究社是一样的。”

“怎么可以这样说，古籍研究社……”

对于我的见解，本来千反田打算予以否定，但在沉思片刻之后，最终也不得不承认了这一事实。

“……这样说也有一定的道理。”

说起来，千反田好像说过自己有什么特别目的才加入古籍研究社。她用“个人原因”这个说法做挡箭牌，所以我也懒得深入追问。

“张贴在无数招新海报中的一张纸条吗？”

千反田用手抵住脸颊，思索了片刻。像这样眯起眼睛一动也不动的样子，明明就很有深闺大小姐的高雅气质嘛。

过了一会儿，千反田重重地点了点头，露出豁然开朗的神色。她在胸前合掌说道：

---

* 注：无声电影的说书人。

“是的……我很好奇。”

很好。

我拿起稿纸，从座位上站起身来。

“我就知道你会这么说，所以才说来得正好。”

“怎么说？”

千反田一脸不解地歪着脑袋。我对她说道：

“当然是去找那张纸条。”

首先要问问里志，这个学校归总务委员会管理的公告栏一共有几处。

即便是福部里志，似乎也从来没有清点过。

“稍等一下。”

他掰着手指开始数。

“普通大楼从二楼到四楼，每层各有两处。一楼的话，保健室前面和教职员办公室前面也各有一处，所以是四处。连接通道也有。二楼通道靠近普通大楼这侧一处，靠近特别大楼那侧也有一处。特别大楼是每一层一处，一共十六处。

“然后，所有楼梯平台都设有公告栏。一栋楼是两道楼梯，四层楼，所以是十六处吧。”

我只想知道结论，所以没有在意推算的过程，不过千反田就不一样了。她看着把手指掰成了拳头、不知道数到哪里的里志，沉稳地说道：

“福部同学，你算错了。一栋楼是两道楼梯，四层楼，总共十二处……因为四层楼的话，只有其中三层是有楼梯平台的。”

“欸，啊，对哦。”

里志又开始掰手指，到最后手上的动作变得跟饶舌歌手一样别扭了。

“那么一共是多少？”

“二十八处。”

里志露出有些受不了的表情。

“大大小小的海报都算进来的话，每处公告栏至少都会贴十张以上。也就是说，这所小小的学校里大概有三百张海报。”

“话说，体育馆是不是也有公告栏？”

“这么说来，那里也有。还有武术道场也是……这样一来，总共是三十处。我们总务委员会真是太伟大了，居然负责规模如此庞大的工作！”

里志仰头望着天花板，发出了感慨万分的赞叹。

令人吃惊的是，千反田对情到深处无法自制的里志置之不理。既没有阐述感想，也没有泼冷水，而是轻巧地移开视线。明明只见过几次面而已，但她已经掌握了对待里志的诀窍吗？当然，这是非常正确的做法。

千反田把视线方向转移到我这边来。

“总共三十处……要全部找一遍吗？”

怎么可能。如果那样做的话，我会因为违背信条而被五雷轰顶的。

“在开始找之前，先思考该从哪里开始着手会比较好吧。究竟哪里最可疑呢？推测出来之后再去找也不迟。”

“摩耶花之前也说过。”

回过神来的里志露出戏谑的表情说道。

“奉太郎在活动身体之前会先动脑。”

“这又不是坏事。”

“结果就是经常不需要活动身体了。”

我彻底无言以对了。摩耶花，就是伊原摩耶花。不知算不算缘分，我从小学开始就一直和她同班。说起来，进入高中后，我们才第一次被分到不同的班级去。她跟我的关系并不怎么亲密，不过和里志则是关系匪浅。俗话说萝卜青菜各有所爱，摩耶花似乎对里志情有独钟。

“摩耶花同学是谁啊？”

“唔，这个嘛，以后应该有机会介绍你们认识的。”

里志被摩耶花表白过很多次，但一直不肯接受。具体理由我就不清楚了，对此我也没有什么兴趣。总之，正如伊原所说的那样，我更喜欢动脑。

“可疑的场所……意思是哪些场所最适合秘密俱乐部张贴招新纸条吗？”

“粗略来说，你觉得是符合什么条件的场所呢？”

听到我这么问，千反田思考了一会儿，扬起眼看着我回答道：

“一旦被总务委员发现，就会被撕掉。如果是我的话……

“应该会选择校舍角落那些不引人注目的公告栏张贴。比如说地学教室，就很少有人会跑到那里去的。”

“有道理。武术道场的公告栏也是，除了需要用到那里的社团和总务委员之外，基本上不会有人去关注。”

里志表示同意。

但是这么偏远的话，我会很伤脑筋的。于是，我尽可能自信十足地断定：

“不对。”

真不该做自己不习惯的事情。可能是态度过于明显了吧，我在视野的角落看到里志的嘴巴撇成了“八”字形。不过，里志无关紧要。还好关键的千反田没有觉得不对劲。

“不对吗？”

“首先可以肯定一点。”我停顿了一下，“如果‘女郎蜘蛛会’要张贴招新纸条，那么应该是一楼入口处的公告栏，或者是这四层楼里某一层的楼梯平台。”

千反田疑惑地歪了歪小脑袋。

“从正面入口到教室为止，也就是我们一年级学生每天走的路线吗？可是，这样……”

轻声嘟囔的千反田陷入了沉思。如果这个时候可以轻易说服她那就好了，但是很遗憾，我并没有里志那样的说话技巧。看到我接下来不知该怎么说，一旁的里志插嘴了。

“好了好了，奉太郎似乎也有自己的想法。千反田同学认为是在校舍角落，奉太郎则认为是在一年级学生活动的路线上。买单买双下定离手，直接去确认是最快的方法吧。”

“……也对。”听到里志的提议，千反田便迅速转身说道，“那么走吧。”

我点了点头，背起学校统一的单肩背包。

顺便偷偷瞄了里志一眼，只见那家伙别过头去，尖着嘴就像在吹口哨一般。

4

“你初中是在哪所学校？”

入学以来这个问题已经被问了无数次。不过，这还是我第一次询问别人。想必千反田也被问了好几次吧，但她没有丝毫不悦地回答：

“我是印地中学。福部同学和折木同学是同一所初中吧。”

“是的。”

身后传来里志的声音。

“说到福部里志和折木奉太郎，可是被称为镝矢中学的Earth, Wind & Fire哦！”

是谁？在哪里？这是哪门子事情啊？

无需多说，我并没有在初中时代留下名号。里志则不同，他是学生会的会计。

我和千反田并肩走下楼梯，里志跟在我们身后。放学后，天气刚开始变暗的这段时间，楼梯的人流量比较大。我们小心翼翼地行进着，试图不妨碍到他人的通行。

来到三楼与四楼之间的平台，色彩缤纷的海报在公告栏上争妍斗艳。由于每个社团都朝着不同的方向精心设计，乍看之下颇显混乱。千反田指着其中一张海报说道：

“我喜欢这张。”

那是一张圆形海报。换句话说，那张海报大胆地占用了很大的空间。在“有兴趣加入手工艺社吗？”这句朴素的宣传标语下，有一只正在织东西的熊猫。不是直接画上去的，而是先用刺绣做出来，再将绣有熊猫的布贴在板纸上。光是想象制作出这张海报所耗费的工夫就让人快要晕过去了。何必做到这种地步……

看到我瞠目结舌地伫在原地，里志把手放到我的肩膀上说：

“怎么样，奉太郎。看到这个违背节能主义的精致工艺，既然感受到作者的毅力和对完成度的坚持，那么不妨说一下你的评价吧。”

“我认为，无论何时，与异文化的接触都充满了刺激。”

“坦率的感想非常好。”

里志用力地点点头，然后昂首挺胸地对千反田说道：

“我也很喜欢这张海报，所以就加入了手工艺社。”

“欸。”

千反田目瞪口呆了。她似乎不知道里志还参加了其他社团。

如果千反田今后继续与里志相处下去的话，估计会有很多机会了解到这家伙的行动多么跳脱吧。久而久之还会产生这样一种想法——“莫非福部里志这个人只是没有节操而已吗？”

继续审视公告栏，发现有张海报被掀了起来。

“啊呀，图钉掉了吗？”

千反田蹲下来寻找，但没有找到图钉。

“……总之，这里似乎没有。去下一个地方吧。”

然后，我们调查了二楼通往三楼的楼梯平台和一楼通往二楼的楼梯平台。

花俏的文字、打动人心的宣传语、耗费心力的手工、从真实风格到漫画风格等形形色色的绘画——为了招揽新生，各式各样的苦工逐一展现在眼前，社团的多样性也毫不逊色。水墨画社画了水墨画，漫画研究会画了四格漫画，将棋社和围棋社出了诘棋的题目，仪仗队社则贴出精彩演出的照片。在神山高中处于弱势的体育社团也毫不逊色，篮球社、排球社、田径社、棒球社，让人感觉所有值得高中生倾注活力的活动都齐聚一堂了。

“哎呀，真的不得不承认，这样的神山高中实在了不起呢。”

“的确，根本看不到公告栏本身了。”

我冷眼看着兴奋地讨论“那张海报很好”“这张海报制作很用心”的两人，隐约觉得自己失策了。

每天来来往往的楼梯，看过数十遍的海报，但一直都没好好观察过。直面想要远离的活力，感觉脑袋变得昏昏沉沉了。

费了一番周折，我们总算下到了一楼。

一楼正面入口前的公告栏，如终极混沌一般充满了前所未有的混乱。

里志笑着说道：

“这个新生们最先看到的公告栏,是竞争最为激烈的一等区域。”

总务委员会真的有在好好管理吗？上面几乎没有一张正常尺寸的海报。明信片大小的招新海报贴满了整个公告栏。因为是一等区域，所以想尽可能分配给更多的社团吗？明明每天上学放学都会经过，却对这里没有什么印象。平时也是这样的吗？

面对如此混乱的公告栏，千反田似乎想通了什么。

“啊啊，原来是这么回事啊。”

她转头冲我微微一笑。

“我原本想不明白折木同学你为什么会认为引人注目的公告栏更可疑……不过既然贴得如此密密麻麻，就算有未经许可的海报，也很难发现吧。”

这是藏树于林的理论吗？

有一瞬间我想挺起胸膛回答“这就是我的理由”，不过这只是打肿脸充胖子罢了。还是实话实说吧。

“……不，抱歉。我没考虑到这点。我完全忘记了这个公告栏如此混乱的状况。”

“欸？那么……”

“如果找到了的话，我再告诉你吧。不然就太丢脸了。”

千反田用手指抵住下唇，一脸含笑地站到公告栏前面——

“希望能找到，否则我就伤脑筋了。因为刚才的折木同学自信十足到不可思议的地步。我很想知道其中的理由呢。”

有这么夸张吗……话说，千反田似乎已经了解到自信满满的态度并不怎么适合我。真奇怪，我们明明没有说过几次话呀。

千反田将那双大眼睛睁得更大，仔仔细细地观察起公告栏。那个仿佛会贯穿纸面的目光让我觉得有些坐立不安。这家伙大概不属于直觉敏锐的类型吧。但是，她拥有出类拔萃的观察力和记忆力。初次见面的时候，我完全不知道千反田这个人，而她却连我的全名都知道。那是观察与记忆带来的结果。如果她把这块公告栏全部记下来的话，怎么说呢，我会很伤脑筋的。

“连全球行动社、辩论社、百人一首社都有呢。啊，占卜研究会！我有朋友在那里。”

千反田的视线从右往左、从上往下地扫视宛如社团名册的公告栏。

“怎么样，有吗？”

里志问道。注意力集中在海报上的千反田没有察觉出他的话语中带有讽刺的意味。

“古筝社、乒乓球社、美术社……唔……”

千反田一边轻声嘟囔，一边直起弯曲前倾的身子。

“好像没有啊。”

她非常遗憾地露出苦笑。

看到那个表情，我第一次产生了类似罪恶感的东西。

“仔细想想，我们无法确定那个秘密俱乐部现在有没有把招新纸条贴出来。这并不代表折木同学的推测有误哦。”

而且还不忘安慰我。

我突然很想向千反田道歉。她并非没有主见，但就是一根肠子通到底。换成我或者里志，无论是有意还是无意，都会带有某种倾向性来看待事物，而千反田应该不是这种性格吧。难道她一点都不会怀疑别人吗？从不曾想过是否存在内情吗？没有担心过别人是不是在欺骗她吗？应该不会没有吧，千反田看起来又不像是笨蛋。既然如此，那么她为什么一点都不怀疑我呢？这样一来，我根本就成了丑陋的小丑嘛。

但是，计划到目前为止都很顺利。既然无路可退，就只能想办法收场了。幸好此时在千反田背后的里志出声说道：

“这不好说吧，我觉得应该是有的。至于是否一目了然，就不太清楚了。”

“怎么说？”

千反田转过头去询问道。

“既然要瞒过总务委员的眼睛，我觉得他们应该会做点手脚吧。算了，不要想那么多。如果有的话，迟早会找到的。”

里志稍稍耸了耸肩膀。

“比起这个，我更想知道奉太郎为什么会认为如果纸条存在的话，就一定是在一年级的活动路线上。”

“……哦，你问那个啊。好吧。”

我回答时声音显得缺乏动力，听起来大概像是因为预测落空而心情沮丧吧。

我摆了摆手，开口说道：

“这个嘛。里志，如果你要在这所学校里藏东西的话，会选择哪里呢？”

估计是没料到我会突然提出问题吧，里志的反应慢了半拍。

“藏东西？也要看那个东西的尺寸有多大，有没有其他相关条件吧……我想想，普通大楼一楼教师厕所前面应该是个不错的选择。那里有不少空教室，而且基本上没有人会去。”

“其他呢？”

“……和室吧。只有茶道社会去使用。”

“原来如此。那么，如果是在镝矢中学藏东西呢？”

里志的反应比之前更慢了。他咧嘴一笑，就像在说“那还用问吗”一样。

“哦哦……原来如此。”

“就是这么回事。”

我们交流着只有彼此才懂的话语。

“我明白你的意思了，奉太郎。的确有一番道理啊。”

“欸，怎么回事啊？镝矢中学有那么好的隐藏场所吗？”

被冷落的千反田带着强烈的好奇心以及一点点的不满，插嘴问道。

“算不上很好吧。不过如果是镝矢中学的话，我首先会想到配膳室。那里每天都有大量的学生出入，反而不会特别留意。”

千反田似乎仍不明白和室与配膳室的区别在哪里。我直截了当地说道：

“神山高中的话，就会想要藏到人迹罕至的地方去。但换成镝矢中学，反而会想藏到人来人往的地方。你又会如何呢？如果要在印地中学藏东西，会选择‘大家视野中的盲点’吗？”

“啊……”

千反田倒抽了一口气，用手掌捂住了嘴巴。

“确实是这样。这是为什么？完全没有想到在角落藏东西呢。”

“简单来说，这是习惯的问题。”

我断言道。

“我们现在还没有习惯神山高中这个新环境。在不习惯的地方，藏东西就会鬼鬼祟祟。但是，我们在初中待了三年之久，对于校舍的每个地方都了如指掌。如此一来，比起避人耳目，大胆地利用盲点反而更为有效。

“如果把东西藏在平时没人的和室或者空教室里，一旦有人进去就会很容易被发现。人迹罕至不等于永远没有人造访。藏在那种地方反而有风险，因此会敬而远之。”

“原来如此。”里志说道，“所以你才认为招新纸片会出现在正面入口前面吧。的确，无论是校舍里的哪个场所，都不可能完全没有学生来往。既然如此，那还不如干脆藏在这里。正如千反田刚才所说的那样，可以期待一下‘藏尸于战场’的效果。”

这个比喻也太可怕了。不过就是这么一回事。

“越是新手就越能想出奇招。‘女郎蜘蛛会’的成员并不是一年级学生。既然是心思缜密的秘密俱乐部，我认为他们会大大咧咧地反其道而行。”

千反田似乎大为感动。她非常认真地做了个深呼吸，像在反思这番话一般缓缓点头。

“有道理，这是很自然的做法。认为贴在校舍角落的我实在是太天真了。这么一来，没有贴在这块公告栏上甚至让人觉得有些意外呢。”

“嗯。不过，既然没有那也没办法。奉太郎的自信也不靠谱啦。”

里志一边开玩笑，一边朝公告栏走过去。然后——

“……嗯？”

他停了下来，忽地恢复了一本正经的表情，将手伸向一张贴在上面的明信片。在大小相差无几的大量明信片中，只有那一张明显大了一圈，像是在强调自己的存在一般。

“这是棒球社的吧。”

“嗯，是的。不过，稍微有点翘起来了。”

里志一边心不在焉地回答，一边将棒球部的明信片翻过来。

顿时，千反田发出了惊讶的声音。

在明信片背面贴着从稿纸上撕下来的小纸条。上面用黑色签名笔端端正正地写了一行字。

“女郎蜘蛛会 补充两名空缺人员 05021722LL”。

“找到了啊……真不可思议，听了刚才那番话之后，我觉得这是理所当然的事情，一点都不吃惊。”

相比惊讶，千反田的反应更像是傻眼了。而里志则无动于衷，目不转睛地盯着纸条。

然后，他缓缓地开口说道：

“没有总务委员会的许可印章。我要履行职责了。”

便把那张纸条撕了下来。

在这段时间里，一年级的学生陆陆续续地从我们眼前走过。大家在正面入口换好鞋子，准备踏上雨中的归途。

我说道：

“感觉松了一口气啊。我去教职员办公室交作业，然后就直接回去了。”

“好的，那我也回去好了。”

千反田愣了一下，不过马上露出了微笑。

“明白了。那么，我们就在此告别吧……越是新手就越会想出奇招。我记住这句话了。”

千反田在胸前轻轻挥手，向我们道别。

5

跟天气预报唱反调，雨势正在逐渐变小。我和里志撑着伞一同踏上了归途。途中经过了封顶的商业街。收起雨伞之后，里志总算打破了沉默。

“一开始我还以为太阳从西边出来了呢。”

那是带有愕然、嘲讽、玩笑的轻佻，以及几分批判的语气。

“听我说完‘自动弹奏《月光》的钢琴’，没想到你居然会问我‘话说七大不可思议的其一是什么啊’。真不知道节能主义的奉太郎是哪根神经错乱了。”

“多谢帮忙。”

我简明扼要地传达了自己的谢意。事实上，如果不是里志总在关键时刻顺着我的意图伸出援手，事情恐怕不会如此顺利。

里志转动了一下雨伞。与我的塑料伞不大一样，那是一把有着时髦格子纹样的灰色雨伞。雨滴纷纷溅到前方的人行道上。

“这招‘以不可思议制不可思议’真是太精彩了。”

没错。

我之所以会主动提及“女郎蜘蛛会”的事情，理由只有一个……那就是为了不让千反田提出“自动弹奏《月光》的钢琴”这件事。

根据里志所说，一年A班的女生是在昨天听到音乐室的钢琴声的，今天午休的时间还在A班传得沸沸扬扬，但还没有传到里志所在的D班。

在里志的话语中，有一句话我没办法充耳不闻。那就是“不知传到我所在的D班要花上多长时间呢”这句话。既然很在意自己的班级什么时候会聊到这个话题，那么就代表里志不是从班上同学那里听来的。

如此一来，里志究竟是在什么地方、从谁那里听说到这件事的呢。

无需多想。在来到我的班级之前，里志先去了古籍研究社的社团活动室——也就是地学教室。而被要求填写申请许可书的千反田就在那里。并且，千反田就是一年A班的学生。

因此，毫无疑问里志是从千反田那里听来的。

另外，千反田希望我能去社团活动室，所以我便产生了某种预感。虽然不知是好是坏，总之我的脑海里已经有了一个想法。

……我曾经帮千反田解决了“自己不知不觉身处密室”的谜团，所以她很可能会过来向我询问“自动弹奏《月光》的钢琴”这件事情吧？

当然，我也想过这可能只是自己多虑了。我和千反田只见过几次面，还没做出什么特别值得她信赖的事情，认为千反田会专门来找我询问事情，也未免太自以为是了吧。

尽管如此，不怕一万只怕万一，我必须做到有备无患才能让自己安心。当然，最好的方法还是在千反田来之前就早早回家。但是，我这个把作业忘在家里的人是没办法说走就走的。于是，我只好制定了相应的对策。

然后，千反田真的过来找我了。

虽然主要目的是把申请许可书交给里志，但不管怎么说，她还是来了。

我不想和音乐室的事情牵扯上关系。因此考虑能不能用别的好奇心来对抗千反田的好奇心。具体来说就是“七大不可思议 其一”。如同里志所说，用的正是“以不可思议制不可思议”的招数。计划得逞。千反田明显是过来找我说音乐室的事情的，关注点却被我转到秘密俱乐部上面去了。

里志说道：

“但是，尽管我知道你想做什么，却还是不明白你为什么要这么做。用‘女郎蜘蛛会’来代替‘自动弹奏《月光》的钢琴’，奉太郎你的目的究竟是什么呢？总不会是因为无法解开钢琴之谜，才选择了故意回避吧？”

当然不是。

另外，我并不是想做什么……而是不想做。

“钢琴那件事我听完就能猜出个大概来了。只要去音乐室，应该就有办法进行即时验证。”

“那么——”

如果需要理由的话，用一句话就能概括。

“音乐室太远了。”

小雨打在商业街的塑料屋顶上，响起一片淅淅沥沥的声音。小型卡车小心翼翼地在商业街的狭窄道路上驶过，飞溅的水滴差点打湿了我的鞋子。

里志深深地叹了一口气。

“……原来如此，我明白了。奉太郎你果然还是老样子啊。”

音乐室在特别大楼的四楼。下雨天必须先下到二楼，穿过连接通道再上到四楼。离我的教室太远了。

天气预报说傍晚的雨势会加强。被罚留下来重写的作业进展得不是很顺利。而且，我非常想早点回家。因此，实在提不起干劲跑到音乐室那么远的地方去。

我之所以会主动提及秘密俱乐部的事情，这就是唯一的理由。我让里志告诉我“神山高中也有的七大不可思议 其一”，便是为了判断这能否作为引起千反田兴趣的材料。刚好，那是再适合不过的话题了。

于是我马上制定好计划——提议“那么，就去找那个纸条吧”，下到正面入口就可以直接回家了。

至于音乐室的钢琴，那本来就是无关紧要的事情。如果可以不去做的话，那就不做。但是，如果千反田用那双大眼睛看着我，说出“我很好奇”的话……

“实在非做不可的话，那就尽快解决。”

最终，我成功地速战速决了。

但是，里志对此提出了异议。

“奉太郎，这样可不好。”

“……”

“如果要坦白自己的信条，那么就应该昂首挺胸说出来。可你刚才的说法听起来根本就是在找借口而已。”

我无言以对了。

不仅如此，我甚至没办法看着里志的脸。在宁静的春雨中，我只能默默地盯着湿漉漉的脚下。

……我打从心底喜欢自己的信条。

但在今天，一直秉承这个信条的我用疑问来迎击疑问，却没有满足感。只有“这样做真的好吗”的内疚在心中久久挥之不去。

我的小把戏很成功。千反田下到正面入口了，还对悖论般的说明表示了佩服。而且，在里志分散她注意力的时候，我成功将“女郎蜘蛛会”的招新纸条贴了上去。

那张纸条是我从稿纸上撕下来的。为了照顾气宇轩昂的新生，老师发了两张稿纸让我们写“入学一个月的实际体会与今后的抱负”。当然，我能写的内容根本不到两页。所以就有效利用了多余的第二张稿纸。

图钉是在楼梯平台准备好的。看到歪斜的海报，千反田以为是图钉掉了。其实那时图钉已握在我的手里。

一切都很顺利。钢琴的话题被扼杀在摇篮之中，我也如愿踏上了归途。

然而我此刻说出来的信条，听起来就连自己都觉得是在辩解，没有反驳的余地。在实行计划的途中，我也考虑过是否应当悬崖勒马。想早点回家，不想去遥远的音乐室——这没什么，目的很正当。但是，手段呢？

穿过商业街，来到十字路口，又要打伞了。里志停下脚步注视着我的脸，突然浮现出奇妙的笑容。

“奉太郎，你知道自己今天的根本性错误吗？”

似懂非懂。听到里志断定我犯下了错误，我也深有同感，但完全想不出正确答案。我什么也没说。

里志故意夸张地耸了耸肩膀。

“用不可思议迎击不可思议。嗯，这是很好的做法，非常符合我的喜好。”

然后，里志就像我之前对他做的那样，目不转睛地盯着我的眼睛说道：

“但是啊，这种做法并不符合奉太郎的喜好。”

我轻轻地别开视线。

“如果奉太郎你想坚守自己的信条，那么应该采取的行动只有一个。忘带作业而被留下来，这是无可奈何的事情。千反田同学会过来也不是奉太郎你的错。问题是，你为什么无法说出‘与我何干’

这种话呢？这就是你犯下的错误。

“无论千反田同学提出怎样的话题，奉太郎你都没有认真对待的义务。随便听听，随便应付一下就可以了。事实上，奉太郎你一直以来都是这么做的吧。”

……的确。

我为什么会想到用疑问来封堵疑问呢？虽然和去音乐室相比，这确实是好多了，但这仍是耗费心力的方法。为什么我会选择这种做法呢？

尽管里志这番话多少有些刺耳，但我不得不承认他说得很对。如果我真想打发掉千反田的话，那么一句“不知道”不就解决问题了吗？

总觉得里志的笑容里别有用意。

“没想到除了杂学以外，还有其他我能教你的事情，真是太开心了。听好了，奉太郎。我很清楚奉太郎为什么会这么做。”

“……”

“这个嘛……因为越是新手就越会出奇招。”

似曾相识的话。

我似乎明白为什么里志的笑容会让我觉得那么古怪了。这家伙根本就是皮笑肉不笑。

“奉太郎你还没有习惯自己跟千反田同学都是古籍研究社社员这件事。正因如此，你才会使用这种多此一举的办法。奉太郎，也许你以为自己今天拒绝了千反田同学。但是要我说，那根本不能算是拒绝。”

“我并不是想拒绝她。”

虽然我确实觉得千反田很麻烦，但并没想过与她划清界线、永远不再相见。

“你当然没有拒绝她。那只是对现状有所保留。”

保留。

这个词语有着不可思议的说服力。原来如此。千反田来了，发挥出无与伦比的好奇心，然后将我的课余时间变得多姿多彩。对此，我的做法是持保留态度。我认为这个词语的确恰如其分。

我当然明白保留的前方有什么东西在等着我。

见我一直沉默不语，里志放弃似的将视线投向空中，“啪”的一声打开了雨伞。

他将伞柄靠在肩上，撑着格纹雨伞在雨中迈开了脚步。里志的家在这条道路的前方，我家则要穿过马路。人行道的红灯依然亮着。

最后，里志转过头来说道：

“话说，‘自动弹奏《月光》的钢琴’究竟是怎么回事呢？我不会让你去音乐室啦。”

“哦。”

在小雨的湿气中，嘴唇明明不会干燥，不过我还是舔了一下。

我盯着里志的脚下说道：

“校门即将关闭的傍晚六点前，在音乐室里的是一名手受了伤的女生。她眼睛充血、头发凌乱……就像刚睡醒一样。”

“啊，原来是这样啊。”

“钢琴社的社员很困就睡着了。为了能在六点前醒来，应该是设置了闹钟吧。做法就是将‘月光’放进CD播放器，然后选择定时播放。”

里志发出一阵窃笑。

“原来如此。这里毕竟是社团活动繁多的神山高中，音乐室有CD播放器也是理所当然的事情。的确，只要去看一下就能证实了，播放器上应该留有设置记录吧。哎呀哎呀，真是没有悬念的事情啊，早知道就不问了。

“……不过，奉太郎。”

绿灯亮了，响起了表示可以前进的声音。踏出一步后，里志的话语传入我的耳中，听起来就像是预言一般。

“从长远角度来看，我觉得去一趟音乐室反而更符合奉太郎你的信条。今天的如意算盘说不定会让你付出很大的代价哦。这件事我不会向你讨人情的，但千反田同学又如何呢？好了，我先走一步。明天见。”

犯下原罪

绕远路的雏人偶

Little birds can remember

1

这节课是世界史，而且是中国史的内容。不好意思，我相当了解春秋战国时代的历史，所以现在非常无聊。尽管无所事事，但我没有在笔记本上涂鸦消磨时间的兴致，也不打算让同学们欢快地传阅小纸条，而且没有任何可以称作副业的兴趣爱好。只好把老师对合纵连横策略的枯燥解说当成耳边风，尽情享受这赋予游手好闲之徒所渴望的闲暇，度过这一段漫长的时光。

神山高中算是升学学校，学生们上课的态度基本上不会差。老教师洪亮的声音响彻安静的教室。粉笔碰到黑板，发出吱吱的硬质声音。到了第五节课，睡魔来袭也不是什么奇怪的事情。时值六月，今天是梅雨季中难得的晴天。高中生活就这样被浪费了。

我按了按自动铅笔。并不是想写些什么，不过没料到笔芯没有出来。看来我没注意到笔芯已经用完了。于是，我从笔盒里取出备用的笔芯，用大拇指和食指捏住。没从自动铅笔的末端装进去，而是从笔头处像穿针孔一样把笔芯插进去。

然而，安宁总是突然被打破。

竹棒猛地砸中硬物，发出了惊人的响声。由于事出突然，我不禁吓得缩起身子，睡意瞬间远去，HB笔芯也在中段断成了两截，真浪费。不对，还可以用吧。

并不只有我一个人被吓到了，教室里响起一阵喧哗。隔壁座位的女生对身后的朋友说道“刚才那是什么？吓死人了”。难得有这样的机会，大家都不想保持沉默吧。

声响不止一次。“啪、啪”，接连响了好几声。而且夹杂着怒骂声。声音很大，但含糊不清，不知道在说些什么。那是低沉的男性声音。我明白是怎么回事了，班上的同学估计也都猜得出来。在隔壁的教室里，数学老师尾道又开始发神经了吧。

教师工作被称为执教鞭，但在当今社会不可能再看到手持教鞭的老师了，最多也就拿根伸缩自如的指示棒。我曾经对学生指导部的森下老师抱有“虽然没有随身携带竹剑，但如果允许的话，他肯定很想拿吧”这样的感想。而尾道老师就会随身携带诸如竹剑、带竹节的竹棒等用来代替指示棒，有时还会当作教鞭来使用。身为资深教师的尾道老师绝对不会做出那种殴打学生的行为。他要震慑学生的时候，基本上都是用竹棒砸讲桌或者黑板。是尾道老师让我知道了原来黑板并不容易受损。

话说回来，我虽然对尾道老师抱有这样的印象，但并不讨厌或者轻蔑他，完全不会。在初中也有这样的老师，连小学里也有。打个比方说，我对他的印象就跟隔壁座位的女生一样，知道长相、名字和性格，仅此而已。

但不管怎么说，闹到连隔壁班级都受到影响，这样的行为实在让人无法淡定。就在我这样想的时候，一道清澈的声音将尾道老师的怒骂打断了。我对那个声音有印象。一察觉到出声的是谁，我就情不自禁地嘟囔道：

“不会吧……”

听起来很像千反田的声音。

她和我一样，都是一年级学生，入学后不久因为一些小缘分而认识，然后一起加入了同一个社团。说起来，千反田的班级就在隔壁。这个学校居然有学生敢反驳气得乱敲黑板的尾道，这本来就是一件令人惊讶的事情。而且居然是千反田，真是意想不到啊。我竖起耳朵想确认一下自己有没有听错，但毕竟是隔着墙壁传来的声音，无法断定……不过从抑扬顿挫的语气听来，确实很像千反田。

虽然不知道她在说什么，但毫无疑问每一句话都非常尖锐、言辞非常激烈。尽管对这声音已很熟悉，但我还是第一次听到她用这种语气说话。千反田也有大发雷霆的时候啊。

可能是把自己想说的话都说完了吧，声音没多久就沉默了。我们的教室也暂时笼罩在屏气凝神的沉默之中。不久之后，隔壁教室就恢复了安静。千反田成功地让尾道闭嘴了吗？教室里的我们本来还很不厚道地期待着骚动进一步闹大，看来是没戏了。不管理由为何，既然安静下来了，那我们也只能继续回到世界史的课堂上。

我取出自动铅笔的笔芯，这次从笔杆末端装进去。顺势在手指间转了一下笔。

2

放学后。古籍研究社社团活动室——地学教室。初夏的阳光斜照进来。

我用手指夹住文库本在看书，千反田则一副不知所措的样子。让她惊慌失措的是站在教室中央吵架的两人——福部里志和伊原摩耶花。不过他们的吵架从来都不是你来我往的互骂:伊原单方面不停责备，里志要么随口应付几下要么苦笑着承受——这就是他俩的吵架。虽然我一开始就在场，但还是搞不清楚他们今天究竟为什么会吵起来。开端大概就是“电线杆很高”或者“邮筒是红色的”之类的小事吧。

我、千反田还有里志是在四月加入到这个有名无实的古籍研究社的。然后在五月份，伊原追随里志加入了社团。

我从小学一年级开始就一直和伊原同班，不过彼此之间没有什么好聊的。到了高中好不容易被分到不同的班级去，却不想又在社团里碰头了，真不知道这缘分是深是浅。这样一来，伊原就身兼图书委员、漫画研究会会员、古籍研究社社员三个身份，跟身兼总务委员、手工艺社社员、古籍研究社社员的里志倒是挺相配的。

在社员只有三人的时候，古籍研究社是个非常宁静的场所。

里志原本就是聊起来很起劲，但没事的话就会保持沉默的类型。至于千反田，只要没爆发出强烈的好奇心，就跟外表给人的印象一样，是一名文静的女生。

尽管是社团，却没什么特别活动，我也变得有事没事都会到这间地学教室来。倒不是说有多喜欢这里，只是觉得比较无拘无束。

然而，在伊原加入进来之后，状况就有了变化。如果只有伊原一个人在的话，那也只是稍微有点冷清而已。问题在于一旦把她和里志放在一起……

“说到底一开始不是阿福你自己说要做的吗虽然你也有可能有相应的理由但到底发生了什么事情联系一声不是基本的礼貌吗只要能够事先联系就算取消我也不会有所怨言你不是有手机吗真搞不懂你究竟在想些什么这又不是我一个人的问题你这个表情是怎么回事给我好好听啊你明白自己的立场吗这不是只要跟我道歉就好的事情阿福你实在是……”

就会变成这样。

这已经是第几次了呢？

刚开始的几次，千反田吓得手足无措，拼尽全力劝慰两人，想帮忙进行调解。虽然这样说有点于心不忍，但那只是无谓的努力罢了。现在尽管她不再插嘴，但仍不肯放弃地在一旁等待时机。我不经意地抬头，刚好与一脸为难的千反田四目相对。她轻轻地伸出食指，指了指正在吵架的两人。

我手上的这本文库本SF小说虽然开头部分挺有趣的，但继续看下去，发现到了高潮部分就变得相当莫名其妙了。尽管知道有什么不好的事情发生了，却搞不清楚究竟是什么事情。同一个场景必须看上两遍才有办法理解，因此他俩的声音开始让我觉得有些聒噪了。

我叹了一口气，放下了文库本。

“明明很细心却在最根本的地方缺少为人着想的温柔明知会变成怎样却什么也不去做结果后来又是下雨又是刮风又是打雷最后甚至下冰雹了虽然就算直接见面你也不会注意到吧但我还是专门挑选了衣服一下子就被淋得狼狈不堪狼狈不堪啊归根究底这一切都是阿福你的错吧你总不至于想为自己开脱吧？”

我对滔滔不停的伊原开口说道：

“……你不累吗？”

伊原将瞪着里志的视线直接转到我的身上，直接干脆地回答道：

“累了。”

“休息一下吧。”

“我会这么做的。”

她听从我的建议，一屁股坐到旁边的课桌上。她是真的在生气，我也搞不懂这个人到底是好应付还是难应付。里志模仿美式风格竖起大拇指向我表达谢意，然后厚颜无耻地说道：

“哎呀，你的火气真大呢。适当发飙有助于排解精神压力吧？”

“如果阿福你能正经一些的话，我在发飙之前就不会积聚起那么多精神压力了。”

“也是啦，不过……”

里志明显打了个马虎眼，转头看向千反田。

“你稍微学习一下千反田同学会比较好。我从来没有看过她发火的样子。”

千反田正为休战松了一口气。我还是第一次看到真的有人会做出抚胸的动作来表示松了一口气。突然被里志提到自己的名字，千反田发出了惊讶的声音。

“欸，你说我吗？”

但是，伊原皱起眉头提出了反对意见。

“是吗？之前折木迟到的时候，好像有发火吧。”

唔，确实发生过这样的事情。不过，那跟伊原的发火不太一样。该怎么形容才好呢？

“那次我也看到了。不过与其说是发火，不如说是训斥更准确些吧。”

对，就是这个！同时我为瞬间表示赞同的自己感到丢脸。被同学“训斥”，这实在是……

“啊，嗯，也对。感觉像是在对折木谆谆教诲。”

这种说法也不怎么样。

千反田浮现出略带困惑的暧昧笑容，歪着小脑袋说道：

“说到发火，福部同学和折木同学发火的样子我还没有看过呢。”

停顿了数秒，我和伊原同时开口了。

“里志会发火哦。”

“阿福是会发火的。”

人一旦同时受到来自两个方向的攻击，判断能力似乎就会显著下降。此时的千反田正给人这种感觉。那双大眼睛的焦点在我和伊原之间来回移动，最后停在中间的里志身上。

“是这样吗？”

里志浮现出苦笑，回答道：

“算是吧。虽然发起火来不像摩耶花那么痛快，不过偶尔也是会发发脾气的。”

这么一说我才想起来，这家伙好像没有在千反田面前发过火。不过这也难怪，毕竟我们才刚认识两个月左右。

“我实在想象不出福部同学生气的样子。”

在千反田看来应该是这样吧。里志总在一些奇怪的地方死要面子，所以平时很少会在人前肆无忌惮地表现出情绪，更何况是在异性面前。伊原算是唯一的例外吧。

至于那个无法想象的“发怒的里志”——

“就算生气也不可怕。”

没错，缺乏了震撼力。他只是话语变少，别开视线，明确地告诉对方“别再说了”，然后转变话题。在我看来，里志这种生气的样子并不算太少见。

“不可怕？唔，我真是被小看了啊。”

千反田抬眼看着这样嘟囔的里志，轻声说道：

“……说不定我有些好奇呢……”

说不定迟早有一天，千反田会专门制定出惹里志生气的方案吧。我就期待一下好了。

“然后是折木吧？”

伊原的视线朝向了我。

说起来，我最近也没有发过火。我摆出悠然自得的样子，就像在温暖的春日里玩耍一样，却不想伊原突然浮现出一丝笑意，准确来说是嘲笑才对。然后她转头看向千反田，表现出像是在说“你清醒一点呀”的样子。

“折木是不可能发火的。”

“是因为性格温厚吗？”

伊原摇头否定了。

“因为这家伙是个寂寞的人，连发火都无法做到。”

……不管怎么说，这种说法也太过分了吧。

连里志也点头同意。

啊啊，不过就算被说到这种地步，我也没怎么生气，这样的自己真的好吗？最近都没怎么生气，最后一次生气是在什么时候呢。不不，我没必要在意这种事情。伊原的伶牙俐齿总是一针见血……不对，她虽然确实说中了一部分事实，但并非完全如是。没错，我性格温厚所以不会生气，这种解释也说得通。不不，不是这样，只要觉得火大，我也会生气的。

“哈哈，奉太郎动摇了。”

对于坦率陈述事实的里志，我感到很火大。你看，这不就生气了吗？

里志丝毫不介意怒火中烧的我，继续闲扯。

“先不要管奉太郎的情绪缺陷，我觉得千反田同学不生气实在是很特别。该说是宽容还是从容不迫呢，总之就是给人沉稳的感觉。我希望摩耶花能变得更加稳重一些，奉太郎的方式没有参考价值，还是千反田同学的方式更好啊。”

“就算你这么说。这种事情不是想学就能学的吧。我一点都不想学折木。小千那种又学不来。”

千反田的眉间突然出现了阴云。她用不太清晰的声音向坐在稍远处的我问道：

“那个……这不是在夸奖我吧？”

不太清楚，反正肯定是在贬损我。我、里志还有伊原不约而同地交流了一下视线。

伊原先开口了。

“要说是褒是贬，应该是褒义吧。”

接着是我：

“只是在评论而已，无关褒贬。”

但里志露出了意有所指的诡异笑容。

“不不，先不管无法发脾气的人，不生气这件事本身就是一大美德哦。毕竟愤怒是很严重的罪过。摩耶花你也要学着收敛一些才好。”

“罪过？能够罚款吗？罪名是制造噪声吗？”

里志只是装模作样地摇了摇头。在他身后，有些脸红的千反田帮忙进行了解说。

“是原罪。不过据我所知，应该翻译成‘暴怒’。”

接着——

“如果你们是在称赞我，那就别说了……”

千反田不仅低下了头，声音也比刚才更小了，这样根本没有人会在意她说了什么。说不定这是我们第一次看到千反田害羞的样子。

另一方面，里志则满意地点了点头。

“没错，真不愧是千反田同学。这个蛮有名的，摩耶花应该也听说过吧？就是七宗罪。”

“……嗯，这种我还是知道的。”

我不知道，所以只好打岔带过。

“罪孽不是一百零八吗？”

“那是烦恼。”

这样啊。

“七宗罪是基督教的概念。不过这是后世总结出来的内容，并没有记载在圣经上。唔，除了‘愤怒’还有……”

里志一边说，一边掰着手指开始数。

“‘傲慢’‘贪食’‘贪欲’……我只记得起四个啊。”

千反田帮里志补全了答案。

“还有‘嫉妒’‘色欲’和‘懒惰’。”

听到最后一项，伊原好像又看着我笑了……算了，被害妄想可不是什么好事。而且伊原现在已经面向千反田了。

“七宗罪原来是这么回事啊。那么，小千你很完美嘛。很谦虚，吃得也不多。”

“而且看起来一点都不贪婪，也很勤勉。”

“还有，那个……你也不色。”

“会不会嫉妒那就无从得知了。”

这两人与其说是在夸奖，倒不如说明显是在捉弄千反田。千反田那张羞得泛起樱花般绯色的脸变得越来越红了。她连忙摆手否认，连珠炮似的说道：

“不要再说了！而且，对了，我肚子饿了也很能吃的。”

这是理所当然的事情。

“感觉已经是圣爱瑠了。”

“千反田爱瑠，不觉得很像天使的名字吗？”

“乌列尔、加百列、千反田爱瑠吗？啊哈哈。”

这两人依旧那么默契十足。面对绝妙的联手攻击，千反田并没有一直被动挨打。她咳嗽了一声，然后义正词严地大喝一句：

“请不要再说了！”

“……生气了。”

“正确来说是被训斥了吧。”

千反田对泄了气的两人微微一笑。

“而且，我不认为不生气是一件好事。”

里志和伊原露出了惊讶的表情，大概我也是一样吧。千反田看着这样的我们，口若悬河地继续往下说：

“因为其他原罪也是如此吧。”

“抱歉，小千。我不明白你的意思。”

“是吗？可能是我的表达方式不够清楚吧。”

千反田微笑着回答道。

“说到傲慢和贪欲，我们或多或少都会有一点吧。当然，宗教上可能会有很多不同的解释。”

里志故意很夸张地歪了歪头。

“……比如说？”

“比如说，一点傲慢心态都没有的人其实就是缺乏自信的人吧。那些没有贪欲的人，可能连养活家人都很困难。如果全世界的人都不会嫉妒的话，那就无法产生新的技术了。”

说到这里，千反田停顿了一下，然后环视我们三人的表情——

“那个……我觉得这并不是需要听得这么专注的事情。”

确实听得很专注的里志盘起手来沉吟了一声。

“哦，原来如此。有趣，很有趣的想法呢。”

另一方面，我有种别人帮忙辩护的感觉，心情好了不少，语气轻松地说道：

“换句话说,就是程度的问题吧？这个想法很接近儒家思想呢。”

“不是这样的，我不知道圣经的解释，只是一直觉得原罪这个词语没办法原原本本地套用在我们的日常生活上。”

这回，她毫不羞涩地断言道。

并非“只是觉得”，而是“只是一直觉得”吗？看来这不是她刚刚产生的想法吧。我从来没有思考过千反田的脑子里在想些什么，所以对此觉得蛮有趣的。

“那么，小千你认为生气也不是坏事吗？”

“是的。如果不论碰到什么事情都不会生气的话，可能是因为没有喜欢的东西吧。”

……我可是会生气的哦。

“既然如此，那么小千你为什么从来不生气呢？”

千反田马上给出了回答。

“因为很累。我不想做太累的事情。”

哦哦？

里志脸色苍白地抱着头站了起来。

“千、千反田同学被奉太郎毒害了！这明明是最应该防备的事情啊！这要如何是好呢。妖怪在神山高中徘徊，名为节能主义的妖怪！”

“呃，那个，我是在开玩笑啦。”

沉默降临。

过了一会，千反田用细若蚊鸣的声音说道：

“……不好意思，我一时兴起。”

嗯，我猜到可能是这样。不过一碰到不习惯的事情，人难免会惊慌失措的。我还以为找到心灵之友了呢。

千反田似乎已经将刚才的胡闹抛诸脑后，坦然地重新回答道：

“我并不是不会生气。我也会发火的……我想想，比如说……”

我们三人的视线催促她继续讲下去。

“有人浪费粮食的话，我会发火的。”

……真不愧是农家的女儿。谁知盘中餐，粒粒皆辛苦啊。

我正这么思考着，突然回想起发生在第五节课时的事情。差点忘记了呢，我没多想就说了出来。

“说到发火，第五节课在尾道的课堂上发火的人是你吧？”

瞬间，我感觉到千反田整个人发生了变化。

糟糕，后悔让我如芒在背。作为放学后的乐趣，原本千反田正享受着朋友之间和乐融融的谈笑，此时却嘴巴紧闭，微微收起纤细的下巴。她从来不会露出夸张的表情，不过能够轻易看出情绪的变化。

千反田轻声嘟囔道：

“啊啊，对哦。我为什么忘记了呢……我原本是打算向折木同学请教这件事情的。”

我真是挖坑给自己跳。里志和伊原刚才开玩笑把千反田说成圣人或天使。那个时候，我还觉得她那谦恭有礼的举止确实有几分似曾相识，但那根本就是大错特错。上进心也许很适合圣人君子，但好奇心是完全没必要的东西。

打草惊蛇了。没有理会在无声抱怨的我，里志优哉游哉地问道：

“发生了什么事情吗，千反田同学？”

“是的。其实，今天我在第五节课——数学课上发火了。”

“嗬，小千居然会发火啊。”

千反田朝里志和伊原暧昧地点了点头，然后视线越过两人看向了我。我有点后悔自己干吗不别过头去，不过追悔莫及是常有的事。

千反田稍稍提高音量说道：

“但是，我不明白自己为什么会生气。我原本没必要发火的，一定是发生了什么让我生气的事情，可就是搞不清楚我究竟为了什么而生气。”

听她说完一大段话，我们费了好大的劲才能理解其中的意思。不过，就是这么一回事吧。千反田接着把那句话说了出来：

“我很好奇。”

3

今天的第五节课是数学，由尾道老师负责上课。折木同学和福部同学应该很了解尾道老师是怎样的人。

我不知道从哪里开始说比较好，就从头说起吧。

第五节课，几乎踏着铃声走进教室的尾道老师看起来心情不太好。不过据我所知，那个老师在大部分情况下都是这样。在打开门进入教室之前，尾道老师一瞬间停下来看了一眼班级的门牌。这种举动也是经常会有的。

大家起立行礼之后，尾道老师就开始写板书。是二次函数，式子本身非常简单，$y=x^2+x+1$。不过x的取值范围限制在0到3之间。然后，尾道老师用那根竹棒敲了敲自己的肩膀，点名河崎同学站起来，要求在平面上画出y的值域。你们知道河崎同学吗？就是那个身材高瘦、说话有点口吃的男生……这大概不是重点吧。

河崎同学明显很困惑。而且，我也感到很困惑。因为我们还没有学到x受范围限制的情况。

不过我换了个想法，认为这也许是尾道老师在考验我们的想象力。面对接下来要教到的内容，老师可能是想测试一下我们会用怎样的方法来求值域。老实说，我很不擅长这种事情。虽然以前也碰到过这样的上课方式，不过我觉得让学生自行思考的做法不太符合尾道老师以往的教学方针。

面对尾道老师的问题，河崎同学思考了一会，最后回答说自己不知道。

出乎我的意料，尾道老师闻言后大发雷霆。“你说不知道？之前的课都在听些什么啊”就这样逮着河崎同学进行了指导……不，虽然我不想这么说，但比起指导，我觉得更接近于臭骂。

而且，老师还相当粗暴地表达了类似“你这样将来不会有前途的”这方面的意思。就这样痛骂了一顿之后，尾道老师让河崎同学坐下了。

接下来被点名的是多村同学。与河崎同学相比，多村同学的数学成绩要好不少。但是，多村同学尽管站起来了，却同样回答不出来。

尾道老师对多村同学说：“笨蛋，你给我坐下。”然后，他环视全班，大声说道：“你们就没有人能给出像样的答案来吗？”

其实我应该早点注意到才对，不过当我发现尾道老师搞错时已经迟了。看了一下教科书，我发现今天的内容应该是为二次函数的计算法收尾，然后进入最大值、最小值单元的第一节课。也就是说，尾道老师整整跳掉了一节课。

其他同学似乎也发现了，教室里响起了一阵喧哗。这样的情况让尾道老师越来越火大，他开始用竹棒敲打黑板。然后，口气很差地批评我们全班同学的上课态度、上进心甚至公德心，而且还不留情面地给我们毕业后的出路和未来前途下了判决。嗯，没错，他每说一句话就会敲一下黑板。

说实话，我们班上应该会有人能够画出y的值域。虽然我没有上过补习班,不过大部分升学补习班的教学内容都比学校要快不少。然而，那些原本答得出来的同学也都低着头，没有人愿意举手回答。

尾道老师再次点名多村同学，说:“你站起来，一直站到想起来为止。快点回答出来。”我就是在那个时候站起来的。我请求尾道老师重新确认一下有没有搞错课程进度。

欸？我具体说了些什么吗？

……对不起，请容我保密。自己生气时的言行并不是什么值得回忆的事情。

没错，我就是在那个时候发火的。

4

说到这里，千反田轻轻地咳嗽了一声。我觉得这是她对生气一事表现出的腼腆反应。

怒气专家伊原催促千反田继续讲下去。

“然后怎样了呢？”

“尾道老师拿起教科书，然后反复翻了好几遍，最后嘟囔了一声‘哦，是这样啊’，让多村同学坐下来了。接下来就是一如既往的课堂。”

伊原不满地哼了一声，盘起手来说道：

“尾道原来是这样的老师啊。虽然这样讲对小千你们班有些过分，不过我不是他的学生真是太好了。”

“没错！实在是受不了啊。都是因为那个人的关系，我期中考试之后不知道吃了多少苦头呢！”

里志夸张地大声喊道。我忍不住对他吐槽：

“红灯高挂又不能怪尾道。期末考试时你自己想办法一雪前耻吧。”

接着顺便对伊原解释道：

“他并不是坏老师哦。”

“是的，尾道老师不是坏老师。”

“嗯，其实人不坏。”

如果非要区分好坏的话，他应该算是好老师吧。

千反田看向我。

“就是这样，你怎么看呢？”

问我怎么看？也就是说事情全部说完了吗？我交替了一下翘着的脚。

“有什么奇怪的地方吗？”

千反田的视线在上方徘徊，就像在回放自己刚刚说过的话一样。然后，她仿佛突然想起来似的说道：

“啊啊，我忘记说最关键的地方了。

“我觉得不可思议的是为什么尾道老师会产生这样的误会。从板书和试卷的评分来看，尾道老师并不像是那么容易犯错的人呀。”

“……也对。”

里志插嘴了。

“对学生很严格的老师分成两种。一种是对自己也很严格，另一种是对自己很宽松。”

这种情况并不仅限于教师吧。总之我所了解的尾道应该属于前者。

“尽管如此，他却犯下了如此明显的错误，这就是我难以理解的地方。”

这家伙又给我出难题了。我不禁皱起了眉头。

“你是想知道尾道会产生误会的原因吗？这种事情也太强人所难了。干脆现在去教职员办公室让他把大脑打开给你看吧。”

千反田摇了摇头。

“不，请听我说。折木同学和福部同学应该也知道，尾道老师在上完课后一定会打开教科书的。即使在课堂上一次都没使用过，他也会这样做。”

我和里志看了看彼此，几乎同时耸了耸肩膀。谁会没事去注意这种事情啊。

“然后会用笔简短地做一下笔记。你认为他为什么要这么做呢？”

原来如此，我明白她想表达的意思了。

“是记录自己上到哪里吗？”

“我是这样认为的。事实上，尾道老师在看了教科书后才发觉自己搞错了。以前也经常有类似确认教学进度的情况。而且，他也应该知道我们是哪个班级才对。在进教室前看名牌就是为了确认班级吧。

“你们想想，尾道老师会记录每个班级的教学进度，进教室前也会确认今天是哪个班级的课。可以说是完美无缺的吧。

“既然如此，究竟在什么地方会存在误会的余地呢？”

尾道老师做的笔记应该类似于在第十五页写上“×班、六月一日”、在第二十页写上“×班、六月三日”这样的内容吧。的确，如果不这样做的话，会很容易忘记自己上到哪里了。

我没有仔细思考就脱口而出：

“可能是和其他日子的记录搞混了吧。”

对于自己说出来的话必须负起责任，信口胡诌是会遭到报应的。伊原转头用冰冷的眼神看着我说：

“……如果是那样的话，只有可能错以为是旧的进度，而不会跳过现在的进度。你至少动一下脑子啊，不要用脊髓反射来说话。”

需要说得这么狠吗？今天的伊原状态非常好。她说得很有道理，这样最多只会参照过去的记录，没可能看到未来的记录……

状态大好的伊原面向千反田，可爱地歪着脑袋问道：

“我不是想抢小千你的专利……”

“什么？”

“我有些好奇，可以发问吗？”

“问我吗？好的，请问。”

千反田似乎端正了姿势。伊原没有像正牌那样精神振奋，而是用自己一如既往的语气询问道：

“根据小千你刚才的说明，我能理解你为什么会生气。估计是被说了非常过分的话，如果我当时在场的话，应该也会生气吧。不过，尽管我会生气，却不太可能去反驳老师。那样做不就等于自己往火坑里跳吗？”

她最后那句话，是一边扫视着我和里志，一边说出口的。嗯，正是如此。没想到伊原会说出跳入火坑这么不符合她性格的有趣比喻。

伊原不认识尾道，不过她说的没错，反抗发飙的尾道就如同火中取栗一般。我当然不会这样做，里志应该也不会吧。一千多人的神山高中学生中，究竟有多少人会做出这种行为呢？所以第五节课时，我才会那么吃惊。

然而，千反田却若无其事地回答道：

“因为我生气了呀。”

生气到忘我的程度吗？千反田吗？实在是难以相信……就在我这么想的时候，千反田继续说道：

“不过，我觉得自己会生气并不是因为尾道老师说了很过分的话。”

伊原思考了一会。

“那么，是因为知道答案的人都闷声不吭吗？”

“不是。无论是谁，在那种情况下都不会主动站起来回答吧。而且，如果有人回答了的话，那么老师就会按照错误的进度讲下去。”

“是因为其他同学都没有指出老师的错误吗？”

“不是！”

伊原又思考了一会。

“……是因为觉得多村很可怜吗？”

这确实很符合千反田的作风。

但当事人自己摇了摇头。

“我虽然觉得多村同学很可怜，不过应该不是因此而生气的。

我实在搞不清楚自己当时的想法。毕竟站在尾道老师的立场上，他是在训斥将之前的上课内容忘得一干二净的学生，这不是理所当然的事情吗？虽然话语有些过于粗暴。

“……那么，我为什么会生气呢——”

千反田露出了有些别扭的笑容。

“自己的事情真的很难搞懂啊。”

“嗯，是啊。”

伊原也浮现出有些尴尬的笑容。

嗯，伊原的疑问也不是不能理解。无论换成谁，面对千反田所处的状况应该都会发火的。就算是我，想必也会觉得相当不愉快。但如果千反田会因为大家都会生气的事情而生气，那么我们怎么会对她产生不容易发火的印象呢？

这是一个无解的问题。

正如千反田所说，了解自己是一件很困难、很难为情，并且很麻烦的事情……唔，千反田似乎没有提到麻烦吧。

我还不是很了解千反田，没办法知道这家伙会因为什么生气或开心。而且相比这种事情，我更在意手上这本文库本的后续。

“你怎么看呢，折木同学？”

“不知道。”

“嗯，我自己也不知道……”

千反田稍微停顿了一下。她轻轻地吸了一口气，那双大眼睛闪现出激动的光芒。

“但是，只要折木同学愿意思考，就应该有办法想出答案来吧！”

里志发出了惊叹的声音，而我则是仓皇失措。莫非这表示她很信任我吗？

同时也表示她看穿了我之前完全没有在思考吗？

在教室另一侧的伊原皱起了眉头。

“小千。如果你期待折木像上次一样大展身手的话，那只是白费力气哦。因为这家伙的前世是蝈蝈。”

"欸，摩耶花同学你能看到别人的前世吗？"

很好，千反田的兴趣被吸引过去了。但是——

"不过，我现在更在意尾道老师的事情。"

马上就回来了。真麻烦。顺便一提，如果说前世是蝈蝈，那应该是里志而不是我吧。蝈蝈冬天会死不是节能主义的结果，而是享乐主义的后果。

"折木同学。"

看来我不说些什么是无法收场的……

我还是暂时放弃文库本，试着稍微思考一下好了。

5

尾道会在教科书上记录教学进度，这一点恐怕不会错，毕竟他十几二十年来一直在教高中数学。今年负责的班级也有好几个，会产生混乱并不奇怪，做记录防止出错，想想也是理所当然的事。

明明有做记录，却还是搞错了，并且是跳过而不是重复之前的进度。嗯，这的确挺奇怪的。

不对，等一下。跳过进度具体是怎么一回事呢？

既然犯下了跳过进度的错误，那么做标记的页面必须比正确页面更后面才行。就是在×班还没教到的内容上做了"×班"的标记吧。

如此一来，就可以轻轻松松解决掉这件事了。我翘起二郎腿，向千反田问道：

"你的班级还没有上到值域的内容吧？"

"嗯，是的。"

对于这个不言自明的确认，千反田露出有些不可思议的表情。接着，我说出了让她觉得更加不可思议的话。

"如果说，其实你们已经学到这个内容了呢？"

"……这话是什么意思？"

“尾道每年都在教数学。对于尾道来说，我们并非唯一的学生……去年的一年A班这时应该教到了在x有限制范围的情况下求值域吧。”

千反田不由得惊呼一声。没错，将去年的笔记和今年的搞混了，这其实是很常见的误会吧。

然而，千反田还没表示接受，就被人叫停了。里志缓缓地摇头否定：

“你是想说这是隔了一年的误会吗？很遗憾，这是不可能的。”

“怎么说？”

在阐述自己毫无意义的知识时，里志总是显得异常开心。

“很简单。教师的教科书每年都会更新，如果有细节上的修订，教师和学生的教科书不一样那就不好办了。事实上，尾道老师用的是今年刚出的第四版。”

千反田张着嘴巴垂下了视线。

……原来如此。既然里志如此肯定，那应该不会错吧。话说，这家伙为什么连尾道在用第几版都知道呢？我反倒有些在意这点。

那么换个思路，尾道有经常往教科书上写东西的习惯，所以搞糊涂了……虽然以可能性来说并不是太低，但是千反田会接受这个说法吗？上课后在教科书里面写的内容应该只是班级和日期吧。有什么潦草笔记会让他混淆内容呢？如果有能判断尾道喜欢随手乱涂的理由，那就另当别论了。

唔。

看到我彻底沉默，里志可能觉得没办法寄望于我了吧，一派轻松地继续说道：

“话说回来，值域真的很难懂啊。不是我自夸，光是画（x,y）的坐标图就让我头大了。如果被尾道老师点到名字的话，感觉会是相当恐怖的下场呢。”

既然有自知之明，那就放弃那些莫名其妙的杂学，多花点心思在学业上什么的……这种话我就不说了，毕竟要求鸟不要飞也只是强人所难。里志现在在研究什么呢？我记得他之前好像提到易经什么来着。

……啊啊，等一下。

我突然想到一件事情，于是询问道：

“里志，你的班级已经教到值域的单元了吗？”

“嗯？啊啊，是的。”

“你是几班来着？”

“我说折木，你至少记一下朋友的班级啊。”

我尝试向伊原进行反击。

“那么你知道我是几班吗？”

“我和你又不是朋友。”

哑口无言就是这么回事吧。

看到我出糗，里志忍不住笑了。

“放心吧，摩耶花。奉太郎是知道的。”

听到他这么说，我也似乎觉得自己知道了。

里志的班级教到值域的单元了。我的班级还没有教到。千反田的班级当然也没有。

……原来如此。我感觉自己好像弄明白了。

“可以确定的是，尾道在超过实际进度的页面做了笔记。”

我以这句话做开场白。

“嗯，是的。我也这样认为。”

“而且是今年刚写的，用来表示教学进度的笔记。而且不是关于你所在班级的记录。那么，试着假定那是关于里志班级的进度笔记。”

“福部同学的班级吗？”

里志不顾千反田的疑问，一脸讶异地询问道：

“尾道老师负责的是ABCD四个班级。就算不是A也不是B，也不一定就是我在的D吧？”

伊原也插嘴了。

“而且，就当是D好了，这有什么问题吗？”

“如果是D班的话，那么和A班搞错也就不奇怪了。换成C的话，不管怎样都不会跟A搞错的。”

伊原瞪着我，就像在说“你又在说什么蠢话啊”一样。不，不是“就像”，她真的说出口了。

“你又在说什么蠢话啊。A和D也没可能会搞混呀。”

我对她的目光感到有些胆怯，但还是装出坦然自若的样子。

“尾道是数学老师。”

“那又如何？”

“数学老师的话，就很可能会把A和D搞混。就像片假名的ッ和シ一样。”

“哈？”

轻蔑的视线向我投来“你脑子没问题吧”的疑问。为什么这家伙在面对里志时会手下留情，对象换成我就铁石心肠到底了呢？

即使如此，我还是继续往下说。

“比如说，尾道在第十一页写了六月一日A，在第十五页写了六月一日D。如果将这个A和D搞混了，就会发生这次的事情。而且……”

我稍稍喘了口气。

“对于尾道来说，**小写字母**用起来要更习惯。”

一瞬间，我们四人都沉默了。

他们理解了吗？还是说，理解之后依然觉得我是在说蠢话呢？对于我来说，这是一段紧张的时间。

不久之后——

“啊啊，原来如此！”

里志出声打破了沉默。

“小写字母的a和d吗！”

我表情僵硬地点了点头。既然千反田声明尾道有确认过教室的门牌，那么认错教室这条路线是走不通的。如此一来就只可能是看错笔记了，问题是A不可能被认错。不过换成a的话，情况就不一样了。

“有一定几率会把a和d搞混的。”

伊原一言不发。

她抿紧嘴唇，用仿佛带有一丝怨恨的眼神瞪着我。然而出乎意料的，从她口中说出来的却是赞同的话。

“……嗯。这是有可能的。”

“你这态度很惊悚啊。”

“嗯。我之前的英语考试就因为写的字分辨不清是a还是d，结果被扣分了。”

“原来摩耶花你也有过啊。不过我是n和h。”

很幸运，看来并不只是我一个人有这方面的经验。顺便一提，我的情况不是英语而是数学。不对，正确来说是算数吧，1和7写得分辨不清被扣分了。那是我小学一年级的时候，当时的我还是童颜美少年呢。明明答案正确，为什么会被扣分啊？我感到非常不甘心，不过马上就觉得没必要一直纠结下去。对于这件事，我至今记得很清楚。

那么，千反田是如何呢？

写字工整的千反田似乎没有这一类失败经验。不过她稍微思考了一会儿之后，轻轻地点了两下头。

“有道理。这的确有可能。”

很好，我总算可以继续看文库本了。

千反田微微一笑说道：

“a和d……就算看错了也情有可原。我果然对尾道老师说得有些过了。真是不应该啊。”

听到这句话，我感到有些惊讶。

因为我之前隐约猜到千反田的内心可能是这么想的。居然真的被我猜对了。

“欸，为什么会变成这样？”

伊原表示尾道有错在先，没有什么过不过的问题。我一边心不在焉地听着，一边偷看了一下千反田的脸。与责备自己的话语相反，她的表情非常舒畅，甚至看起来像是松了一口气。

我在内心这样想：

……很少生气的千反田生气了，于是她想知道自己生气的原因。尽管她说生气并不是坏事，但其实无论何时她自己都不想生气吧。因此，千反田倾向于认为尾道的错误也有三分理。同时还想将发怒归结于自己的失误，所以她才想知道自己生气的理由吧。

千反田爱瑠就是这样的人吧？

不。

我摇了摇头。试图将刚才的想法驱逐出脑内。我认识千反田不过才两个月而已，有什么资格对她品头论足啊。如果换成初中就认识的福部里志，那我多多少少还是知道一些的。对于交情不深但同班九年的伊原，也稍有了解。但是，现在的我到底知道千反田的什么啊。

对了。由于千反田的行动目的很明确，所以偶尔能够看出她的想法。但是，如果因此觉得自己看透了对方的内心，那就犯下了原罪——“傲慢”。为人要慎重、为人要慎重，我什么时候变得这么拽了啊？而且光是今天这一天里，千反田就让我吃惊了不知道多少次了。

我露出了苦笑。不知不觉间，说话的人就只剩伊原和里志了，而且正逐渐脱离尾道的话题。估计是没我什么事了。看了一下手表，时间已经接近五点。我将视线投向日暮西山的外面，差不多该回去了吧？

“我能理解小千的想法，但换作是我的话……”

“摩耶花你当然是那样啦。不过你想一下啊，千反田同学之前……”

再待一会吧。我拿起盖在桌上的文库本，从打开的那一页从头开始看起。今天也像这样在浪费高中生活。我犯下的原罪有“懒惰”就足够了。

看破真面目

1

“看似幽灵，实乃枯芒花”是很常见的说法。然而在查了词典都不是很理解“罗曼蒂克”之意的现代，是枯芒花的并不只有幽灵吧。而世上的幽灵们也接二连三地被看破是枯芒花，于是，让幽灵保持原本的样子对我们来说反而是一件困难的事。

夏末八月，暑气依旧逼人，大巴驶上蜿蜒的山路，我在车上聊起了这个话题。坐在旁边的福部里志若有所思地点了点头。

“有意思。潇洒地否定了形而上的价值吗？对于奉太郎来说，还真是有趣的思路。”

然后，前方座位的女生不请自来地转过头，皱起了眉。是伊原摩耶花。

“我不喜欢这种想法，虽然对任何事物我都不会盲目相信。”

我听着两人的话，稍微花了点时间才理解他们的意思……然后急忙否定了。

“不不，我不是这个意思。”

就像神秘的UFO和尼斯湖水怪一样，简而言之我只是想聊一下极为通俗的话题而已。具体来说，我刚才说话时一直想着昨晚播放的电视节目——“拍摄小组亲眼所见！滨名湖巨鳗‘滨西’惊愕的真面目”。也许我的说法有些过于拐弯抹角，不过擅自被理解成含义深远的见解，那也让我很伤脑筋的。然而，就在我准备解释之前，坐在伊原旁边的连衣裙女生转过头来冲我微微一笑。

“不过枯芒花的真面目也让人很好奇呢。”

她是千反田爱瑠。看来我是彻底被误会了。算了，也不是什么非要解释不可的事情，我闭上了嘴巴。

神山高中古籍研究社，总共四人。

为什么古籍研究社的我们要同乘一辆大巴在颠簸的山路上摇晃

呢？那当然与这辆大巴的目的地有关。终点是财前村，是以登山和温泉闻名的小山村。我不会去登山。通过排除法可以推断出我们前往的目标是——温泉。

山路越来越陡，大巴的引擎发出了低鸣。

2

八月是暑假。假期就要好好休息，这样的行动才符合我的生活信条。然而，现在的我却在前往温泉的路上。一切根源出自于古籍研究社社长千反田的提议。

这个暑假，我们古籍研究社全部成员合力解决了被里志命名为“冰菓”的事件。其中，千反田与此事有莫大关系。事件解决之后，千反田为了感谢并慰劳我们，所以策划了温泉合宿之旅。懒得出门的我并不赞成这个计划，但最终寡不敌众，不知不觉就被算进参加者里面了。

财前村距离神山市大约有一个半小时的车程。这趟出行不需要住宿费，因为伊原的亲戚在财前村经营民宿。由于正好在装修无法对外营业，所以就免费借给我们了。

我平常不怎么晕车的，不过可能因为山路太陡峭了，即将到站前我稍微有点受不了。下了大巴，我们换乘伊原亲戚派来接我们的客货两用车到达民宿“青山庄”。走进分配好的房间，坐到窗边，美好的景色顿时让我忘却了不适。

我所在的房间大概有二十张榻榻米那么大吧，给我和里志两个人住完全绰绰有余。只要将窗户全部打开，郁郁葱葱的山斜面就近在眼前，着实是一片令人震撼的景色。到处升起的袅袅白烟就是温泉的热气吧。另外还有零星几栋建筑物，都是蜿蜒曲折的县道边上的旅馆和民宅。稍远处还能看到学校。据说由于学生很少，所以一栋建筑物里就容纳了小学和中学。对于当地的居民来说，这应该是相当不方便的事情，但在旅人眼中是别有一番情趣吧。尽管我不算是个感情丰富的人，但也不至于迟钝到感受不出旅行的韵味。

“这个房间的景致真不错呢。”

身后传来里志的声音。我没有回头就应道：

“偶尔这样来玩玩也不错。更奢侈的想法是，如果一个人来这种地方应该更有情趣吧。”

响起了窃笑声。

“奉太郎独自旅行？不要开玩笑了，奉太郎你又不是会主动踏上温泉之旅的风雅之人。千反田同学制定计划，摩耶花利用了自己的关系，所以奉太郎你才会在这里。你不要把这点给忘记了哦。”

里志如愿以偿，我有些生气了。在古籍研究社中，伊原是毒舌的最高权威，但里志的舌锋也不容小觑。而且他的话正中关键，就更让人火大了。事实上，我确实不会主动想到财前这种地方来。

所以能像这样来到财前村，并且享受美好的景色，我应该感谢千反田才对吧。

刚听到从走廊传来脚步声，紧接着就响起了粗暴的敲门声。

“吃晚饭了！”

是伊原的声音。

然后是千反田的声音，她似乎在模仿伊原。

“要吃晚饭了哦。”

“……到了晚饭时间哦，走吧。”

在大家的催促下，我默默地离开了窗边。温泉本身确实不错，不过一想到一天到晚都要和这帮家伙在一起，就觉得有些静不下心来。楼下传来奶酪的香味。晚饭是奶油浓汤或者奶油烤菜吧，还有干酪火锅，应该就这么多了。我做了个深呼吸。

民宿“青山庄”由两栋房子组成。分别是我们住的别馆和正在装修中的本馆。

虽然分为本馆和别馆，不过大小几乎相同。两栋建筑物由一条游廊连接起来，如果从上方俯瞰建筑物整体的话，应该像个缺了口的矩形吧。

两栋都是木结构的建筑，两层楼，走在木板铺成的走廊上会发出嘎吱嘎吱的声响。每栋建筑都只有一个楼梯。千反田和伊原被分配到的客房在二楼的尽头，我和里志的房间则在她们隔壁。客房非常宽敞，别说是四个人，就算八个人住也没问题。总之，我们就心怀感激地接受了。

楼梯很陡，下楼的时候要特别留心脚下。

原本食堂好像是在本馆一楼，不过那里正在装修，所以我们就在别馆一楼的和室用餐。打开画着富士山的拉门，千反田、伊原还有民宿主人家的两个女儿都跪坐在茶色基调的房间里。

上座和下座还空着，民宿姐妹与千反田、伊原相对而坐。她们还没有开始吃饭，似乎是在等我们。真是有礼貌啊。我坐到了旁边的坐垫上，于是里志就只剩上座可以坐了。看来在场的人好像都不怎么在意席次的问题。

六个人围在一起的话，矮桌就显得有些拥挤了。我的预测完全落空，上面摆着生菜沙拉、烤柳叶鱼、猪肉片冷盘，还有白萝卜和油豆腐的味噌汤。木碗里已经盛好了米饭。但我确实闻到了奶酪的香味。那么……我环视房间，轻声嘟囔道：

“是烤了芝士蛋糕吗？”

“啊，你猜出来了吗？”

留着一头不算很短的头发的女孩微微一笑。她身材小巧，大眼睛前配着一副无框大眼镜，还有一脸幸福的笑容，给人留下精明干练的印象。她身穿薄T恤搭配及膝牛仔短裤。真不愧是伊原的亲戚，看起来就像姐妹一样。伊原也穿着T恤和牛仔短裤，大概是这相似的打扮给了我这样的错觉吧。

话说回来，据我所知，伊原的外表从小学开始就没什么变化。这两人看起来像姐妹的话，伊原应该是妹妹。不过我当然不会把这话说出口。

这位感觉非常亲切的女孩是民宿“青山庄”的姐妹之一，善名梨绘。

“好厉害。真的跟摩耶姐姐说得一样呢。”

伊原说了什么啊。

顺便一提，梨绘旁边的马尾辫女孩一直很有礼貌地坐着。正确来说是浑身僵硬，她似乎还不习惯我们这群客人。虽然这样想有点多管闲事，但我不由得担心起来，她这样能帮忙家里的生意吗？

无论是怕生的性格，还是难以想象出笑容的柔弱样子，都与她的姐姐大相径庭。刚才看到她站起来的样子，身高应该和梨绘差不多。在盛夏季节居然穿了长袖，虽然比较薄，但还是让人觉得很热。听说她明年才升初中，但体格已经和初二的梨绘相差无几，说不定在同龄人中算是发育比较好的吧。她的名字叫善名嘉代。

“那么，吃饭吧。”

举止比起客人更像主人的伊原一声令下，大家都纷纷起筷开吃。千反田很有礼貌地在餐前合掌感谢食物，真是很像她的风格。姐妹的父母不在这里，估计是在本馆吃吧。这个房间容不下更多的人了。

首先是味噌汤。我喝了一口……真不愧是做民宿生意的，味道很不错。接下来是烤柳叶鱼，虽然应该不是真正的柳叶鱼，不过只要有吃到鱼籽的口感我就很满足了。

梨绘兴致勃勃地缠着伊原讲高中生活的事情，嘉代则怯生生地询问千反田的名字。笑眯眯的里志偶尔会插上几句话。我很满意柳叶鱼久违的口感，默默地动着筷子。

“……然后呢，就像这样……”

说到兴头上的梨绘开始用筷子在空中比划起来。虽然这不符合吃饭的礼节，不过也没必要去在意别人家的家教。

梨绘伸手去拿沙拉勺，嘉代朝冷盘伸筷。两人几乎同时动手，但梨绘缩回来时手臂撞到嘉代。嘉代夹着猪肉的筷子一沉，味噌汤的碗猛然晃动了一下。把全部经过看在眼里的我暗叫不好，但为时已晚。

味噌汤从碗里洒了出来。嘉代轻轻地发出了一声惊叫。

“啊。”

“啊，你在做什么啊？”

梨绘皱起眉头数落道。不过我觉得姐妹俩都没有错……

“对、对不起，姐姐。”

嘉代一边道歉，一边伸手想拿抹布。由于距离有点远，千反田就帮忙递给了她。

“给。”

“非、非常感谢。”

梨绘叮嘱自己的妹妹小心点。我等嘉代将洒出来的味噌汤擦完，再次向柳叶鱼发动攻势。仔细想想，既然来到这里还真想吃点山珍啊，不过这种想法未免有些太奢侈了。

3

点心是梨绘亲手烤的芝士蛋糕，享用完以后我们就自由活动了。我回到房间，却没看到应该早我一步回来的里志。难道是去洗澡了？

在独自一人的房间里，我从平时使用的单肩背包里拿出一本漫画。是里志借给我的，他说“作为战国故事，算是近期的优秀作品”。所言不虚，该说是富有生活感吧，对当时的生活描写得细致入微，非常有看头。果然是里志会喜欢的内容。

故事发生在信长攻打朝仓、渐入佳境之时。眼看织田即将获得胜利，信长的妹妹送了一份慰问礼到军营。那是一袋两端都绑起来的红豆。信长一看到那袋红豆，便马上大呼：“这是‘瓮中之鳖’的意思吗！背后的浅井背叛我了！”嫁到浅井家的信长妹妹用这个方法告知兄长现在的处境很危险。

虽然我很想吐槽光靠一袋红豆哪能猜出这么多事来，不过不可否认这是很不错的故事。如果知道我陷入危机，我的老姐应该会急急忙忙地赶过来……看热闹吧。

看到一半左右，我感到眼睛有些疲劳，就暂时停下来休息。总觉得这个房间的光线有点暗。虽然宾馆之类的地方灯光一般都以昏暗为主，但这里并非那种地方。

不看漫画的话，能做些什么呢？房间里尽管有电视机，不过用疲惫的眼睛看电视，那只会给自己找罪受。

于是，时间就多出来了。我想，既然是什么都不必做的时间，那么什么都不做就是最好的选择了。过了一会，无所事事躺在地上的我觉得到了温泉民宿还是应该去泡一下温泉才对。我拿着房间里的毛巾和浴巾来到走廊上，正好碰到了千反田。

“啊，你去哪里呢？”

我看了一下，千反田也拿着毛巾。

“和你一样啦。”

“这里不提供混浴哦。”

“我又没说要和你泡同一个浴池。”

我们两人并肩走着。拖鞋啪嗒啪嗒的声音和地板嘎吱嘎吱的声音此起彼伏。这时，千反田像是突然想起了什么似的说道：

“对了，虽然有些唐突……折木同学你的姐姐是怎样的人呢？”

干吗问这个？还真是唐突啊。

我想起千反田是独生女，于是稍微思考了一下，斟酌用词回答道：

“我的老姐吗？在各种意义上都是一个怪人，但同时也很优秀。无论在哪个领域，我都不觉得自己能赢她。”

“哦。”

“不过，我也没想过要赢她就是了……为什么突然问我关于老姐的事情？因为看到善名姐妹吗？”

千反田轻轻地点了点头。然后她难为情地笑了，小声对我说：

“其实啊，我很想要兄弟姐妹。姐姐或弟弟都好。你不觉得身边有个需要彼此在乎的人是件很美妙的事情吗？”

听完这句话，我不禁稍稍瞪大了眼睛，然后耸了耸肩膀来代替回答。看来这位大小姐有点太好人了，该不会是看到幽灵了吧。

虽然别馆也有可以泡温泉的浴室，不过听说大小和普通浴室没什么两样，空间很狭小。而在附近就有露天浴池，那才是我们的目的地。虽然我是节能主义者，但也不至于懒到为了两三步距离而放弃宽敞的浴池。

走出青山庄，沿着下坡路往下走。转过拐角就能看到露天温泉，据说是由附近的几家民宿和旅馆一起管理。坐镇于竹制柜台上的中年妇女向我们收取入浴费，不过告知是青山庄的客人后，她就放我们过去了。

我在这里与千反田告别。如果不告别的话，那问题就大了。

更衣室意外的狭小。虽然没看到其他人，但篮子里有一套脱下来的衣裤，应该有客人先到了吧。我再仔细观察了一番，发现那条工装裤很眼熟。看来先到的人是里志。

我脱了衣服进入浴室。用人造岩石打造出自然温泉的环境，浴池比想象中要大不少。水呈浊白色，一看就是温泉，让人感受到与普通浴池截然不同的情趣。四周被高高的竹篱笆围住，财前村引以为傲的风景都被隔绝在外。不过如果篱笆太矮的话，就很容易被偷窥了，确实难以兼顾。我用木桶淋了一身热水之后，就马上迈入了浴池。

温泉的温度刚刚好。我稍稍往宽敞的浴池深处前进。浴池里面有一块大岩石。我摸了一下，这应该是真的。

雾气对面似乎有人在。是里志吧。我举起一只手来打招呼，对面也懒散地举手回应。他像在蛙泳一样划开水向这边靠近。我倚着那块天然岩石，下巴以下都浸泡在温泉里。

片刻过后，游过来的里志冲我微微一笑，同样将下巴以下都浸泡在温泉里。

“哟，奉太郎，你来了哦……这个温泉很不错，舒服得让人连骨头都酥了。”

“血液和水分掺杂在一起是很危险的吧。”

“因为渗透压的关系对吧。这个笑话真无聊。不过也好，这说明你在放松呢。”

之后，我就没再说什么了，里志也暂时默默地享受温泉。竹篱笆对面传来唰唰的冲水声。是谁呢？应该是千反田在洗身吧。

黄昏时分，柔和的红色阳光逐渐淡去，暮色降临了。星星开始闪耀，随着时间的推移，温泉的热气慢慢渗入我的身体。或许是不习惯坐大巴旅行，疲劳让我产生了困意。

里志不知何时出了浴池，正在冲身子。

我还在泡温泉。视野变得越来越黑……

唔。

身体动不了？

4

能够平安回到房间，我必须向里志道谢才行。如果只有我一个人在那里的话，尽管不至于危及性命，但搞不好会落到被送去医院的下场。看到被里志搀扶着回到青山庄的我，伊原马上高声问道：

“你怎么了，折木！”

我还没缓过来，没法好好回答。于是里志替我说明了情况。

“泡晕了。”

“……”

“真是丢脸啊，泡的时间还没我长呢。等我注意到的时候，他就已经晕了。”

伊原揉了揉眉头。

“折木，你……”

多谢关心。我就这样被搀进房间。伊原先一步进房帮我铺好了床铺，打开了窗户。我呈“大”字形躺下，做了个深呼吸。

“……抱歉了。”

“不用客气。”

“真、真是太丢脸了……到头来，说不定你生来就是无法好好享受的命。”

留下这些话，两人就离开了房间。不用伊原多说我也有自知之明，这实在是太丢脸了。虽然我算不上是身体强健的人，但对于体力并没那么缺乏自信。说不定是晕车的后遗症吧。

呈“大”字形躺下的我就这样闭上了眼睛。这时，有人进入了房间。由于周围飘荡着洗发精的香气，我马上就知道是千反田。她在我的枕边蹲下，轻轻地说道：

“折木同学……你还好吧？”

“不太好。”

“我帮你弄条冷毛巾来敷敷吧。”

冷毛巾的确是很让人舒服的东西，但是我不想麻烦她。

“不用，我不需要。难得的合宿，却被我这样泼了冷水，抱歉啊。”

“没有这回事……我们接下来要讲鬼故事哦，折木同学你能出席吗？”

我无力地笑了。讲鬼故事啊，这还真是古意盎然的度过夏夜的方式啊。我虽然有点兴趣，但现在的状态根本没可能出席。

我一边这样想一边睁开了眼睛，赫然发现千反田的脸就在非常近的地方。这位大小姐的个人空间似乎比一般人要狭小得多。我不止一次被这家伙的超近距离给吓到了。我眼前是刚泡完澡的樱花色脸颊、湿湿的黑亮秀发。我不由得别开了视线。

“不了，我要睡觉。”

“这也是没办法的事吧，请保重。”

房间的门“啪”的一声关上了，只留下洗发精的香气。

我看了一眼时钟，现在还不到八点。

从打开的窗户传来奇妙的声音。是什么呢？我思索了一下。然后想到应该是青蛙的声音。另外似乎还有韵律感十足的太鼓声。或许是因为处于高地，明明才到八月，却已经能听到秋虫的鸣叫声了。

然后——

过了一会，梨绘压低声音的话语传入我的耳中。隔壁可能也打开了窗户吧，尽管我没仔细去听，那个声音还是清晰可闻……

——我们家民宿不是分成本馆和别馆两栋吗？其实，原本不需要别馆也能经营下去。那么为什么要专门建个别馆出来呢？这里是有秘密的。

从前，在青山庄还是我祖母经营的时候，有个阴森森的客人投宿。他住进了本馆的七号房，但他交代不需要送餐，也不需要帮忙铺床，总之不准靠近房间。祖母虽然觉得很奇怪，不过对方预付了住宿费，再加上正好是繁忙时期，就答应了这个要求。

然而，那天晚上，从外头传来了凄厉的惨叫声。吓了一跳的祖母赶紧冲了出去，发现正在散步的客人指着七号房。那里朦胧地现出上吊的人影，在微微晃动着……后来才听说，七号房的客人挪用了公款，一路逃到这里来的。

在发生这件事之后，接连几位住进七号房的客人都说那个房间“不干净”，半夜会浮现出影子来。然后，到了第九位住客，居然在半夜里突然病发去世了。

所以祖母请了高僧来做法事，但还是不放心，所以建了别馆，就为了不让不好的传闻扩散开来。那个七号房啊，你看，就是窗户正对面的那个房间，也就是二楼最里面的房间。我们家住在一楼，没事不会到二楼去的……

这件事要绝对保密哦！不能在其他客人面前说出来——

躺在被窝里的我不禁失笑。真是古意盎然，实在是太有趣了。

我想安静地睡个觉，于是勉强活动不听使唤的四肢，爬出被窝去关窗户。屋内的热气还可以忍耐一下。

爬到床边，我看到中庭好像有个人影，但我并没仔细观察。因为我只想关上窗后就立刻回到被窝里一觉睡到天亮。

5

醒来了。我看了一下时钟，现在是八点。大概睡了十二个小时多一点，头有点痛。不过并不是昨晚泡温泉泡到头晕的后遗症，只是单纯睡过头了吧。

回过神来发现里志睡在我的旁边。为了不吵醒他，我小心翼翼地换好衣服，一边敲着昏昏沉沉的脑袋一边下到一楼。

梨绘和嘉代这对姐妹已经在客厅了，矮桌上还没有早饭。我刚想问千反田和伊原在哪里，她们就结伴而来了。

然而，伊原的举止很奇怪。她抓住千反田的衣袖走进来，朝我们这样说道：

“出、出现了……”

对此我表现得极为冷淡。什么出现了啊？

伊原一下子逼近梨绘，连珠炮似的说道：

“半夜，一阵温风吹醒了我。然后，我不经意地翻了个身，看到对面房间有个朦胧的上吊影子在摇晃！就这样晃晃悠悠的！”

哦，到底要怎样才罢休啊……难得一见伊原惊慌失措的样子，错过这个机会的里志还真是不走运的家伙。

嘉代帮大家倒了热茶。我准备去拿的杯子上写了梨绘的名字，于是就选了其他杯子。我有注意不要拿嘉代的杯子，不过也没有看到其他杯子写有名字。

梨绘笑着听完伊原的话，说道：

“摩耶姐姐原来这么怕鬼故事吗？我都不知道呢。”

“我才不怕幽灵，我又没做什么招人怨恨的事。但是，一旦真的看到那种东西，就会觉得非常毛骨悚然啊！”

拿着茶壶的嘉代突然表情僵硬了。

“摩耶姐姐你看到了吗？”

“看到了，绝对看到了。我真的看到了。”

“姐姐，你说了那件事情吗？爸爸明明说了不可以说出去的。”

“真啰嗦。有什么关系嘛，反正是摩耶姐姐。”

伊原她们正为幽灵的事聊得火热。我突然和跪坐在稍远处的千反田对上了视线。

千反田浮现出困扰的表情，似乎是在暗自沉思。根据我们认识这么久的经验来看，她有话想说。于是，我轻声询问道：

“怎么了？”

结果，她反问我：

“那个……关于摩耶花同学说的事情，你是怎么看的呢？”

“上吊的人影吗？”

我笑了。

“这个嘛，所谓经典和俗套，正是因为不可或缺才会一直存续下去。之前也……”

“之前？”

“不，没什么。”

我在千钧一发之际将快要说出口的话吞了回去。差点就要说出“之前里志也有提过七大不可思议的事情吧”这种话来。那个确实也很经典，很俗套，很古意盎然……但是，我不想重提那件事情。特别是不想在千反田面前重提。

看到我突然变得含糊其辞，千反田有些不可思议地看着我的脸。糟糕，不过好在千反田现在对上吊的人影更感兴趣。

“……那么折木同学，你认为摩耶花同学说的是事实吗？”

“不，我不认为。”

听到松了口气的我这么回答，千反田就更加困惑了。她歪着脑袋问道：

“那么，果然是我想太多了吗？”

“嗯？怎么说？”

千反田不知为何凑到我的耳边压低声音说道：

“其实我也看到了，摩耶花同学说的那个上吊的人影……”

据千反田说，她不确定当时是几点。在伊原猛地起身之后，千反田也醒了。然后，她迷迷糊糊地看到黑暗中浮现出上吊的人影。

“不过，我刚醒来时脑袋还昏昏沉沉的，所以觉得可能是自己看错了。只是，摩耶花同学也看到了同样的东西……”

“嗬。”

如果看到的人只有伊原或者只有千反田的话，那么就可以用睡迷糊来解释。但是，她们俩都看到了，而且是在同一时间看到的，那就没办法用“那种东西不存在”来打发掉吧。我修正先前的错误想法，说道：

“会不会是把什么东西错看成人影了呢？就是昨天聊到的那种情况，看似幽灵，实乃什么什么的。”

“枯芒花吗？”

但是，千反田没那么容易打发。她的视线在斜上方徘徊，然后笔直地与我四目相对。她的目光强而有力，表示出大小姐对这件事情产生了强烈的好奇心。

“如果是这样的话，我们是把什么错看成人影了呢？”

伊原不知何时来到我们身边。

“是啊，既然你说我们看错了，那么就告诉我们究竟是把什么东西错看成人影了呀。我和小千明明都看到了，你却只因为自己没看到就加以否定，这也太卑鄙了吧。”

……我为什么要被说成这样？而且还用上了卑鄙这种词。

千反田和伊原目不转睛地盯着我。经验法则告诉我，到了这种地步，已经无路可退。

“当然，不会全部交给折木同学一个人去解决。让我们一起调查吧。”

千反田没有移开盯着我的视线，语气坚定地说道。我没有回答。因为我不喜欢做无谓的事情。虽然无法回答，不过叹气应该是我理应享有的权利吧。紧接着，千反田乘胜追击似的补上了一句：

“因为我很好奇。”

吃完培根鸡蛋、速溶汤、清烫蔬菜这样简单的早饭，我们回到二楼。上楼时刚好与里志擦身而过，也就是说那家伙完全不知道发生了什么。不过无所谓了，里志那些涵盖古今的无用知识这次应该派不上什么用场了。

伊原说她答应要教梨绘做暑假作业。

“不好意思，我没办法帮忙，你们加油哦。”

“包在我们身上。一定会探明真相的。对吧？”

就算你这么问我……

不管怎样，实在非做不可的话，那就尽快解决。我让千反田到我们的房间来，打算详细了解一下事情经过。窗边有两把椅子和一个小桌子，我们就在那里坐下。然后——

“那个影子是在你们房间正对面看到的吗？”

我打开窗户，看着本馆询问道。

“是的，正是如此。”

“大致形状是怎样？”

“……朦朦胧胧，看得不是很清楚。以人影来说，应该不大也不小。形状……抱歉，我记不清了。摩耶花同学说是上吊的人影，所以我也觉得确实有点像。”

涉及到记忆上的事情，千反田的声音变小了。我能够理解。千反田拥有超群的记忆力和观察力来支撑自己的好奇心，也正因如此，一旦这方面变得有些模糊，就会觉得不太舒服吧。不过既然我没亲眼看到那个影子，就算千反田的记忆很模糊，那也是唯一可以依赖的线索。我继续问道：

“那颜色呢？”

“不知道。不是不记得，因为是影子，所以看不出来。”

我试着想象了一下千反田她们看到的东西，但是做不到。因为我搞不清楚那个“影子”到底是怎样的东西。

“影子啊。也就是说，是有光源把某样东西照出人影的样子来，是吧？”

“如果我们看到的不是超自然现象，那应该就是这样了。”

“光源啊……”

我再次把视线投向本馆。

“说到夜晚的光源，唔，那就是月亮吧……”

我对自己的这个说法也充满了疑虑。

“我也这样认为。昨晚月亮非常圆。月光将某样东西……啊。”

千反田跟着我的视线看向本馆，突然发出惊叫。没错，无论是月亮还是探照灯，都没办法照出影子来。因为本馆的窗户都被木制的防雨板挡住了。

“千反田，你们是几点睡的？”

“唔，是十点。我们也累了。而且我和摩耶花小姐约好今天要早起去泡澡，所以很早就睡了。”

“那个时候防雨板是怎样的情况？”

千反田思考了一会，回答道：

“应该是关上了。本馆一片漆黑，那个时候我还不知道有防雨板。”

“唔。”

既然防雨板关上了，那么就无法照出影子来。这下事情就麻烦了。我挠了挠头。虽然很麻烦，但是看来必须要去本馆出现影子的七号房查看一下才行。

千反田嫣然一笑道：

“这样扑朔迷离的事真有意思呢。组织合宿活动果然是正确的，能碰上这么有趣的事情呢。”

只有你一个人乐在其中吧。

只要通过游廊就能轻松进入本馆。但是现在游廊两头拉起封锁线，还挂着“施工中，非相关人员禁止入内”的牌子。千反田相当犹豫要不要钻过封锁线。确实，如果事后发生纠纷的话那就麻烦了。于是，我们决定向民宿的人申请许可。

但是，如果我们告诉民宿的主人说要调查上吊人影一事，那么梨绘的立场就很糟糕了。毕竟她被自己父亲告诫过不能乱说。因此，要申请许可就只能去找善名姐妹了吧。

我们运气不错，嘉代这个时候刚好从身边经过。听到我叫她，嘉代吓得浑身僵硬，不过看到千反田与我同行，她就安心地走了过来。

“请问有什么事吗？”

我用目光催促千反田。

“欸？”

“你来开口吧。”

我不擅长应对天真无邪的小孩子。

“啊，好的。嘉代，我们想进本馆，可以吗？”

“进本馆吗？为什么啊？”

“嘉代你在吃早饭的时候也听到了吧。摩耶花同学和我看到了上吊的人影，我们想去调查这件事情，稍微检查一下七号房。”

正直是美德，正攻法也很畅快，不过千反田你的措辞太过直白，缺少了一些修饰。不出所料，嘉代摇了摇头。

“抱歉，现在不行。姐姐……会生气的。”

这也是没办法的事。毕竟出于好玩就跑进别人家里调查实在有些说不过去。我很干脆地放弃了七号房的调查，换了一个问题。

“那么，能告诉我一件事吗？那个房间——是七号房吧，那里现在还是客房吗？”

虽然我没有恶意，但可能语气稍微强横了一些吧，嘉代稍稍退后，皱起了眉头。尽管如此，她还是回答了我的问题。

“不是。本馆只有浴室和食堂是供客人使用的。”

“那么……”

“二楼全是仓库……可以了吗？”

我点了点头。

“谢谢你。帮了大忙。”

不过，嘉代没有等我说完，就转身跑掉了。我有些伤心地盘着手说道：

“我被讨厌了啊。”

然而，看到我们的对话，千反田露出了微笑。

“这没什么吧。这么小的孩子看到大男人一般都会觉得害怕的。真可爱……啊啊，妹妹也挺不错呢。”

她用陶醉的语气说道。唔，可爱吗……

太阳越来越高，渐渐变得炎热起来。我用手背拭去额头上的汗水。千反田对于酷热有着超乎常人的耐性，依旧一副与平常没两样的清凉表情。

“进不了七号房的话，会很伤脑筋吗？”

“与其说是伤脑筋，不如说是很麻烦吧。”

我带着千反田向玄关走去。既然无法检查现场，那么就从外面观察一下好了。来到客人与善名家共用的玄关，我蹲下来穿鞋。这时，千反田轻呼一声。

“啊呀，真是令人怀念的东西呢。”

千反田发现的是放在鞋柜旁边的广播体操出席卡。一共两张，用马克笔写着名字的是梨绘的，没有名字的那张估计是嘉代的。再仔细一看，梨绘虽然在暑假开头有盖章，但之后就全是空白。而嘉代则一天都没落下。

千反田拿起两张卡片，抚摸着纸面说道：

“清晨的广播体操，直到前年我都还有参加呢。”

前年的话应该是初中二年级吧……真的假的？

我只有在很小的时候参加过。我的节能主义是什么时候觉醒的呢？

来到院子，一阵湿气和满目的绿意包围了我们。

我仰望本馆七号房所在的地方。防雨板依旧关着。千反田提议到建筑物的后面看一下，我一边盯着七号房一边走，结果不小心踩到了一摊水。

“唔。”

飞溅的泥水跳到千反田的脚边，弄脏了她的鞋子。

“抱歉。”

“不，没关系。”

泥水来自泥泞的地面，因为这一侧被别馆遮挡住了阳光。我本来以为是有人一大早出来浇水，但似乎并非如此。既然被太阳晒到的地方基本上都干了,那么距离地面湿透应该过去了相当长的时间。我询问道：

“千反田，昨晚下雨了吗？”

“是的。下了一场阵雨，时间我就不太确定了。”

我们绕到本馆的背面。也就是说，我们是从建筑物的另一侧观察七号房的，但这一侧的防雨板也关上了。如果要照出影子来的话，就必须将西侧和东侧两边的防雨板都打开才行。

我盘着手思索着，身边的千反田不知为何也模仿起我的动作。我正打算问她为什么要这么做，这时眼前的窗户被打开，嘉代探出头来说道：

“那个……要吃午饭了。”

我看了一眼手表。马上就到正午了。嗯，休息一下吧。

午饭是中华凉面。以我的口味来说，酸味还差了那么一点，不过总体来说还是很好吃的中华凉面。高地不至于热得让人受不了，不过消暑的食物还是很棒。

六个人围着餐桌用餐。这时，伊原询问道：

“那么，有查到什么吗？”

“还没有……”

千反田还没说完，我就接着往下说：

“还处于调查阶段。不过已经有了推测。”

“嗬，把你的推测说来听听呀。”

真是伤脑筋，我的推测目前还是模模糊糊不得要领的东西。看我半天回答不上来，里志有点不高兴地说：

“你们三个在聊些什么啊？把同吃一锅饭的我排除在外，这也太过分了吧。”

如此小题大做的抗议实在很有里志的风格。我懒得花时间解释，若无其事地反问道：

“什么叫把你排除在外，这段时间都不知道你跑到哪里去了。我碰都碰不到你。”

“泡温泉就应该想泡的时候就去泡，这才符合礼节。”

是这样吗？我光是昨天泡晕的那一次就已经够了。

我还没吃到一半，同桌的两人就先后合掌说：

“我吃饱了。”

“我吃饱了。”

是梨绘和嘉代这对姐妹。梨绘拿着自己的餐具往本馆走去。没过多久，嘉代也跟了上去。千反田眯起眼睛看着这情景。她应该觉得很温馨吧。

“姐妹果然很不错啊。让人看了就非常羡慕。”

“嗬，千反田同学你很憧憬有兄弟姐妹吗？”

“唔，还没到憧憬的地步吧。福部同学你有兄弟姐妹吗？”

于是，里志就聊了一会他的妹妹。我也见过里志的妹妹，是比哥哥更加旁若无人、我行我素的怪人。跟我的老姐应该很聊得来吧。

在这样的话题中，我们吃完了午饭。这时，刚才回到本馆的梨绘又来了。

“锵锵”——自己发出登场音效出现在我们面前的梨绘已经换上了一身浴衣。并不是那种颜色朴素、泡完温泉后穿的浴衣，而是各地烟花大会上必然会出现的靓丽浴衣。近似水蓝色的淡蓝衣料上绣着海浪与千鸟的纹样，看上去非常清爽。梨绘开朗地挺起胸膛说道：

“我的浴衣怎么样！”

“哇！”千反田发出了欢呼声，“真棒！”

“嗯，很适合你。是个成熟的小大人了呢。”

听到夸奖，梨绘开心地笑了。

“放暑假的时候，好不容易让爸妈买给我的。因为之前说好只要我成绩进步了就给我买……今晚放烟花吧！东西都准备好了哦。”

里志瞄着因为浴衣而兴致高昂的三人，用只有我才能听到的声音轻轻说道：

“品味还不错啦。”

只要知道里志平时说话的方式，就能听出其实他是话中有话。我也悄声问道：

“哪里不够好呢？”

“那个腰带啊，日本和服最关键的就是腰带了。可那个根本就是仿造品嘛。”

听到他这么说，我仔细看了一下。浴衣腰带上的蝴蝶结部分的确显得有些格格不入，就像是另外安上去的一样。

“哪里突然变异了啊？”

“不是突然变异，是仿造品*……只有蝴蝶结是用别的东西安上去的。虽然穿起来很方便，但是我的哲学不允许我承认那种东西是浴衣。”

里志的哲学是什么都无所谓了。虽然外观上的确逊色了几分，但也仅仅如此吧。何必如此挑三拣四，我懒散地打了个哈欠。

就在这时——

“……嗯？”

感觉到人的气息，我转头看向没有拉上的拉门。

但是，那里一个人也没有。真奇怪，我的确瞄到了人影呀。难道我也中了上吊人影的诅咒吗？

“怎么了？”

*** 注：原文“イミテーション”，即英语 imitation，意为仿造品。文中被错听成“ミューテーション”，即 mutation，意为突变。**

我没有回答询问的里志。

人影吗……

我出了客厅。如果有地方能让我静下心来思考就好了。不一会，千反田就跟了出来。我本来想叫她不要跟着，不过马上就想出了一个好主意。去昨天的温泉吧。我转头向千反田提议，她微笑着点了点头。

在去温泉的路上，我默默地整理自己的思绪。心领神会的千反田也没有多说话。

上吊的人影。那是伊原和千反田的错觉产物，是枯芒花。虽然具体情况可能有些麻烦，不过大致可以如此断定……问题是现在距离答案还差一点点。

到了露天温泉。分开时，千反田说道：

“等一下要一起出来哦。”

我没能回她。

经过柜台来到更衣室，我产生了一种似曾相识的感觉。理由马上就清楚了，因为东西的配置也和昨天很相似。包括工装裤在内的熟悉衣物就放在脚边的篮子里。是里志。这家伙身上的谜团比上吊的人影还要多，他刚才不是还在吃饭的地方吗？莫非他有瞬间移动的能力？

进入浴室，果然看到里志泡在浴池里了。我没有走进浴池，而是目不转睛地盯着他。尽管在充满雾气的浴室里什么都看不太清楚，不过里志似乎感觉到了气息。他转头看了过来，还没等我发问就解释道：

“哎呀，只要从青山庄后面的悬崖滑下来，就能到这个温泉的正后方哦。”

对此我一点都不感到惊讶。只为了抄近路就滑下悬崖，这种事情也只有里志能干得出来。

一泡进温泉，我就用毛巾擦了一把脸，抹去不习惯工作的大脑中的雾霾。古籍研究社之前遭遇的麻烦事情，换句话说就是千反田带来的问题，解决就等于是让千反田接受我的推理。我接着思考，关于这次上吊的人影，至今都没找到令千反田满意的解释。

缺少的部分简而言之就是为什么。影子的真相并不难，问题在于如果无法解释为什么会变成那样，就没办法彻底说服千反田。虽然我并不是完全没有线索。

我一声不吭地回溯记忆。过了一会儿，看到我一动也不动，里志可能是担心又会像昨天一样吧，靠过来喊了我一声：

“奉太郎？你该不会又泡晕了吧？”

里志啊。运气好的话，说不定他会知道些什么的。试着问问看好了。

“呐，昨晚有什么活动吗？”

突然被问到似乎让里志愣了一下，不过他马上重新浮现出原来的微笑。

“说到昨晚的重头戏，那当然是奉太郎的失态呀。”

“这份人情算我欠你的，但是不会反复道谢。除此之外呢？”

“这个嘛。你应该也知道，我们聊了鬼故事。我左拥右抱，还多出一朵花呢。”

花吗？如果要这么比喻，那么千反田应该是莲花，而伊原则是蓟花吧。

“不不，我问的不是这么私人的事情。有没有什么官方活动呢？”

“唔，官方活动啊。我又不是这个村子的居民……对了，昨晚好像有夏日祭典。我还听到了太鼓的声音呢。”

夏日祭典。

原来如此，昨晚有夏日祭典啊……不对，应该说不出所料才对。我就猜到会是这样。

如果是平时的里志，应该会察觉到我已得出了答案，然后说一两句调侃的话。但里志现在将一半的脸沉在温泉里，露出悠然恍惚的眼神，显然是什么都没察觉到。我是有问必答，不过也没必要主动说出自己的想法。我径自出了温泉。

换好浴衣来到外面，千反田还没出来。这样我刚好可以让身子凉下来，并且整理一下思绪。过了一会，看到千反田出来之后，我就示意她可以走了。

归途中，我开口说道：

“上吊的人影，那个……其实是挂在衣架上的浴衣吧。”

“欸。”

听到突如其来的解答，千反田不禁瞪大了双眼。我等千反田理解完这句话的意思，然后继续说道：

“就算没有睡糊涂，把浴衣的剪影看作人影也是难以避免的。而且，只要不是真的有幽灵出没，上吊的人影十有八九都是挂着的连衣裙之类的东西吧。”

千反田沉默了一会，然后有点难以接受似地歪着脑袋问道：

“但是，浴衣为什么会在那种地方呢？而且，为了让我们看到浴衣的影子还专门打开防雨板，这也太奇怪了吧。”

“不是为了让你们看到。”

我望了一眼天空。

“是为了弄干湿掉的浴衣。打开防雨板的目的是保持通风，这样衣服会干得更快。”

“为什么？”

“因为下雨了，所以衣服湿掉了。”

“我不是问这个，为什么会选在本馆的七号房？”

“因为不想被别人看到。”

“我们看到了。”

“和你们无关，是不想让家人看到。”

真是没完没了。我挠了挠头。

停顿一下之后，我从头开始解说自己的推测。

“想弄干浴衣的人是嘉代。

“嘉代应该很羡慕梨绘的浴衣吧，她自己也很想穿。但是，不管体型再怎么相似，浴衣都是梨绘的东西。而梨绘是不会把浴衣借给嘉代的吧。你没有发现吗？无论是茶杯还是广播体操卡，梨绘都清楚标明了自己的名字。她就是这样的孩子。而且，嘉代很害怕梨绘。所以不敢去向她借浴衣吧。

“但是，嘉代还是很想穿。所以就瞒着梨绘拿走了浴衣。幸好浴衣的腰带是拆卸式的，一个人也有办法穿起来。穿完之后只要折叠好还回去就可以了，对于民宿的女儿来说是轻而易举的事情吧。她穿着那件浴衣去参加了昨晚的夏日庆典。时间大约是八点，当时的她想必是很开心的。”

“嘉代去参加夏日庆典吗？为什么你会知道这件事情呢？”

“我刚才听里志说昨晚有夏日庆典。至于为什么我知道嘉代去了，是因为昨晚八点前我看到有人出门。而且嘉代昨晚没有参加你们的鬼故事大会吧。”

早上，嘉代责怪梨绘说了上吊客人的事情。如果昨晚一起参加鬼故事大会的话，那么就不可能今天早上才说。而且里志也说了，当时只有三名女性在场。当然是用里志风格的说法——左拥右抱，还多出一朵花。

“然而，就在嘉代享受庆典的时候，发生了不幸。”

千反田倒抽了一口气。

“下雨了。”

“没错。从地面湿透的程度来看，雨应该马上就停了。但是，浴衣被淋湿了。那个时候，嘉代可能会想起明天的安排：和大家一起放烟花。梨绘毫无疑问会穿上这件浴衣来放烟花吧。必须在明天之前弄干浴衣才行。估计她是吓得面无血色了吧。

“但是，如果在家人居住的本馆一楼弄干浴衣，搞不好随时都会被发现的。别馆完全不在考虑范围之内。就算有干衣机这种东西，也没办法在半夜使用。所以，嘉代选择在大家都睡了之后，到本馆的二楼去晾干浴衣，而且是在最里面的房间。

“然而，嘉代的不幸还在继续。月光从打开的窗户照射进来，让你们看到了上吊的人影。月光是从西面射进来的，时间在零点之后，估计就三四点吧。

“而更不幸的就是我们要调查上吊人影。刚才吃午饭时，那对姐妹吃完就离开了房间。梨绘是为了秀浴衣，而嘉代则是……如坐针毡吧。”

我一口气说到这里，又迈出了脚步。如此一来，就能理解为什么嘉代看到我的时候总是显得畏畏缩缩了。虽然她也有可能真的很怕我……

“浴衣是早上还回去的。一大早……具体时间只要看广播体操的播出时间就能判断出来。嘉代每天都会去做广播体操。应该是在那之前还回去的吧。”

“……”

“这件事就瞒着伊原吧。万一让梨绘知道的话，那就对不起嘉代了。很多事情都是有苦衷的。”千反田没有说话，只是一直低着头。

我们慢悠悠地在坡道上走着，途中千反田依旧没有抬起头来，轻声嘟囔道：

“如果是这样的话……那么她们的感情并不太好。”

这句话出乎了我的意料。千反田没有理会困惑的我，继续说道：

“连借浴衣都做不到，实在很难算是不需要顾忌彼此的关系啊。”

说完，她对我微微一笑。明明咧开了嘴角，我却从她的表情中读出了悲哀。而且，这不是千反田第一次让我产生这样的印象。

我勉强开口说道：

“兄弟姐妹就是这么一回事吧。我和老姐也是……”

“我……”

千反田似乎没有听到我的话。那是彻彻底底的独白。

“我本来很想要兄弟姐妹。值得尊敬的姐姐，或者是可爱的弟弟。”

身穿浴衣的我们在路上走着。夏天还没有结束。眼前蓝天的积雨云气势十足，突然让我觉得很厌恶、很扫兴。

青山庄就在不远的前方，这时千反田终于再次开口说道：

“不过，其实我内心应该是明白的。上吊的人影不是幽灵。至于世上的兄弟姐妹是不是全都打从心底疼爱对方……”

我不想听她接下来的话。幸好千反田也没有继续说下去。

在葱郁的绿荫里，我们慢慢走上缓缓的坡道。我一开始就知道了，千反田说的兄弟姐妹是属于幽灵那一类的东西，明白只要一接近就会变成枯芒花。

暑气紧紧地缠绕着我们，刚泡完温泉的身体不一会就出汗了。坡道上方有个人影。梨绘在那里朝回来的我们用力挥手。

心里有数之人

1

假如有一天我拿着话筒说“今日天气晴朗”，听到的人应该会这样想吧——哦，折木奉太郎同学是在测试话筒能不能用。但说不定也有人会这样想——折木奉太郎同学想告诉大家今天是晴天。无论哪种推断都合乎道理，也非常妥当，与事实是否一致那就纯粹是看运气了。为了提升两者一致的可能性，就必须尽可能获取更多的详细信息才行。但是，这些信息又不会随时等着人家去获得。而且，即使获得了细致入微的信息，说到底最多也只是提高了概率而已。

十一月初的这一天，社团活动室里只有我和千反田两个人。社会上正为放火盗窃一万日元假钞买凶杀人等事件而热闹非凡，但秋天的放学后时间与这些无关，依旧懒散和悠闲。贯彻节能主义信条的我之所以少见地特别强调上述内容，是因为千反田爱瑠至今仍对我在“冰菓”事件中的表现赞不绝口。

在千反田口中，我就像是拥有某种异能的神人一样。被人小看我可以一笑置之，但被人抬举我就没办法置若罔闻了。我接着又补充了一句：

“所以，你可以说我是很走运的家伙。但希望你不要动不动就说我是很厉害的人。”

温厚老实的我难得语气这么粗暴，被吓到的千反田不禁瞪大了眼睛。但过了一会，这家伙心领神会似的点了点头。

“折木同学您真是谦虚的人啊。”

不不，真受不了，她一点都不理解我。

进入神山高中将近半年，我敏锐地发现千反田的好奇心虽然乍看之下并不是什么不可思议的事物，却也惊人地异常。在千反田探究异常好奇心的过程中，我确实参与进去了。这是不可否认的事实。无论是“冰菓”事件还是“女帝”事件，我承认自己并非什么都没做。

千反田可能不知道，其实在“十文字”事件中我也暗地里要了几招。

但是，我应该趁此机会说清楚比较好吧。

“千反田，古人有句话说得很好哦。”

“……是什么话呢？”

“‘理论和膏药不管想贴在哪里都可以’。就算我碰巧把膏药贴对了地方，也不表示我真的明白其中奥妙。”

见我一本正经地这么说，千反田却不知为何用手优雅地掩起嘴嘻嘻嘻地笑了。然后，她对有些恼火的我说道：

“折木同学你偶尔会说出一些很少用到的话呢。”

……是这样吗？我自己都没有发觉。

不对，问题不在这里。我正准备反驳，含笑的千反田继续说道：

“我不明白折木同学为什么如此坚持……我明白了。就这么认为好了，折木同学能够经常说中事实不是因为能力出众，而是因为幸运吧。

“但是推论……用你的说法就是贴膏药对吧？你不觉得能够做到这点也是一种才能吗？即使播下的种子能否长出果实完全靠运气，但如果连播种都不会的话，就根本无法开始了。”

我抄着手沉吟。她说得的确有一定的道理。

不行，我不能这么轻易就认可千反田的说法。

“我是贴膏药的高手吗？”

“不是吗？”

面对千反田的温柔笑容，我竭尽全力表现出从容的神情。

“不对，之前那些都是不明所以的事情。”

但马上就被反击了。

“那是因为折木同学你平常都不会去思考理由吧。”

所言甚是……但被别人当面指出来，总觉得有点悲哀啊。

尽管如此，我还是坚持己见。

“那么，千反田，你就出题吧。我会向你证明理论这种东西是没有那么容易贴对地方的。”

正常情况下，即使天塌下来了，我也不会向别人提出挑战。但是，在这点上我不能退让。这关系到我的原则问题。

千反田那双大眼睛似乎变得更大了。根据我至今为止对千反田的印象来看，与其说她是在享受眼前的状况，不如说只是出于好奇心才会欣然接受我提议的游戏。一切都在我的预料之中。

“真有趣。那么……我要出怎样的题目呢？”

千反田思考着该出怎样的题目,视线在空中游移,就在这时——

教室黑板上方校内广播的喇叭发出吱吱吱的杂音。我和千反田同时看了过去。

毫无前兆地响起了广播。

“十月三十一日，在车站前巧文堂买过东西的心里有数之人，请马上到教职员办公室找柴崎。”

快速说完这句话，广播就无所眷恋似的瞬间没了声音。

我们两人同时将视线收了回来。

“这是怎么一回事呢？”

“谁知道。”

我发觉千反田稍稍歪着脑袋，嘴角露出一丝笑意。看起来很开心嘛，想到这里我就大致猜到她接下来的台词了。不出所料，千反田兴高采烈地说道：

“就以刚才这段广播为题吧。请进行推论，解释刚才的广播究竟是什么意思。”

唔。

我挺起胸膛，点了点头。

“好吧，我接受挑战。”

你就好好面对现实吧，千反田！

2

“趁还没有忘记，先把广播内容写下来。”

我刚开口，千反田就已经去拿自己手提包里的笔记本了。接着，她拿出一支形似钢笔的圆珠笔，翻开空白页写下：“十月三十一日，在车站前巧文堂买过东西的心里有数之人，请马上到教职员办公室找柴崎。”

千反田的记忆力无比惊人，恐怕一个字都没错漏吧。千反田以媲美习字范本的秀丽笔迹把那段话写下来，然后放下了笔。我俯视着笔记本，抄着手说道：

“首先来逐词确认。你知道巧文堂吗？”

千反田轻轻地点了点头。

“虽然广播里是说在车站前，但其实离车站还有一点距离。那是一家开了很多年的小型文具店，经营者是一对上了年纪的老夫妻。”

“你有进去过吗？”

“是的。虽然只进去过一次。”

至于我呢？我回想了一下，发现有好一阵子没去过文具店了。现在要买文具的话，在书店或便利店就能轻易买到。尽管如此，文具专卖店还能继续开下去，这表示——

“那家店是不是有卖什么特殊的用品？比如画笔，或者伊原画漫画时使用的奇怪纸张之类的。”

“你是说网点纸吧……没有。巧文堂真的是非常小的店，我印象中并没有那么特殊的用品。不过附近就是北小学，店里应该备齐了小学生一般会使用的文具吧。”

原来如此。

我重新看了一下笔记本上的句子。

“柴崎是老师吗？”

听我这么问，千反田笑着回答道：

“折木同学你很不擅长记别人的名字吧。柴崎老师是教导主任之一哦。”

哦哦，这么说来我似乎在开学典礼上听过这个名字。神山高中有两位教导主任，一位头发稀松，另一位则满头白发。至于哪位才是柴崎，应该和这次事情没有关系吧。

好了，这样一来应该就没有不清楚的词了。“如果可以不去做的话，那就不做。实在非做不可的话，那就尽快解决”是我一直坚守的生活信条，不过这是非常重要的对决，必须打起精神来应战才行。

我注视着笔记本大概有十秒之久，然后缓缓地开口了。

“首先——”

“首先？”

“我们可以得知柴崎教导主任通过广播把学生叫过去。”

千反田浮现出假笑，就像是在勉强自己配合无聊的笑话一样。

“是的，这一点我也知道。”

由于从她的口气中听出了某种压抑情绪，我便先为自己进行了辩解：

“这算是对决，也必须谨慎行事才行。”

然后继续说道：

“我们暂且将被叫过去的学生称作X吧。”

“……感觉很正式啊。”

“目前，我们无从得知X是复数还是单数。”

如果是复数的话，可能会说“心里有数的所有人”或者“心里有数的人们”，不过光凭这点还无法得出定论。

但接下来的推测没有质疑的余地。

“柴崎打算对X进行教育指导。说得更直接一点就是训斥。”

听我这么说，千反田歪着脑袋目不转睛地盯着笔记本上的句子，然后抬起头来疑惑地问道：

“为什么你能这么肯定呢？”

我满怀自信地回答道：

“这是根据归纳性推理得出的结论，学生被叫到教职员办公室准没什么好事。”

“折木同学……你有在认真推理吗？”

“自从入学以来，我还是第一次这么认真哦。搞不好甚至是人生中最认真的一次呢。”

千反田沉默了。为保险起见，我还是进行了补充说明：

“而且，如果是为了表扬学生，就不会使用‘在巧文堂买过东西的心里有数之人’这种分不清好坏的说法，只要直说就可以了。不只是我，基本上不会有哪个学生被叫到教职员办公室去还会开开心心的。听到那样的广播，心里有数之人会害怕得不敢现身吧。”

“这倒是。”

她接受了吗？其实刚才这段话有一半以上是开玩笑的。

继续往下走吧。

我从头开始解析广播内容：

“……会点明‘车站前巧文堂’，表示巧文堂并不是大家都知道的店。”

“事实上折木同学你就不知道。”

“可是,X应该知道巧文堂才对，没必要使用‘车站前’这样的前缀。”

但千反田马上提出了反对意见：

“不对，说到神山市的koubundou，光是我知道的就有三家。除了车站前的巧文堂之外，还有神山高中附近意为广而听闻的广闻堂佛具店，以及国道边上意为光耀文字的光文堂书店。”*

是这样吗？

那么还有其他线索吗？我抄着手，低头死死地盯着笔记本上的句子，喉咙深处发出了“呜呜”的低吟。

***　注：三家店的店名日本发音均为“Koubundou”。**

一般情况下的校内广播又如何呢？除了明言对方的名字之外，还有其他不同点吗？这时，我的脑海中闪过一道灵光。

“这个传唤很紧急，表示柴崎相当慌张。”

千反田用圆珠笔指向文中的“马上”两字。

“是因为有‘马上’这两个字吧？”

“不，基本上用校内广播找人的话，都会说马上。关键不在这里。”

我对愣着的千反田说道：

“校内广播会有基本的做法吧。这个广播不符合规定做法，所以可以看出柴崎相当慌张。”“哦。”

“比如说，如果你要用广播把我叫到一年A班教室，你会怎么说呢？”

停顿了一会，千反田用手掩住嘴巴，清了清嗓子说道：

“我想想，应该是这样吧——‘一年B班的折木奉太郎同学，听到广播请到一年A班教室找千反田爱瑠’。”

“仅仅是这样而已吗？今天除了刚才那条广播之外，还有其他的广播吗？如果有的话，就好好回想一下吧。”

千反田抿紧嘴巴思考了一会。从她频繁歪头的样子看来，应该没那么快想出答案。我觉得也没必要刁难她，就揭晓了谜底：

“如果是我的话，会这样——‘一年A班的千反田同学，听到广播请到一年B班找折木奉太郎……’”

“有什么不同吗？”

“‘重复一遍。一年A班的千反田同学，听到广播请到一年B班找折木奉太郎。’”

千反田不禁惊呼一声。

“不仅限于校内广播。一般来说，这类通知都会重复一遍。因为只说一次的话，很多人可能会没听到。但是，这次广播只说了一次。偏离正常做法就代表进行广播的人非常慌张。”

千反田重重地点了点头，似乎完全认同我的说法。

进行广播的人非常慌张——得出这个观点的我就像推倒多米诺

骨牌一样，接二连三地发现了异常之处。我没有检讨那些异常之处的意义，趁势继续说下去：

“而且不是一般的慌张，所以我认为这则广播是出于非常紧急的情况。”

“……怎么说？”

不知不觉间，隔着笔记本的我和千反田都探出了上半身。那双大眼睛就近在眼前，于是我赶紧缩回身子，让自己的情绪平静下来。

“因为这则广播是在放学后播出的。”

千反田依旧探出上半身，不满地撅起了嘴巴。

“请不要省略中途过程。”

“省略！这是何等美妙的词语……”

“折木同学！”

唔，这下可不好了，千反田眼睛上扬在瞪着我呢。

我并不是故意省略过程。只是如果不先说结论的话，我怕说着说着就忘掉了，所以才会选择那样的阐述方式。比起辩解，还是仔细说明一遍比较好吧。我模仿刚才的千反田，清了清嗓子。

“这是显而易见的事情吧。放学后用广播找人在效率上肯定不好。神山高中的社团活动虽然相当多，但并不代表所有学生放学后都在努力参加社团活动。一放学就回家的人应该也不少。如果真的想用广播来找人，那就应该选择所有学生都在学校的时间，比如休息或者班会之类的时间段。尽管如此，却在放学后才进行广播，这代表……”

我停下来稍微思考了一下。

“……首先，找人的需求发生在放学后。其次，那个需求非常急，根本等不到明天早上。说得夸张一点，虽然X可能已经离开学校了，但柴崎不得不赌上X还在学校的可能性，所以才有了这则广播。”

说着说着，我的表情变得越来越严肃了。享受游戏的微笑也不知不觉从千反田的脸上消失，露出了无比认真的眼神。

千反田稍稍压低声音说道：

“折木同学……你不觉得闻到了金鸡纳树的气味吗？”

金鸡纳树？

“……千反田，‘金鸡纳味*’是一个完成的惯用词。”

“欸，说成金鸡纳树的气味不行吗？那是制造金鸡纳霜的原料呀。”

“随便乱改惯用词的话，会被国语审议会骂哦。”

虽然我用里志风格的笑话一笑置之，但看来我跟千反田想到一块去了。这件事情似乎正朝着并不单纯的方向发展。

注意到这点之后，又一个疑点被突显出来了。

“下一个推测，柴崎要对X说的事情是无法公开的。至于是现在无法公开还是永远无法公开，那我就无从判断了。”

“因为没提到叫X同学过去有什么事吗？”

对哦，还有这样的思路哦。

不过，我没有表现出漏掉这点的样子，继续打肿脸充胖子说下去：

“不仅如此，还有更为明显的线索。”

千反田用锐利的目光瞪着笔记本，仿佛这样做就会让所有疑问冰消瓦解一样。与伊原不同，她天生一副温柔的长相，因此并没有太大的震撼力，不过仍旧流露出穿透纸面一般的强烈气势。但是，我给她泼了一盆冷水。

“线索不在这个句子里。不对，可以说是也可以说不是吧。”

“唔，我弄不明白……”

我点了点头，对抬起头来的千反田说道：

“柴崎是教导主任吧……我想全国大大小小的高中应该都是相同的制度，神山高中也是由学生指导部负责训导学生。”

“是的，森山老师就经常把学生叫过去。”

“学生指导部应该有专门的辅导室……”

“是在普通大楼的二楼。”

*** 注：原文“きな臭い”含有可疑的意思，拆开的话就变成“金鸡纳树的气味”了。**

千反田补充得那么快是因为急着想知道后续吧。受到她的影响，我的语速稍微变快了。

“然而，叫X过去的人是教导主任柴崎，地点是教职员办公室。这不是越权行为吗？不是学生指导部，而是学校管理层的教导主任直接叫学生过去。这意味着事态非常严重，另外目前应该只有管理层才知道消息。”

这只是一种可能性——我在心中补充道。学生指导部的教师全部因为食物中毒而倒下这种可能性也是存在的，不过这类特殊情况我可管不过来。如果把当事人遭遇难以想象的偶然事件或者产生古怪冲动等因素都考虑在内的话，那么就算说有外星人参与其中也能够成立。所以假设事件当事人全都处于正常情况应该是非常妥当的做法吧。

说到这里，我暂时闭上了嘴巴。

沉默降临，千反田像是在反刍目前得到的推论似的，频频地点头。然后，她的视线笔直地对上了我的双眼。

千反田用有些低沉的声音嘟囔道：

“通过整理折木同学的推理，我觉得X同学似乎做了什么不好的事情……”

“不是似乎，基本上是没跑了。”

“那么——”

我点了点头。

“从目前的推断得出的结论……X牵扯上了犯罪行为。”

3

X牵扯上了犯罪行为。自己说出这句话实在是太缺乏现实感了，连我自己都忍不住失笑。于是，我恢复了冷静。

没错，现在正进行着与千反田的游戏。这并不需要绝对真实，而且我也不认为自己的推论能如此轻易地符合事实。还是放轻松点吧。

也许是看到我的表情缓和下来了，千反田也放松了肩膀。她的声音里也似乎少了几分紧张。

“那么，到底犯了什么罪呢？”

我伸掌不让千反田继续问下去。

“等一下，在此之前我还有要追加的推论。如果到目前为止推论都没有太大差错，现在很可能已经有警察或者类似机构的人到学校来了。”

“与警察类似的机构吗？”

“有很多吧，比如地检特搜部或者国税调查官之类的。刚才提到的推论中也透露出这类人到学校来的可能性……你能想明白吗？”

千反田低垂着视线，身体僵硬了好一会，最后放弃似的摇了摇头。见状，我颔首说道：

“应该是提到放学后播出找人广播的那一段。在有不少学生已经回家的放学后播出找人广播是非常不合理的事情。刚才也说过了，这是因为放学后才出现需要进行广播的情况。”

说到这里，我放下抄着的双手，指向笔记本上的句子。

“假如真的是犯罪事件，那么应该是在这句话所提到的十月三十一日发生的吧。然而广播突然播出，而且还很慌张。因此，我认为他们是刚刚才接到搜查当局的委托。”

“但也可能是通过电话委托的吧。”

“虽然也有这个可能性，不过如果有必要的话，搜查当局应该会考虑将X逮捕吧。为此，还直接派人过来了，这样比较保险。”

“逮捕……”

千反田嘟囔道。她的脸上流露出一丝不安。刚才明明冷静下来了，结果又开始对事态产生情绪。以这家伙的个性来说，也是难免的事情吧……千反田带着这副表情询问道：

“如此说来，折木同学你认为X同学是犯罪行为的主要人员吗？”

我一时没能理解这个提问的意思。

“主要人员是指？”

“X同学并不是作为犯罪行为的目击者或者被害者，而是作为犯人被叫过去的。你是这样认为的吗？”

原来如此。

我马上回答道：

“我是这样认为的。”

“……”

“若非如此，柴崎也不需要慌张成那样。完全可以按照正常的程序进行广播，对吧？”

千反田勉勉强强地点了点头。

好了，终于要到核心了。和刚才仰望喇叭一样，我和千反田的视线同时落到笔记本上。

“那么，接下来就是——究竟犯下什么罪行。”

“是的。”

“‘十月三十一日，在车站前巧文堂买了东西的心里有数之人’——X，究竟犯下了什么罪行呢……千反田，你是怎么看呢？”

千反田用食指抵着嘴唇，马上回答道：

“很遗憾，首先会想到的应该是偷窃吧。”

我不知道她是对谁、对什么感到遗憾。

“然后……从可能性来考虑，也有可能是追查在其他地方犯下罪行的人，结果得到了那个人在巧文堂买过东西的证言，于是找到学校来了。如此一来……犯罪内容就多种多样了。”

唔，以不假思索的回答来说，着眼点还蛮有趣的嘛。

不过，我摇了摇头。

“暂且不论偷窃，后者应该是不可能的，千反田。”

“为什么呢？”

“如果是那种情况，搜查当局应该知道X的外貌特征才对吧。

因此柴崎就不可能在广播中说出‘在巧文堂买过东西的心里有数之人’这种话。由此可以推断出，事件是在巧文堂发生的，X表面上是买东西……”

我说着说着，突然感觉到一股别扭感。

判断出别扭感因何而来以后，我立刻闭上了嘴巴。可能是察觉到了我的样子吧，千反田默默地等待着。

如此一来，那个广播算是一种自首劝告吗？不对，总觉得不太对劲。

“推论，搜查当局不知道X是怎样的人。”

“是的，折木同学刚才的话就是这个意思。”

“但是，他们认为只要进行广播X就会来。”

没错，问题在于这里。

如果我犯了罪，听到那个广播的想法应该是这样——“搜查当局还不知道犯案的人是我，搞不好能顺利逃过一劫呢”。根本不可能老老实实跑到柴崎那里去。

听了那个广播就直接认命，老老实实地跑去自首，那应该是怎样的状况呢？

我轻轻地挠了挠头，然后拄着下巴俯视笔记本。

如果认罪的话，那么就会自首吧。但是如此一来，X应该直接被逮捕了才对。不会像今天这样用广播找人。也就是说？

“唔……”

我发出了低吟。

“怎么了，折木同学？”

我没有回答，而是看看自己的手表。我的手表是现今很常见的指针数码双显示款式，还附带了日历的功能，非常好用。

“唔。”

“……怎么了？”

“暂且先不管X犯下的罪行是哪一类。总之X对此很后悔，所以向巧文堂道歉了。用书面文章。”

突然的思维跳跃让千反田瞪大了双眼。她大声问道：

“这、这是为什么呢？真的能够通过刚才的广播推断出来吗？”

我用问题来回答这个疑问。

“千反田，今天是几月几日？”

面对出其不意的问题，千反田似乎感到有些困惑，不过还是很干脆地回答道：

“十一月一日。”

没错，我知道今天是十一月的开始。看手表只是为了确认而已。

然后我指着句子里的单词说道：

“‘十月三十一日’就是昨天吧。”

然而，千反田却困惑地歪着脑袋。

“是这样没错呀……”

“你早就发现了吗？老实说，我刚刚才意识到这点。既然你意识到了，就不觉得不可思议吗？为什么柴崎不说‘昨天在车站前巧文堂’呢？”

千反田恍然大悟似的倒抽了一口气。

“这么一说，的确不太自然。”

“在怎样的情况下会说‘十月三十一日’而不是‘昨天’呢？我的答案是——在眼前有原稿的时候。准备好的文章写着‘十月三十一日’，于是就直接念出来了。

“那么，原稿是什么？为什么搜查当局知道X与犯罪行为有关，却不知道X的外貌特征呢？另外，他们为什么认为用广播就能把X找过来呢？换句话说，他们是认为X对自己的罪行感到深深的后悔吗？”

我喘了口气，停顿了足够长的时间。

“原因是X给巧文堂写了道歉信。内容大概是这种感觉吧。‘非常抱歉，我是十月三十一日在贵店买了东西的人，我当时犯下了罪行’。不对，作为高中生应该不至于天真到认为只要道歉就能了事。接下来可能还有这样的内容——‘我会赔偿相关损失，请收下这些吧’。

“巧文堂将那封道歉信拿给了警察。于是警察或者类似机构——总之搜查当局就依据那封道歉信在刚才来到了神山高中。看了那封道歉信，柴崎惊慌失措地赶紧进行校内广播。他一边看着道歉信，一边说出了‘十月三十一日，在车站前巧文堂买了东西的心里有数之人’……”

“请等一下。”

千反田厉声打断我。

“这样除了表示X同学想向巧文堂道歉之外，同时也证明X希望尽可能不要牵扯上警察吧？”

写道歉信不仅是传达反省的态度，另一方面也是希望大事化小、小事化了吧。我点头赞同。

“既然如此，道歉信里应该没有写自己是神山高中的学生。然而，警察却锁定了神山高中，这不是很奇怪吗？如果没有锁定范围，只是向市内所有高中发出协助要求的话，那么柴崎老师就不至于慌张成那样了吧。考虑到X同学是外校学生的可能性，他的心情应该会轻松不少吧。”原来如此，很有道理的说法。我稍微思考了一下说道：

“那么，估计是警察询问接到道歉信的巧文堂店主，有没有什么可疑的对象。于是店主就告诉警察写这封道歉信的人可能是神山高中的学生。”

“……会有这种事情吗？”

“只要X有穿制服，就能判断出是哪所高中。现在这个时代大部分文具都能从便利店买到，文具专卖店应该不会有太多顾客。如果X还做了什么显眼的行动，就算被店主记住也不足为奇。”

“显眼的行动是什么呢？”

我撇了撇嘴。

这恐怕就是推断X所犯罪行的关键。我将自己的想法逐一说出来，同时也是为了整理自己的思考。

“X做了显眼的行动。而且那个行动本身并不是犯罪。X犯下了罪行。而且如果不是X自己写了道歉信，那个罪行并不会马上暴露。X对自己的罪行感到后悔。那是会让人后悔的罪行。X犯下的罪行马上惊动到搜查机构。X做的事情是……"

我瞄了一眼千反田。白皙的喉咙动了一下，她是在咽口水吗？

我说道：

"……至少不会是偷窃之类的轻罪。"

"是的。然后呢？"

她在催促我。

我将视线从千反田的喉咙移到笔记本上。"十月三十一日，在车站前巧文堂买过东西的心里有数之人"。

X买了东西。这表示买卖是成立的。

买东西时的行动很显眼。犯法的行为。

巧文堂是面向小学生的文具店。不太可能有什么值钱的东西。

说起来，报纸上依旧充满了众多社会事件。防火盗窃买凶杀人，还有？

……我叹了一口气。

"真是够了。"

"什么够了？"

一家面向小学生的文具店里，一名高中生趁着没什么顾客的时候进了店。那个人有点畏畏缩缩地随便拿了一些便宜商品到柜台结账，还拿出了一万日元大钞，那当然会显眼了。

"X用一万日元假钞买了东西。"

4

"可是……"

听到我的这句话，始终一动不动、默不作声的千反田突然嘟囔道。然后，就像是冲垮了堤防一般，她滔滔不绝地说了起来：

"可是，可是可是，那是不可能的现实中是不可能的理论上是不可能的是漏洞百出的是悲剧！”

面对千反田仿佛马上就要跳起来掐住我脖子的架势，我不由得连同椅子一起往后退。安抚烈马就是这种感觉吧，我一边想着无关紧要的事情，一边用手势制止了千反田。

“千、千反田，你先冷静下来。啊啊对了，你不要忘记了呀，这只是游戏而已吧？何必如此认真。”

“不，但这是不可能的呀，折木同学。”

唔。不是“无法相信”，而是“不可能”吗？

我稍稍眯起眼睛，询问道：

“你为什么觉得不可能呢？”

张开双臂撑着桌面的千反田恢复了端正的姿势，然后像是对自己刚才的举动感到不好意思似的别过头咳嗽了一声。紧接着，她以一如既往的态度说道：

“最近市面上发现的假钞面值都是一万日元。折木同学你也知道这件事，所以才说X同学使用了一万日元假钞吧？”

我点了点头。

“但是，高中生X同学不可能得到那张假钞。不对，就算他得到了，也应该有机会把假钞换掉。”

“……怎么说？”

可能是我太迟钝了，完全听不懂千反田到底在纠结什么。千反田有些焦躁地继续说道：

“既然X同学是没有做什么买卖的普通高中生，那么他要怎样才能获得一万日元假钞呢？”

我不假思索地回答道：

“一般来说都是ATM吧？”

“能瞒过ATM和银行的假钞没那么容易做出来！而且如果是那么精妙的话，X同学怎么可能知道是假钞啊。”

“那么，是找钱……”

我还没说完就马上闭嘴了。幸好伊原不在场。不然的话，真不知道她会怎么损我。千反田不是伊原，所以没有对我痛骂，而是露出了微笑。

“没错。你似乎也想到了……一万日元是没办法用来找钱的。除了纪念硬币之外，一万日元纸钞在日本是最有价值的。”

我终于明白千反田纠结的点在哪里了。

如果X是犯了使用伪造货币的罪，那么他是怎么得到那张假钞的呢？假钞是被伪造源头制造出来，然后拿到商店消费。如果那是一万日元的假钞，那么进入商店之后就不会找给顾客，顶多是在商店之间流通，最终的去向将会是银行。到了那里，假钞就完蛋了。

我皱起眉头，轻轻地频频点头。

“哦，我明白你的意思了。也就是说，即使X的父亲是开店做生意的，将收到的假钞拿给X当做零用钱……”

千反田露出满意的表情，重重地点了点头。

“X同学应该会直接对父亲说‘这是假钞，换一张吧’。”

神山高中禁止学生打工，而且就算可以打工，情况也不会有变化。如果工资汇入银行，X就不可能拿到假钞。如果是支付现金，X就应该有办法要求交换。只要不是非常残忍的雇主，一般都不会否决这种要求。至于超乎常理的雇主或者坏透了的父亲，那我就管不过来了。这和刚才的学生指导部全体中毒是同样的道理。

那么……

“也许是捡到的呢？”

“捡到吗？你是说假钞掉在路上吗？”

“说不定伪造集团不知道该如何处理掉，就干脆扔掉了。”

虽然有些胡来，不过这件事本身就很胡来，无需在意。

但是，千反田却摇了摇头。

“这也不太对劲。”

我刚想问为什么，自己就突然发现出不对劲之处。

如果X每天都有照常上学，那么X是在昨天放学后到今天上课前之间的这段时间里给巧文堂寄出了道歉信。即使X这几天都没来上学，X也是在昨天早上到今天广播之间的这段时间使用了假钞，事后应该写了道歉信。两者的时间间隔实在是太短了。

X最初是怀着罪恶感使用假钞的。若非如此，X不可能这么快就对自己的行为感到后悔，而且还专门写信道歉。如果X一捡到假钞就打算去老年夫妻经营的小店利用找零换成真钞，这样的人是不太可能对自己的行为感到后悔的。

“唔，入手源头吗……”

“如果不解决这个问题的话，折木同学的推论也只是空中楼阁。”

搞什么啊，千反田说我经常用些不经常使用的词语，她自己不也一样嘛。

我这样想着，嘴角流露出一丝笑意。我必须承认千反田的想法合情合理。虽然看起来是无关紧要的小事，但千里之堤毁于蚁穴，不可忽视。X是从哪里得到一万日元假钞的呢？并且，为什么会去使用假钞呢？

或者，难道正如千反田所说，至今为止搭建起来的推论其实只是一盘散沙吗？

我漫不经心地嘟囔道：

“一万日元啊。”

那并非什么巨款，但也必须承认，这样的面额实在让人难以轻易舍弃。

……没错。不管怎样，这个金额都会让人恋恋不舍。我抄起手问道：

“千反田，你喜欢钱吗？”

千反田有些错愕，但还是回答了我。

“这个嘛。相比讨厌，喜欢应该是我的真实想法吧。”

“丢掉一万日元一点都不会心疼……”

“我没有这种想法。”

不过，千反田将身体凑了过来，像是在强调重点似的慎重补充道：

“……但前提是，这一万日元不是来路不明的钱财。”

千反田真不愧是千金大小姐啊。即使在日本国内，因金钱而引起的杀人案件也并不少见，涉案金额有的比一万日元还少呢。

尽管如此，我还是能够理解千反田想表达的意思。只要是“自己的钱”，毫无疑问一万日元是非常值得珍惜的。如果不小心掉进阴沟里的话，很可能会直接跳下去掏吧。然而，如果换成是“不正当的金钱”，比如说是捡到、偷到或者是赌钱赢来的，那么说不定只会觉得这是好运气而已，不会有更多想法。不义之财来也快去也快，这句话也许还包含了这层意思吧。

如果X是怀着强烈的罪恶感使用了假钞，那么就只有这一个理由了。X不想浪费“自己的”一万日元。如此一来，那张一万日元就不是不正当的金钱。X也不可能是伪造货币的犯人或者伪造集团的一员，那么——

我沉吟了一声，说道：

“X手上的假钞应该是别人给的。”

视线落在笔记本上的千反田抬起头来。

“而且是作为正当的金钱而收下的。既然不是工资也不是零用钱，那么就只剩一种情况了……别人还钱给他。

“借出去的钱虽然还回来了，却没想到是假钞，X恐怕相当失望吧。明明是自己的钱，为什么会变成这样呢？最后，X尽管心怀愧疚，但还是在老爷爷老奶奶经营的小店里用掉了。这么说来，也没必要过于责备X吧。”

听我说完，千反田用拳头抵住嘴角思索了一会。片刻之后，她放下拳头正准备点头时，却突然像是想到什么似的摇了摇头。

“不对，这和刚才说的没有区别。X同学发现是假钞的话，应该会让对方换一张的。”

我从容不迫地回答道：

“是这样吗？假钞是抽鬼牌游戏中的鬼牌，大家都不想拿到。对了，如果是这种情况的话，应该很有可能发生吧。

“‘哟,X。我来还钱啰。’

“‘啊,Y学长你好。不好意思，其实晚点还也没关系啦。’

“‘是一万日元对吧，给。’

“结果拿到手上的居然是假钞。”

千反田不苟言笑地看着我的单人小剧场。老实说，我感到非常尴尬，但还是继续往下说：

“对于X来说，向他借钱的Y是地位比他高的人。就算Y用假钞来还钱,X也没办法回绝。或者是，即使X发觉自己收到的钱是假钞，Y也有办法死不认账。如此一来,X就得到假钞了吧。”

我交换了一下翘着的脚。

“虽然还留有X是单数还是复数的疑问，不过推断到了这个程度，基本上可以判断出X是单数。巧文堂是卖便宜货的文具店，如果有两三个高中生跑来用一万日元买东西的话，那会很不自然的吧。”

千反田彻底沉默了，甚至搞不清楚她有没有在听我说话。

我认为接下来需要探讨的要点还剩一个。

“……那么Y呢?

“Y也得到了假钞。说不定是比他地位更高的Z还给他的钱。但是一直追溯回去的话，应该会回到伪造源头、商店、银行等假钞的流通环节中。如果将Y以及更前面的人全部当成Y，那么Y是谁呢?是没良心的店老板吗?还是伪造源头呢?

“没错。在假钞事件中，就算逮捕一名由于一时鬼迷心窍而使用假钞的高中生，那也无济于事。警察之所以会出动，是因为他们认为可以通过X找出假钞的来源吧。”

我重重地吐了口气，然后滑稽地耸了耸肩膀。

“推论到此结束。”

我这时才发现，千反田非常端正地坐到了椅子上。双手放在大腿上，背脊挺得笔直，而神情则有些恍惚。也许是结论让她非常惊讶，也可能只是单纯对游戏感到疲劳而已。

话说回来，难得我说了这么多长篇大论，她却没有任何表示。这也太过分了吧，对千反田感到有些恼火的我隔着窗户，眺望开始带上秋色的神山市风景。那边是神山车站，巧文堂应该就在那附近吧。

看着我的侧脸，千反田轻声嘟囔道：

“‘十月三十一日，在车站前巧文堂买过东西的心里有数之人，请马上到教职员办公室找柴崎’。”

我转过头来，而她继续感慨道；

“我们走了好长一段路啊。”

“……是啊。”

我一边笑，一边大大地伸了个懒腰。

“游戏结束。”

听到游戏这个词，千反田抖动了一下眉毛。恍惚的眼神恢复了焦点。

千反田稍稍歪着脑袋问道：

“折木同学。”

“干什么？这是游戏哦，不需要当真啦。”

“不，并非如此。既然这是游戏，我记得折木同学你是为了证明什么才开始的吧……是为了证明什么呢？”

啊啊。

说起来，我最开始好像是有这样的想法来着。

我也歪了歪脑袋。刚好与千反田是相同的角度。在放学后的地学教室里，我们两人一同歪着脑袋。

“是什么来着……”

“是什么呢？”

“你都记不住的事情我怎么会记得啊。”

“……那么折木同学，要试着推理一下吗？”

只见千反田扬起了嘴角。虽然她装出一本正经的样子，但那双大眼睛却藏不住笑意。真是受不了她。我竭尽所能挤出最灿烂的假笑说道：

“饶了我吧。”

次日，我打开报纸的第三版，看到了这样的标题——

“持有伪造货币的嫌疑犯落网”

小标题是：

“二十三岁的黑帮成员 神山警察局在本案中首次获得突破”

昨天和千反田的那场游戏，我记得开端应该是某个类似名言妙句的东西。然而，随着越来越投入到游戏之中，我和千反田都彻底忘记那是怎样一段话了。不过，我现在想起来了。

应该是“歪打正着”。

……应该是这样吧。

总之，记忆能否与事实一致，还是只能看运气啦……

恭贺开门

绕远路的雏人偶

Little birds can remember

1

民间有种迷信的说法——跨年做的事情会重复一整年。小时候，即将迎来高中入试的我因为害怕这个传说，在除夕夜硬是放下书本停止学习。真是遥远的记忆……不对，也没那么远，就是前年的事情而已。

现在，身处黑暗之中的我，在意的是那种说法有没有变成“元旦做的事情会重复一整年”之类的版本。人们常说“一年之计在于元旦”。正月伊始，我就遇上了意想不到的灾难。不要说是一年一次，这种事情我一辈子也只想碰到一次。虽然我不觉得自己特别迷信，但如果对我说“要是不驱邪，还会再次碰上这种事情哦”，说不定我会老老实实地跑去驱邪吧。

我向千反田询问是否存在这样的民间传说。她思考了一下回答道：

“我不是太清楚……大概没有这样的说法吧。不然的话，‘正月休息就会导致一整年都在休息’，这样也太不合理了。”

我接受了她的说法，总算安心下来。这样就没什么好担心了，心情顿时轻松了不少。

然而，昏暗中看不清表情的千反田用一本正经的声音补充道：

“但是，折木同学。比起今年剩下来的三百六十四天，我更在意当下啊。”

我理解。

非常非常理解。但是，千反田啊，让我稍微逃避一下现实也没什么吧？

缝隙中吹进来的风从脸上拂过，冰冷得如同刀割一般。不过与此同时，缝隙也为这片黑暗带来了些许光亮。眼睛终于习惯了黑暗。

映入眼帘的有扫帚、铁铲子、大扫除用的长棒子、不知道装了什么东西的纸板箱，以及身穿和服、表情有些困惑的千反田。

再就是四面围绕住我们的墙壁。

这里是神山市屈指可数且颇具规模的神社之一——荒楠神社，我们正处于神社境内。正确来说是境内某角落，一个灯火稀少、毫不起眼的场所。这里有一座破破烂烂的储物间，我们现在就在这里面。

不过问题不在于这里是储物间，也无关建筑物的破烂程度。

这个储物间只有一扇门，那是唯一的出入口。如今门却紧闭着，还上了门闩……从外侧。

一月一日的晚上，我和千反田被关在神社角落的储物间里。

墙壁和屋顶早就超过耐用年限的储物间，只有一处是崭新且牢不可摧。那就是门——闪亮坚固的铝制门扉。从防盗的角度来看，这的确非常棒。不管是拼命推还是拼命拉，最多只是稍微摇晃而已。

我终于忍不住抱怨起来：

“为什么会变成这样……”

“这个嘛，大概……”

黑暗中的千反田似乎笑了一下。

“是因为抽到的签不够好吧？”

我重重地叹了一口气。

果然是这样吗？

2

事情开端是在接近年末的某天，千反田给我打了电话。

“折木同学，元旦那天你有什么安排吗？”

听她这么问，我便想了一下。

小学时，几乎每年我都会去初次参拜。主要是因为老姐非常喜欢这类年度传统活动。既然那么喜欢，就自己一个人去呀。但是，不知为何那家伙总要带着我到处跑。如果是家附近的八幡神社的话，要我陪她去也不是不可以啦。然而事情可没这么简单，老姐考大学那次就特别严重。她命令我“你也来一起祈祷我能考上”，花了几个小时把我带到超级远的天满宫。她叫我帮她祈祷，自己却连一个护符都不买，一个人乐在其中地玩着自创的“能够连续多少次抽到大吉游戏”。

上了大学之后，老姐跑来跑去的范围一下子变得很广。也因此，她不再将我带在身边，我也失去了参与年度传统活动的必然性。如果可以不去做的话，那就不做。实在非做不可的话，那就尽快解决。就算是正月，我也没有什么特别安排。

“没有呢。”

千反田一听，声音就激动起来了。

“这样啊。那么，要一起去初次参拜吗？”

“……该不会是去天满宫吧？”

“欸，你想去天满宫吗？但是相当远啊……”

没错，相当远。

千反田似乎误会我是菅公迷，她察言观色似的压低声音说道：

“那个，如果不介意的话，要不要一起去荒楠神社呢？”

荒楠神社的话，就不怎么远了。只要没有下雪，骑自行车一下子就能到。但我实在是提不起劲啊。荒楠神社是神山市最大的神社，一到正月肯定人山人海吧。在那么寒冷的天里还专门跑去挤，一点都不符合节能主义。我换手拿话筒。

“有什么理由吗？”

“并没有什么特别的理由。”

她说着说着，语气多了几分兴奋。

“摩耶花同学好像在那里打工哦。”

伊原吗？正月的荒楠神社，我想象了一下在人山人海中打工的伊原。

“……”

“啊，你笑了吧。”

我笑了。说起正月在神社里打工，应该要穿着一身红白装束吧。伊原外表看起来比真实年龄要小很多，老实说她直到现在都会被误认为小学生，想必——

“很不适合她吧。”

“你真过分呢，折木同学。”

千反田责怪我的声音中也含有一丝笑意。既然千反田会对我的无礼一笑置之，估计伊原自己已经拿那身打扮调侃一番了吧。

“就是这样，福部同学似乎也会去。机会难得，所以我想问问看折木同学你要不要也一起去。”

的确，里志不可能错过去看伊原那身打扮的机会。

原来如此。跑去嘲弄伊原也是挺有趣的。不过仅仅为了这件事就跑去初次参拜，也未免太恶趣味了。算了，顺便祈祷一下明年一年的和平与健康，应该就能回本了吧……

我在心里盘算着，不过千反田的话还有下文。

“而且……”

“还有什么吗？”

“并不是什么大不了的事情。”

这回则是有些羞涩的语气。千反田轻声细语地说道：

“……我也想稍微炫耀一下自己的和服。”

如果想要拒绝千反田的邀请，除了“寒冷”之外就没有其他拿得出手的理由了。冬天寒冷那是理所当然的事情。如此一来，稍微忍耐一下也不会遭天谴啦。

然而元旦是最适合改头换面的日子，日本列岛笼罩在强烈的寒气之中。随着太阳西坠，神山市的寒冷变得穷凶极恶。

我披上平时穿的白色风衣，戴上驼色围巾和手套，口袋里还放了怀炉。尽管如此，我的牙齿依旧在不停地打架。由于觉得外面的路可能不太好走，我选择了没有鞋带的长靴。出门时看到天气预报说元旦的气温创下了这个冬天的最低纪录。天空万里无云，闪耀的点点繁星清晰可见。澄净的空气更加助长了心理上对寒冷的感觉。

我们约好在石鸟居下碰面。即使到了这个时间，荒楠神社依旧相当拥挤，不过还不算太夸张。冲进人群还能取下暖。与寒冷的天空相比，燃起篝火、点亮灯笼的参拜道路看起来要暖和不少。

往来的行人都蜷缩着身子，裹在皮夹克或大衣里面。尽管如此寒冷，但几乎看不到苦着脸的人。大家碰到认识的人就互道“恭贺新禧”，随处可见三两成群的小队伍。然而我始终没有发现千反田的身影。

“我来太早了吗？”

在这种气温下等人实在很要命。就在我看手表的时候，一辆漆黑的出租车驶到鸟居前面。车后门打开，一名女子说着“不好意思，非常感谢”从车上下来。在星光与灯火的映衬下，一身稳重暗红色的和服显得格外有情调。外面穿了一件黑色大衣，手上拿着浅紫色的束口袋，上面用金色丝线绣着彩球图样。女子的长发盘在脑后，发簪轻轻摇晃。此外她还提着用白纸包住的一升瓶*，应该是送给神社的礼物吧。

真不愧是正月，有些女性的打扮就是华美。

我才这么想，发现那名女子正是千反田。

我没想到她会坐出租车来。没想到出租车司机在正月里也上班啊——我思考着这些无关紧要的事情。千反田一发现我，就嫣然一笑地走了过来。

“让你久等了吗？”

“不会……”

“恭贺新禧。”

“啊，恭贺新禧。”

“今年也请多多关照。”

“啊，彼此彼此。我才要请你多多关照呢。”

怎么回事？由于心理上被攻其不备，我只能做出傻乎乎的回应。

*** 注：日本的一升相当于 1.8 公升，一升瓶是指 1.8 公升容量的酒瓶。**

千反田似乎察觉到了我的困惑，双臂往旁边微微一提，以将袖子展开的姿势说道：

“我来炫耀了哦。”

和服是红色基调的，应该算华丽吧，不过看起来一点都不刺眼，是非常适合正月的明亮服饰。不可思议的是，穿在千反田身上完全没有浓艳的感觉，而是华美中带有一丝文静。相比起来，以前我老姐穿上和服的时候，我只觉得“这是哪里来的野姑娘啊”。

由于她身上穿着黑色大衣，所以只能看到身体正面的图样。以红色为背景，蝴蝶在飞舞。延伸至下摆则是绣着河流的图样。不对，是风的流动吗？

我虽然说不出任何感想，不过千反田似乎光是展示这身装扮就满足了。她并没有等我作出反应，重新拿好左手的束口袋和右手的一升瓶，看着参拜道路前方说道：

“那么，走吧。”

千反田脚下的木屐发出咯噔咯噔的声响。望着她向前走去的背影，我觉得自己不管再怎么口拙，一句“很适合你”还是应该能说出来的吧。

在人群喧嚣声中，我随着咯噔咯噔的声音往前走。

混入参拜道路的人潮之中，冰冷刺骨的风似乎弱了下来。夜幕之下，灯笼的光芒在笔直延伸的石阶上映照出人影。我突然注意到千反田拿着的一升瓶似乎很重的样子。在人群中两手都拿着东西未免太危险了，于是我表示愿意帮她分担。千反田也没有跟我假客气。

“谢谢，那就麻烦你了。”

“这是？”

“是酒。”

这我知道，才不会当成是酱油呢。

“我们家和这里的神职有点交情，这算是新年的见面礼吧。”

“正月一开始就跑腿啊。你真是辛苦了。”

千反田闻言扑哧一笑。

“要说起来，白天才是真辛苦呢。我今天当了一整天乖孩子，一直都在招呼亲戚呢。”

脑海中浮现出在扮演乖孩子的千反田。她打扮得光彩照人，擦粉抹红，一动也不动地跪坐在上座主人的旁边。

虽然我不知道那是不是乖孩子的模样，不过千反田的家很大、历史很悠久。我不是在说建筑物的事情哦。而且她是千反田家的掌上明珠。至今为止，我已经听她透露过不少远超我理解范围的社交生活了。

说起来，刚才我还觉得不可思议。在这么冷的天气，初次参拜为什么要选择夜里呢？最初我以为伊原的打工是夜班，不过现在看来，应该是因为千反田作为名门之后在白天有许多必须要处理的事务吧。

“我今天只吃了年糕汤里的一片年糕，肚子有点饿了。”

千反田说着，摸了摸自己的肚子。或许是为了搭配束口袋的颜色吧，和服腰带也是高雅的浅紫色。

“折木同学你呢，今天白天是怎么度过的？”

“我……模仿寄居蟹的生态。”

“欸？”

今天很冷。

实在是冷得不得了，所以我一大早就决定向寄居蟹学习。

也就是只把脑袋露在暖桌外面，将橘子当成独一无二的好友，懒洋洋地度过时间。比起寄居蟹，可能更接近蜗牛吧。父亲因为工作关系要出门拜年，老姐则说了一些我听不太明白的理由就出去了。因此，我能够尽情投入到生物学研究之中。

看着文库本打发时间，饿了就去吃年糕汤，偶尔心血来潮会整理一下贺年卡。在这样的情况下，一月一日的时间不一会儿就到了正午，下午也近了。我打开电视悠然自得地看着《新春特别电视剧风云急小谷城》，没过多久太阳就下山了。

这样回顾了一遍，实在有些羞愧难当。新年伊始就过着懒惰的一天。由于不想继续提起这个话题，我强行转移了注意力。

“里志那家伙是怎么个安排啊？”

对于我故意岔开话题，千反田并没有放在心上。

“摩耶花同学应该有跟福部同学联系的。”

在古籍研究社的业务方面，大部分情况都是由伊原来联系里志。这是因为伊原想和里志说话……其实并非如此。更加直接的理由是——伊原和里志有手机，我和千反田没有。我也觉得差不多该去买手机了，无奈手头一直很紧，暂时没可能了。

走了没多久，参拜道路就转进很陡的石阶。石阶左右的宽幅相当大，两端和中央都有铁扶手。仔细一看，有不少老人紧抓扶手爬上或者走下石阶。

参拜道路两边有一整排灯火缓缓摇曳的灯笼，不过石阶外侧就没有任何装点了。取而代之的是每隔一定的距离都插着写有“荒楠神社”的白色旗子，旗子后方的坡面上散布着零星的残雪。

“折木同学，这里很滑哦。”

走在前方的千反田对我说道。

爬到石阶顶端，钻过另一道鸟居。荒楠神社的境内非常宽广，而且喧嚣声比参拜道路上大了好几倍。也许是我想太多了，四周似乎洋溢着庆祝新年的温馨气氛。

巨大的篝火在境内中央燃烧着。围在火堆周围的人们成了一道道黑影。在寒冷的夜空下，人们对火有着深深的依恋，不过可能是火势太强、温度太高的缘故，大部分人都背对着篝火。朝篝火伸出手的都是一些欢声打闹的孩子。还看到很多人都拿着纸杯，可能是哪里有提供免费热饮之类的东西吧。

石阶顶端的右手边是社务所，现在变成了贩卖吉利商品的小店。可能是已经过了做生意的高峰时段吧，尽管顾客不算少，但并没到拥挤不堪的程度。伊原应该也在那里。我将视线从社务所移开，发现在不起眼的地方有个小小的红色鸟居。这里也供奉着稻荷神*吗？与随处可见的白色旗子不同，竖在红色鸟居前的是“正一位”红色旗子，旁边还建了一个小小的储物间。做生意的人都会来拜拜稻荷神吧，尽管建在相当隐蔽的地方，还是有不少人前来参拜。

话说，我也开始觉得一升瓶有点重了。

“这个是要送去给人家的吧。”

我稍稍举起酒瓶问道。千反田歪着脑袋稍微思考了一下。

“先参拜完再去吧。”

到拜殿还需要再爬上一道石阶。这次的石阶不怎么陡，也很短。最多也就十几阶而已吧，不过参拜的人却堵在石阶中段。我和千反田排在那条队伍的后头。

等了一两分钟，踏上一阶。最前头的数名参拜者横向排成一列，投入香油钱合掌祈福之后往左右散去，接着排在后面的人补上去。以人的视觉来看那的确是参拜，不过如果是站在神明的角度，这就像是以输送带的方式传运过来的吧。“请保佑我新的一年身体健康”、“希望全世界的人类都能和平共处”这样的标准愿望还好说，但是像“希望爷爷的身体能够康复。啊，顽固的脾气就不需要一并恢复了。另外，请保佑我们家孩子的应考能够顺利。正确来说是私立学校落榜，考上公立学校”之类的复杂愿望，神明也需要费上一番工夫才能弄清楚吧。

就在我胡思乱想的时候，轮到我和千反田了。我朝用来代替油钱箱的白布扔了一枚五日元硬币。愿望的话——

请保佑我能过上不需要消耗太多能量的一年。

这样初次参拜的主要活动就结束了。接下来只需要把酒送过去，再嘲弄一下伊原就可以回去，毕竟实在是太冷了。我正打算钻进购买吉利商品的人群，千反田拉住了我的风衣袖子。

*** 注：稻荷神是日本神话中掌管农业、商业的神明，相传以狐狸为使者，神阶是正一位。**

“你要去哪里？”

“不是要去看伊原吗？”

“哦，问候神职人员是要进去的。在里面就能见到她了。”

在社务所的玄关前面，有几名满脸通红的男子聚在一起。有四十岁左右的中年人，也有七八十岁的老年人，应该是来神社帮忙的居民代表吧。千反田毫不畏惧地从他们中间穿过，拉开了玄关的格子门。我则偷偷摸摸地跟在千反田身后。虽然我自己也觉得这是很丢脸的样子，但老实说，至今为止我还没有跟大人打交道的经验。

“打扰了！”

千反田朝着屋内大喊。但是没有人出来，大概都在忙吧。在连续喊了好几声之后，终于出来了一名白发男子。他的脸也很红，而且看起来不太高兴。出来后，他粗声粗气地应道：

“有什么事啊？”

千反田轻轻地低头行礼。

“恭贺新禧。我叫爱瑠，代表千反田铁吾来向各位拜年。”

闻言，男子顿时笑逐颜开。

“哦哦，是千反田家的啊。请进请进，我去叫他们。”

“好的，那我就打扰了。”

我是跟班的折木，打扰了。

男子把我们带到大厅。大厅非常大，乍看之下还真搞不清楚到底有多少张榻榻米的面积，四周以纸拉门围起。令人印象深刻的是相比于宽敞的室内，天花板却很低。此外，室内摆着一排圆火炉，从小窗可以看到红色的火焰。里面摆放着数十张矮桌，一群男女坐在自己的座位上用餐喝酒。房间里的气氛非常热烈，时而还会响起一阵阵笑声。

“我们到角落去等吧。”

“哦，好的。”

宴会距离正式开始还有一段时间吧，空着的座位也不少。我和千反田坐到大厅角落的矮桌边上。在坐下来之前，千反田脱掉了披在和服外面的黑色大衣。我本来以为那是普通的大衣，不过在灯光下一看，发现布料有一种歪扭的质感，纹样也进行了晕染。千反田察觉到我一直在盯着看，于是问道：

"……怎么了？"

"没什么，只是觉得这个布料有点奇特。"

千反田微微一笑。

"谢谢夸奖，这是绉绸。"

我的脑海里闪过水户黄门一行人。

我也脱掉了风衣。这是便宜货，随便怎么放都无所谓。千反田则拿起一个挂在横木上的衣架，将大衣挂了起来。

没过多久，一名年轻女子拉开一扇纸拉门进入室内。她身穿白上衣和绯袴，长发在脑后扎成一束。虽然很有巫女的味道，但戴着一副有点不搭的小框眼镜。不可思议的是，这种不相称的感觉反而表现出她对于这副打扮早就轻车熟路了。看起来不像是临时工，这还是我第一次看到真正的巫女呢。

真年轻。大概是多少岁呢？可能不到二十岁吧。她一发现千反田，就笔直地朝这边走来。不消一会，红色和服的千反田就与身穿绯袴的巫女面对面跪坐。

千反田先低头行礼：

"恭贺新禧，今年也请多多关照。"

巫女也恭敬有礼地回应道：

"恭贺新禧。"

"父亲托我带来一瓶酒，请笑纳。"

啊，是这个。我将一升瓶递了过去。巫女向我行了一个跪拜礼。

"谢谢，那我就收下了。"

"不成敬意，只是一点无聊的东西。"

听到我不自觉地说出这番话，千反田掩着嘴角笑了。

"折木同学，这话应该由我来说哦。"

被她这么一说，我才意识到。对哦，只是因为酒比较重我才帮千反田拿着而已，没理由为千反田家送出去的东西说谦辞呀。糟糕，我被不熟悉的气氛所震撼，居然说出了这样的蠢话。

巫女对慌张的我说道：

“既然是无聊的东西，那我就不要了。”

我心头一惊。由于巫女的表情看起来很严肃，我以为她是认真的。

千反田用含笑的声音说道：

“不要这么说，请收下吧……虽然只是一点无聊的东西。”

我这才注意到巫女的嘴角流露出些许笑意。原来千反田和这位巫女认识啊，而且还是能够互相开玩笑的关系。哎呀，真把我吓出了一身冷汗。

巫女询问道：

“你是B班的吧？”

这个问题听得我一头雾水。不过，我的确是神山高中一年B班的学生。

“是的。”

为什么她会知道我的班级呢？就在我感到惊讶的时候，她问出了第二个问题。

“福部同学没和你一起吗？”

她居然连里志都知道！这、这是神通力吗？荒楠神社的巫女拥有看透别人过去的力量吗！她看穿了我今天一整天都在懒散度日吗！

我内心的动摇似乎都写在了脸上。千反田凑到我的耳边轻声说道：

“这位是十文字香穗同学。”

是谁？

“一年D班的。”

我重新打量了一下眼前的巫女。

稳重的举止、端正的姿势，举手投足自在从容。虽然我早觉得她不到二十岁，但是……

“和我们同年级？”

我忍不住发出了傻傻的声音。千反田和十文字香穗一同笑出了声音。

D班的话，和里志是同班同学。原来如此，难怪她会知道里志。

和服打扮的两人亲密地交谈了一会。不过十文字还有工作在身，她突然站起来说了句“那我先走了，晚点有空再聊”，就准备转身离去。身后的千反田问道：

“那个，我们想去见伊原摩耶花同学，可以吗？”

“伊原是……哦哦，是那个女孩子啊。我也不是很清楚，现在应该不会太忙吧。那边可以通到店面里侧，你去看看情况吧。”

听到神职人员自己说出“店面”这个词，我有点受到了打击。那里果然是商店吗？虽然我并没有对神社心怀浪漫的想象啦……我和千反田一起朝十文字指示的方向走去，拉开了纸拉门。

到了走廊就能听到轻微的喧嚣，所以我们马上就知道了商店的方向。穿着布袜的千反田踩着小碎步，在走廊上轻快地前进。走廊木板的冰冷直透我的脚掌，实在是受不了。

来到走廊尽头，千反田轻轻地拉开了横开的木门。

破魔矢、竹耙子、不倒翁、护符。卖场摆满了玲琅满目的商品。共有三名巫女装扮的女生在接待顾客。不过到了这个时间，应该用不着三个人了吧。千反田屈膝蹲下，从木门的缝隙探头寻找伊原。其实根本用不着寻找。一打开木门，前方不远处就是明显比另外两人闲得多的伊原。她与十文字一样穿着白上衣和绯袴，长发在脑后扎成一束。

不对，这有问题呀。伊原没留长发，所以那是接的吧。伊原如果留长头发扎起来的话，就会变成这个样子吗？

“摩耶花同学。”

千反田出声叫她。伊原闻声转过头来，看到千反田便马上露出了笑容，但一和我对上视线，她就立刻拉下脸来。毕竟是在顾客面前，伊原也不好大声嚷嚷。她轻启涂了口红的嘴唇，低声做了简短的通告。

“不准看。”

新年伊始的第一句话就这么过分。既然不想被别人看到这身打扮，那么为什么要打这份工啊？

“恭贺新禧。”

听到千反田的悄声问候，伊原轻轻地点头回应。她左右张望了一下，然后将上半身凑近木门：

“新年快乐。和服真好，非常漂亮呢。”

“谢谢夸奖。”

“是振袖吗？”

“不是，是小纹。家里人说振袖要等我上大学才能穿。”

common*？common sense的common吗？是一般用的意思吗？英语都渗进和服的世界了吗？

“我还有一个小时才下班，小千你这段时间要怎么办？”

“应该会被邀请参加大厅那边的酒宴吧。福部同学呢？”

“白天来过了。然后说要去看什么《新春特别电视剧 风云急小谷城》就回去了。等一会估计还会过来的。”

两人说着话，店里的贩售情况却丝毫没有受到影响。话说，伊原的柜台前面并没有摆放商品呀。我忍不住问道：

“你这边在卖什么啊？”

“抽签。还有负责寻人、失物招领、换零钱。”

但说到抽签，伊原眼前的客人直接拿起签筒自顾自地抽了起来。看来只要把一百日元硬币放到铺着纸的方木盘上，接下来就自便了。

可能是察觉到我的视线吧，伊原极力辩解道：

“白天是很忙的。”

看来她自己也承认现在很闲。

*** 注：在日语里与“小纹”发音相同。**

不过，这家伙说自己白天很忙似乎并非说谎。我发现在伊原跪坐着的地方旁边有个装满了物品的盘子，上面有钱包、手机、钥匙、折叠伞等东西。

“居民代表们干劲十足地到处巡逻，一发现稍有价值的失物就马上送过来。迷路的小孩也很多。所以白天是很忙的。”

用不着这么强调啦，我又没觉得你是在偷懒。一点都没有。

千反田没有提及伊原的工作，而是说了句：

“抽签很不错呢。我也去抽抽看吧。”

说完就站起身来。千反田刚准备转身离去，伊原就出声叫住了她。

“欸，你去哪里啊？”

“绕到柜台前面……”

“不用啦，在这里抽就可以。”

得到了售货员的许可，千反田从束口袋取出钱包，再从钱包里拿出一百日元硬币。她的钱包是皮制的，看起来价格不菲。而伊原则看中了千反田的束口袋。

“啊，这个也很不错。感觉非常高雅呢。”

“呵呵。”

自己的东西被夸奖，千反田开心地微微一笑。对此我感到有些意外。

由于千反田在价值观上与同龄女生有些不同，所以我觉得“包包被称赞了而很开心”这种女孩子的单纯反应与她平时的风格不太相符。当然，这只是我对她抱有的个人印象罢了。在自己的所知范围推测他人的全部，这明显犯了傲慢之罪。今年一定要改掉这个坏毛病。

没有理会我正暗自下定不可靠的决心，伊原有些感慨地嘀咕道：

“对呀，一般来说束口袋应该是这种才对……”

也是，里志平时提着的束口袋的确不属于多数派。

难得来初次参拜，抽个签应该也不为过吧。我拿出一百日元，接着千反田将硬币放到伊原手中。伊原将两百日元放到方木盘上，然后把六角形的签筒递给了我们。

“那就请抽吧……愿神明保佑你。”

这句话用在这里不太对吧。

千反田先抽。她撕开用浆糊粘住的小纸条，还没等我抽好，她就发出了欣喜的声音：

“哇，是大吉！”

那真是可喜可贺。不过千反田你也应该长点智慧，神社的抽签一般都不会太糟糕啦。我也打开了自己那张。

“……”

“怎么了，折木同学？”

“不，没什么。今年似乎会有好事。”

伊原翻动白上衣的袖子，指着我说道：

“……你抽到了末吉吧！”

我的内心全都写在脸上了吗？我叹了一口气，将手中的签纸拿给两人看。

“稻穗擎天 禽鸟啄食 不敌强风枝条折 谨言慎行方是吉”以及大大的——

“凶”。

3

抽到凶签很少见。而遇上少见的东西尤其值得高兴。所以抽中凶签是值得高兴的事情。

通过完美的三段论证，得出结论:这家伙是开春的好兆头。我丝毫不介意伊原那仿佛在看被抛弃小狗一般的同情眼神，回到热闹的大厅。

千反田兴奋得不得了。

“凶签是怎样的东西呢？我很好奇！”

她从我手中夺走签纸，仔仔细细地端详起来。没想到她今年第一件好奇的事情居然是凶签的内容。面对如此天真无邪的样子，我忍不住抱怨道：

“我抽到凶签，你就这么开心吗？”

千反田却愣愣地看着我，好像听不懂我在说什么一样。

“折木同学你不是不相信这种事情的吗？”

唔，话是这么说没错啦。

要说信还是不信，那我确实不相信。但碰到如此少见的结果，要说完全不在意，那就未免有点打肿脸充胖子了。

脑海中盘旋着这种念头的我没能马上回答，千反田见状猛地将脸凑了过来。

“……”

“干、干什么啊？”

“对不起。”

她突然向我低头道歉。

“折木同学，你是在逞强吧？其实很在意的，对吧？”

我无言以对。

“总之，你先还给我。”

我刚伸出手去，一道人影从我的视野中穿过。神情严肃的十文字快步走过大厅。千反田将签纸递给我，然后说道：

“啊，好的。谢谢你借我看……不过，你打算怎么处理这个？”

“你问我，我问谁啊。”

根本无从下手。虽然丢在神社的某处应该是唯一可行的处理方法了，但随便乱扔也不太好。还是该绑在杨桐树枝上呢？十文字又从眼前穿过。对了，说不定她知道合适的处理方法。

“……”

十文字频繁地进进出出。似乎看不下去的千反田忍不住出声叫了她一下。

“香穗同学。”

十文字显然有事在身，不过还不至于忙到分秒必争的地步。她闻声停下脚步，放松紧绷的表情，满怀歉意地说道：

“抱歉，爱瑠。我连杯茶都没倒给你们。”

“这种事你不用放在心上。发生了什么事吗？”

十文字的嘴角微微上扬。我已经懂得那算是她的笑容，现在这个是苦笑吧。

“这个嘛，打工的女孩打翻了锅子，用来免费提供的面团子汤和甜酒酿都要重新做了。”

“这还真是……”

千反田瞪大了双眼。

“那女孩被烫伤了吗？”

“哦，她没事。直接往后跳闪开了。”

既然运动神经那么好，为什么还会打翻锅子？

虽然入夜后有所减少，但来参拜的人还是相当多。如果要继续免费提供甜酒酿的话，就必须备好足够的量。再加上大厅里的宴会也才刚刚开始，锅子被打翻势必带来很多影响，难怪十文字会在大厅里一阵忙乱。

千反田的行动没有一丝迷惘。

“我来帮忙。”

但十文字制止了准备起身的千反田。一旁的我也觉得这实在是太勉强了。

“爱瑠你就不用了。”

“为什么啊？别看我这样，烹饪方面还是有一手的……”

“我知道你的厨艺，但你打算穿成这样去厨房吗？”

听到十文字这么说，千反田才惊觉自己的打扮。她目不转睛地盯着自己的服装——红色的布面上蝴蝶飞舞、清风吹拂，华美无比的和服。这实在不像是可以进厨房的样子。千反田也理解了自己的状况。

“那么，让我在其他方面帮点忙吧……”

十文字思考了一会，很快就做出了决断。

“那么，麻烦你去仓库拿一下酒糟。进去左手边就是，放在很显眼的地方。”

“好的，是左边对吧！”

千反田马上拉起衣摆站起身来。然后对我说：

“不好意思，能帮我看一下束口袋吗？”

她的钱包放在那里面。

但是，就算我是节能主义者，也不忍心看着身穿和服的千反田一个人去帮忙。

“我也过去。”

“抱歉，麻烦你们了。”

说完，十文字就快步离开了大厅。束口袋则由千反田自己拎着。

我思考了一下，反正只是去去就回，应该不需要穿上大衣吧。

来到玄关，千反田询问正在穿鞋的我：

“是仓库对吧？”

“嗯。”

这双鞋不愧是便宜货，真是难穿。别有金属鞋扣的口子很小，必须使劲把脚往里面塞。我好不容易穿好左脚，一边把右脚塞进鞋里，一边回答道：

“是在稻荷旁边的那间吧……好了，穿进去了。”

打开格子门。

迎面吹来的冷风，让我不禁后悔自己干吗那么自告奋勇地说要帮忙。

不到一秒钟，我就怀念起圆火炉了。

参拜的人潮似乎没有太大变化。境内中央的巨大篝火在熊熊燃烧，围绕在旁边的人影看起来也没有减少。之前做好的甜酒酿应该还留有一些吧，依旧有不少人手上拿着纸杯。

“是那个吧。”

我指了指储物间。千反田穿的是木屐，没办法快步行走。明明那么急急忙忙地冲出来，现在却走在我后面。

即使在昏暗的夜晚，储物间的破烂程度依旧是一目了然。木条铺成的墙壁和屋顶看起来都很不牢靠。如果用力踹过去的话，感觉会像小品的布景一样轰然倒塌。荒楠神社是经费不足吗？还是他们认为境内角落的储物间不需要大费周章去重建呢？稻荷“正一位”的红旗就在旁边飘扬，这个储物间却插着白色的“荒楠神社”旗子，更加凸显出破烂不堪的印象。而且旗子的旗杆非常难弄，必须用塑料绳将上方绑在储物间的屋檐上才能固定住。真是太凄凉了。

不过，也有一处散发出引人注目的光辉——那就是储物间的门。那是一扇崭新的铝门，估计是最近才换上的吧。证据就是还留有旧门的痕迹。门锁居然是门闩形式。在门外上了闩之后，再扣上挂锁。现在明明是有大量外来人士进出的正月初一，挂锁却被打开了。该说是毫无防备意识呢，还是不拘小节呢？说不定是因为里面没放什么值得一偷的东西吧。

我们拉掉门闩打开门，进入里面。

“如果有灯光就好了……”

但是，看不到任何电灯设备。仔细一想，这个储物间似乎没有牵电线过来，所以没有灯光也是理所当然的。

“她是说进门以后在左边的对吧？”

但是，我和千反田都感到困惑不已。打开门进到储物间里面去时，发现左边是墙壁。

“该不会是右边吧？”

“香穗同学不可能搞错的。”

“可是左边没有呀。”

我看向右边。现在是夜晚，而且是在没有光亮的建筑物中。漆黑一片，什么也看不到。不过……

“……应该是没有。”

“也就是说……”

“要再往里面走一点吗？”

我在黑暗中伸出手，蹑手蹑脚地往前走。如果眼睛习惯了的话，那会稍微好一些。但现在必须这样做才能保证安全。我慢慢地往里面走，同时留意手有没有碰到酒糟坛。可是一无所获。

“本来以为是很简单的跑腿，没想到变得有些麻烦起来了。”

“那个，折木同学。”

不知何时来到我身后的千反田喊了我的名字。一阵风吹过，后方的铝门关上了，储物间里彻底伸手不见五指了。

“什么事啊？”

“那个，这是非常难以启齿的事情。”

她似乎真的很难开口。双手拿着束口袋，一副欲言又止的样子。对于平时直言不讳的千反田来说，这实在是少见的情况。我一边这样想，一边继续在黑暗中摸索。

千反田非常慎重地开口说道：

“……这里是储物间吧。”

“是啊。算是储物间或者小屋吧。”

“折木同学，现在你是在找香穗同学托我们帮忙拿的酒糟吧。”

“不然我在找什么啊。”

“如果是我误会了的话，我向你道歉。那个，这里是储物间。”

我叹了一口气。

“就是储物间没错吧。”

千反田在黑暗中摇了摇头。这家伙不知为何压低声音说道：

“不对，是仓库。”

“哈？”

“香穗同学说存放酒糟的场所是仓库。这里是储物间，酒糟是在仓库。”

……哦哦。听到她用倒装句说了两遍，我再怎么迟钝也听明白了。

我顿时张口结舌。我瞬间浮现出敲打自己脑袋说“哎呀呀，我家没有仓库所以才搞错啦”的想象，但实在很不适合我，所以没有付诸行动。我也同样压低了声音问道：

“你一开始就发觉了吗？”

“是的，不过我不是太确定。我只知道社务所后面有放神轿的仓库。”

“那你早点告诉我呀。”

为了掩饰自己的丑态而故意责怪对方，这是惯用的伎俩。之后再向她道歉吧，总之现在要抓紧时间，不然的话甜酒酿就来不及制作了。最要命的是外面非常冷。

然而，正当我们在黑暗中调转方向的时候——

储物间外面有个醉醺醺的声音说道：

“哦哟，门开着啊。”

然后，传来了不祥的哐当声响。

“欸？刚才这是……”

千反田一时之间没能搞清楚状况。而我则朝门口冲了过去——由于四周一片漆黑，正确来说我是朝着可能是门的方向冲过去。很快我就摸到了冰冷的铝制门把。

但是……

门只是咔嗒咔嗒地晃动了一下。我转头看向千反田。虽然千反田的轮廓不是很清晰，但不知为何我好像看到她正一脸担心地歪着头望着我。

“怎么了？”

虽然她应该看不到，但我还是耸了耸肩膀，回答道：

“我们被关在里面了。”

4

“喂，千反田，有没有‘元旦做的事情会重复一整年’这种说法啊？”

听到我这么问，千反田思考了一会儿。

“我不是太清楚……大概没有这样的说法吧。不然的话，‘正月休息就会导致一整年都在休息’，这样也太不合理了……但是，折木同学。比起今年剩下来的三百六十四天，我更在意当下啊。”

缝隙中吹进来的风从脸上拂过，冰冷得如同刀割一般。不过与此同时，缝隙也为这片黑暗带来了些许光明。眼睛终于习惯了黑暗。

映入眼帘的有扫帚、铁铲子、大扫除用的长棒子、不知道装了什么东西的纸板箱，以及身穿和服、表情有些困惑的千反田。

再就是四面围绕住我们的墙壁。

我终于忍不住抱怨起来：

“为什么会变成这样……”

“这个嘛，大概……”

黑暗中的千反田似乎笑了一下。

“是因为抽到的签不够好吧？”

我重重地叹了一口气。

果然是这样吗？

……不，不对。原因有两个。一是路过的大叔酒醉了，没有确认过里面的情况就把门闩起来了。另一个根本性原因虽然无需多说，但我还是说出来了。

“抱歉，都怪我产生了愚蠢的误会。”

千反田摇了摇头。

“不不，一般来说，不管产生怎样的误会，都不可能会被关起来呀。”

话虽如此，但我还是应该为自己犯下的错误道歉的。

幸好，尽管被关起来了，但这里并非空无一人的工厂或是暑假中的校园。虽然处于神社境内不起眼的角落，但参拜稻荷神的人应该会络绎不绝。只要高声求救，就能让别人帮忙从外面打开门闩。

“那么，我要求救了。我会尽全力大喊，你最好先把耳朵捂住。”

总不能让千反田大声叫喊吧。我先做了一两次发声练习。

“啊，等一下……”

要怎么喊才好呢？堂堂高中生喊“救命啊”应该不太好吧。还是单纯的“喂”就可以了呢？总之，只要声音够大，一定会有人察觉到吧。我吸了一口气，正准备大喊——

“请等一下啦！”

有一个白色的东西在黑暗中轻轻地伸了过来。我吓了一跳，有个柔软的东西按住了我的嘴巴。把喊声硬生生吞回去的我将视线焦点拉到附近，看到千反田的手掌按住了我的嘴巴。

我不禁目瞪口呆，只见千反田将整个身子探过来，左手稍稍卷起右手的袖子，而右手正捂住我的嘴。

“不好意思，请等一下。”

语气中带着前所未有的严肃，我不由自主地点了点头。但为什么要等一下啊？

千反田把手从我的嘴巴上拿开，问道：

“那个，如果现在大声求救的话，会怎么样呢？”

不明所以的我回答道：

“会有人来吧。”

“然后我们拜托对方打开外面的门闩。”

“嗯，应该会帮忙打开的吧。”

“于是门就打开了吧。”

“会打开呀。”

“那么，对方看到困在里面的我们会怎么想呢？”

我一时之间不知道该怎么回答。

同时，我总算明白千反田在担心什么了。如果我是和里志一起被关在这里的话，那就没有任何问题。或者是换成千反田和伊原也一样。然而，事实并非如此。

听到求救声而帮忙打开门闩的好心人，看到我和千反田待在夜晚神社角落里的不起眼小屋，是否能够不带任何有色眼镜来看待这个情况呢？

在短暂的沉默之后，千反田用难以听清的微弱声音说道：

“如果是完全不认识我们的人来帮忙，那还好说。但是，居民代表们一直在境内巡逻。那些人是认识我的。”

我想起之前进入社务所时，工作人员一听到千反田的名字，态度就有了一百八十度的大转变。

“如果是那些居民代表来帮忙的话……肯定会产生不必要的误会。毕竟酒糟是在仓库里，而不是在储物间，这跟他们解释不清楚。折木同学，我今天是代替父亲来的。如果换个时间地点的话，那我就无所谓了。然而，一旦在正月的荒楠神社造成莫须有的谣言，我就不好办了。”

我沉吟不决。

乍听之下，我觉得千反田未免太在意面子了。身正不怕影子斜，别人爱怎么想就怎么想。但我之所以会这么想，是因为本人折木奉太郎只是区区一高中生吧。

千反田爱瑠的确处于与我有些不同的世界。无论是对教育行政具有影响力的远垣内家之子，还是经营神山市最大医院的入须家之女，都认识千反田。除了在学校是前辈后辈的关系之外，他们依旧与千反田有深交。而在今天，千反田代替父亲带着酒礼来掌管荒楠神社的十文字家拜年。

我认为那是我无法做出判断的世界。千反田在意大声求救可能带来的一些风评，究竟是理所当然的担心，还是杞人忧天，我根本无从判断。

突然，在短暂的一瞬间里，我对此感到有些可悲。

我轻轻地叹了口气。

“知道了，那么我们应该怎么做？”

墙壁明明到处都是裂缝，铝门却无懈可击，完全没有办法从内侧操作门闩。

“必须想办法让别人帮忙打开，而且越快越好。如果别人刚好来这里找东西的话，一打开门看到我们在里面，那真是跳进黄河都洗不清了。话说回来，明白个中缘由的人选——”

“香穗同学……”

“或者伊原，只有她们两个了。”

“现在回想起来，刚才门被闩上的时候，我们要是能马上出声叫对方不要关门就好了。只是事出突然，一时间没反应过来……”

千反田消沉的声音突然变得开朗起来：

“不过，没问题！”

“嗬，你有什么好办法吗？”

“是的。”

还真是自信满满啊。有这么令人振奋的解决方法吗？

黑暗中，我看到她浮现出笑容。

“很简单，只要打电话就可以了。”

我的下巴差点掉了下来。

“的确很简单。但是千反田，这里应该没有公共电话哦。”

“你在说什么啊，是在开玩笑吗？当然是用手机呀。”

头好痛。从缝隙吹进来的风冰冷刺骨。

“原来如此，真是好办法。那么，请打吧。”

“啊，我没有手机。”

她是认真的吗？还是因为太过慌张而一时忘记了？我轻声说道：

“我也没有。”

然后，沉寂降临了。“……对、对哦！那我们应该如何是好！”

你现在才惊慌失措，那也……

除了大喊之外，还有别的方法能够逃出这个储物间吗？我试着思考了一下。

从内侧没有办法打开门闩吗？不要一上来就认定办不到，慎重地考虑一下所有可能性吧。

首先，重新分析一下这道门的构造。这道门本身没有锁。所以只要用力推的话，就会出现一点门缝。但也只是一点门缝而已，因为外面被闩上了。

根据进门前瞄到的印象来看，储物间的墙壁和门这一块装了缺口为长方形的金属插销。至于安装方式是螺丝还是钉子，这种细节上的事情我当然不得而知。不过既然那么使劲推拉都没有半点松脱的迹象，证明插销固定得非常牢靠。而穿进插销里面的木棒就是门闩。

也就是说，这是横向拉动式门闩。如果这个储物间的门闩是可装卸的，那就可以通过强行挤出门缝，来试试看能不能把门闩顶下来。但既然是横向拉动式，那就办不到了。

结论，从内侧无法打开门闩。

但是……

“开门的方法并不只有一种。”

听到我嘟囔着，千反田吃惊地“欸”了一声。我比划出门的样子说道：

“比如说，把整扇门拆掉也可以。不知道这门是怎样装上去的呢。”

黑暗之中，我凑近门与墙的交接处仔细端详。门轴侧上下各有一个合页。嗯，是很常见的安装方式。

要拆卸普通的合页，必须打开门才有办法拧开上面的螺丝。现在铝门紧闭，螺丝被门轴部分遮挡住了，根本看不见。

拆卸合页的作战也宣告失败。

“另外还有……”

“那个，折木同学。”

千反田的声音听起来有些痛苦。

“嗯？”

“那个，我忘记折木同学你是没有手机的。所以才会拜托你不要大声求救……不过，既然是这种情况，也顾不了那么多了，还是求救吧。再这样下去，折木同学你会……”

我会怎么样？千反田吞吞吐吐地说道：

“……会感冒的。”

哦，这倒是。此刻我的确冷得全身打颤。本以为去拿酒糟用不了一分钟，所以我没有穿上大衣。只靠身上单薄的毛衣实在难以抵御冷风。不过，倒也不至于冷死。

“但是，你很担心吧。万一和我在一起的状况被误会就不好了。实在不行的话，我会马上大声求救的。在那之前，先想想有没有我们能做到的事情吧。”

“折木同学……”

千反田在黑暗中向我低头行礼。我不确定她能不能看到我的表情，但还是尽全力挤出了笑容。

“别想太多，办法总会有的。虽然无法打开门闩，也无法拆掉合页，不过我们还有四种逃脱方法没有探讨。”

“欸，还有这么多吗？”

“是的。”

我屈指数道：

“第一个，破坏门。第二个，破坏墙壁。第三个，挖地道钻出去。第四个，打破天花板。”

弯下四根手指，我的右手只剩下小拇指还竖着。千反田默不作声。虽然她什么话也没说，不过感觉到她似乎对我很失望。

然而，我并不是在开玩笑。以前里志借我的夏洛克·福尔摩斯小说中有“排除一切不可能的手段，最后剩下的那个无论多么荒谬，也一定是真相”这样一句台词。大概是这个意思，在细节上也许有点出入吧。

我用拳头抵住墙壁说道：

“无论是哪种方法，只要愿意做，就都能做到。门虽然很坚固，但是嵌着门的墙壁很脆弱。只要使劲踹几下，合页那部分的墙面应该会塌掉。

“而且这个木墙年久失修，都快烂掉了。随便找个工具来敲几下，应该花不了多少工夫。”

“这、这怎么可以……”

不出所料，传来了制止的声音。

“不行！不管再怎么破旧，这也是荒楠神社的建筑物啊！”

“果然不行哦。”

事后肯定会挨骂的。挨骂倒也没什么，问题是破坏时造成的声响很可能会把居民代表们吸引过来。当场被人碰见我们逃离储物间的话，那根本就是本末倒置。如此一来，天花板也不行。剩下的就只有——

“只剩下地道作战了吧。”

幸运的是，储物间的墙边就立着铲子，而且是很好用的尖头型。地面也没有铺上地板。原来是这样啊，因为没有地板，地面的寒气直接窜入体内，所以才会让人觉得异常寒冷。我突然意识到了这件事。

“……要挖吗？”

“要花上多少时间啊……”

到早上应该能出去。只要我中途没有倒下。

逃出方案的大方向还定不下来。这里是储物间。工具还是有一些的，但现阶段并没有合适的能让我觉得只要有这个就可以逃出升天。除了铲子、扫帚、大扫除用的长棒之外，还有旗杆和架置太鼓的台子。纸板箱里面是大量的茶碗……这些东西要怎么利用才好啊？

冷风从墙壁的缝隙吹进来。

看来只能举白旗投降了。不打开门就想出去，根本是天方夜谭。这个储物间连一扇窗户都没有。而且随着时间的不断流逝，被第三者救出时的“借口”就会越来越麻烦。如果要大声求救的话，越早越好，以免夜长梦多。尽管这么想，但我依旧思索着有没有其他更好的办法。这是斗志吗？不，我应该没有那么旺盛的斗志。只不过，我觉得千反田的担心有一定的道理，所以还必须考虑她的立场才行。

啊啊，外面实在是太宽阔了！

渴望自由的我通过缝隙窥视“外面”。

明明只是一条细缝，视野范围却异常宽广。巨大的篝火格外引人注目。真好，看起来很暖和呢。免费提供的甜酒酿还有剩吗？我们办事不力，想必给十文字添麻烦了。

这时，一名与参拜客明显不同的醉醺醺老人走了过来。那是在巡逻的居民代表吧。

“啊，往这边过来了。”

我这才发现千反田通过另一道缝隙也在看着外面。我凑过去看的缝隙大概是到腰部的高度，千反田则找到了与自己视线相平的缝隙。她拎着的束口袋碰到了蹲下来的我的脑袋。

老人没有走到储物间旁边。从方向上来说，他来到离我们很近的地方，应该是打算到稻荷那边去吧。不过他突然蹲下来捡起什么东西，然后转身沿原路返回了。

“怎么回事？”

听到我在嘟囔，千反田用不太确定的语气回答道：

“似乎是捡到了失物。看起来像是手机链之类的东西。”

“你看到了吗？”

“嗯，隐约能看到。”

“这么远的距离？而且还是在夜里啊。”

千反田做出了认真无比的回答。

“我夜间视力很好的。”

视力2.0再加上夜间视力吗？除了视觉之外，千反田的听觉和嗅觉也很出色。而且她的厨艺很好，说不定味觉也很厉害吧。

由于被说话分散了注意力，我跟丢了老人。不过，千反田似乎在一路追踪。片刻之后，她轻声说道：

“啊，应该是送失物去了。”

“送去哪里？”

“社务所的失物招领处。啊啊，他进了人群，看不见了。”

这时，我的脑海中闪过一道灵光。

“……呐，千反田。墙壁稍微破坏掉一点的话，应该没关系吧？”

5（side B）

《新春特别电视剧 风云急小谷城》是一部在制作上别具一格的有趣片子。最精彩的就要数一开始的桶狭间之战。今川义元被塑造成古今无双的豪杰，在雨中不停砍杀织田军，可谓是所向披靡，气势堪比其他电视剧里的剑豪了。如此一来，杀死义元的毛利新介也是豪杰。义元和新介在尸山血海中持剑对峙的开场画面让我捧腹大笑，同时也看穿了这部电视剧的喜剧本质。

我的缺点是很容易受到影响，不过这个缺点有时候也挺不错的。我哼着主题曲，悠闲自在地走回荒楠神社。我漫不经心地打开了手机，重新确认了一下摩耶花的短信。

“小千和折木已经来了。来社务所会合吧。”

唔，上班时间发短信可不太好哦。

我晃荡着束口袋走在参拜道路上，脚步轻快地爬上石阶，瞥了一眼购买吉利商品的人们，走进社务所的玄关。

一拉开格子门，十文字同学就站在面前。一身巫女的装扮真是像模像样。相比起来，摩耶花的装扮就是给人一种临阵磨枪的感觉。

一进来就碰到熟人算是挺幸运的吧。不过我有些不太擅长与这位十文字同学打交道，总之就先以我引以为豪的开朗态度打个招呼好了。

“啊，十文字同学。恭贺新禧。”

十文字露出在班上常见的那种漠不关心的眼神看着我。尽管如此，她还是彬彬有礼地作出了回应：

“新年快乐。”

然而，下一句话却出乎我的意料。

“福部同学，你有看到千反田吗？”

千反田同学？她人不见了吗？

“我刚刚才到呀。”

“这样啊。”

她微微皱起了眉头。发生了什么事吗？

十文字同学对我留下“不好意思，现在没办法招呼你。大厅里有暖炉，请自便吧”这句话，就轻手轻脚地转过了走廊的拐角。看来我得到了入室的许可，真是太感谢了。

在去大厅之前，我突然心血来潮，想从店面里侧观看一下摩耶花打工的样子。虽然是第一次进到里面去，不过大致方向我还是知道的。途中与几名醉醺醺的人士擦肩而过，我摆出了“我本来就应该在这里”的表情，对方也就没有多问什么。

应该是这里吧。我凭直觉拉开眼前的横向木门。果然猜中了，身穿绯袴的摩耶花就跪坐在触手可及的地方，露出了有些疲惫的表情。长时间待在寒冷的天气之中，真是辛苦你了，还有三十分钟就可以下班了哦。

白天她忙得不可开交，我们几乎没说上几句话，不过现在看起来似乎没有什么问题。我轻轻地叫了她一声：

“摩耶花。”

“……阿福。”

是我的错觉吗？摩耶花的脸颊好像有点红。如果不是错觉的话，那我很清楚原因是什么。她还是觉得这套装束很难为情吧。话说都穿了好几个小时了，换作别人的话，恐怕早就习惯了吧。不过没办法，摩耶花就是很难做到随遇而安。

“恭贺新禧”我白天来的时候已经说过了，现在应该先慰劳她一声“你辛苦了”才是。她已经累得连一丁点笑容都挤不出来了吧。摩耶花只是像小孩子一样轻轻地点了点头。

接着她像是突然想起什么一样，动作恢复了生气，从放失物的盘子中抓起一条手帕问我：

“呐，阿福。你对这个有印象吗？”

那是一条蕾丝花边的手帕。乍看是纯白色，仔细看又不然。应该说是珍珠色才对吧？用一句话来概括就是——看起来很贵。虽然不是一般常见的东西，但我对这个实在没什么特别深的印象。

“我不是很清楚。”

看到我疑惑地歪着脑袋，摩耶花吞吞吐吐地说道：

“我觉得小千好像有这样的手帕……”

哦，如果是千反田同学的话，的确很有可能会用这种手帕。不过她应该不会带到学校去吧。

我笑了。

“既然有失主的线索，那不是好事吗？等千反田同学回来之后，问问她就好了嘛。”

摩耶花挤出有气无力的微笑，回答了一声“嗯，你说的对”。

5（side A）

“……没有人来救我们呢。”

通过缝隙窥探外面的千反田喃喃自语。我也低吟了一声。

“这个方法的大方向应该没问题才对……”

吹进储物间的风越来越大。真是自作自受，因为我用铲子破坏掉墙壁的一小部分。冷风从那里灌进来，实在是非常冷。

话虽如此，但破坏掉的真的只有一小部分而已，而且仅仅是将原有的缝隙稍微扩大罢了，目的是让千反田纤细的手能够伸出去。

我们没办法依靠自己的力量逃离这个储物间。

这是我得出的结论。这个储物间虽然建在不起眼的位置，但说穿了仅仅是不容易被人注意到而已，实际上来往的行人并不少。在这样的情况下，实在很难找出既避人耳目又能稳妥逃脱的方法。如果能有一扇窗户的话，那么至少还能考虑一下有没有办法从内侧弄开门闩。

既然没办法靠自己的力量逃脱，那么就只有求救了。必须想办法联系上伊原或者十文字。我和千反田都没有手机，但即使是在高度信息化的社会中，人类睿智的原始通信手法也没有彻底淘汰。

幸运的是，巫女装扮的伊原负责的工作是管理失物。伊原说过居民代表们干劲十足地到处巡逻，只要发现稍有价值的失物，就会马上送过去。

也就是说，一旦掉落值钱的东西，就有很高几率会被送到伊原那里去。

到目前为止还不算太坏。事实上，可以说是一切顺利。我们“掉落”的东西被居民代表捡起来送去社务所了。

但是，问题并没有就此解决。尽管把东西送到伊原手边，却无法明确向她传达“求救”的信号。

我嘟囔道：

“只靠手帕果然还是不行吗？”

我们选择千反田的手帕作为失物。首先必须是居民代表会捡起来的值钱物品，其次是我或千反田现在手头就有的东西，最后必须让伊原察觉到是我们的物品。基于以上条件，我们选择了手帕。

千反田直起身体离开了墙壁。

“这个嘛，摩耶花同学应该有好几次看到过那条手帕……不过，并不是会留下深刻印象的东西吧。”

而且即使伊原认出那条手帕是千反田的东西，接下来才是真正的重点。我们必须让伊原产生这样的想法——

“这个失物是在储物间附近捡到的。为什么千反田爱瑠会在那种地方呢？她不是在大厅里面吗？啊，肯定是出大事了！”

只靠手帕还是很困难啊。

那么只好继续出招了。什么失物才能让伊原一看就知道我们身处困境呢？

6（side B）

大厅里的宴会开始了。

空位还有不少，而且我向来不怕生，即使独自享用宴席也不成问题。不过实在很无聊，我没坐多久就溜出来了。

只能去找摩耶花了。虽然还是上班时间，不能打扰太久，而且一旁还有两名打工的巫女，不过刚才我也和那两位聊了一会，感觉挺好说话的。

摩耶花之前对那两位宣言道："这家伙是我的哦。"

长时间一起工作，被雇佣的三名巫女似乎产生了连带感。不管什么事情她们都站在摩耶花这边。话说这些巫女都是从哪里招来的呢？应该不是神山高中的学生吧。

拉开木门，摩耶花一发现我，就马上招手让我过去。尽管如此，过了这个木门就是店里面了，会被来来往往的客人看到的。虽然现在人流量少了很多，但还是有必要把握分寸。所以，我只是往里面伸长了脖子。

"阿福你看啊，这个！"

递过来的是牛仔布面的两折钱包。啊，我对这个很有印象。

"这不是奉太郎的吗？"

"是啊，那个笨蛋好像把钱包弄丢了呢。"

"也不奇怪，奉太郎其实相当粗心大意的。"

奉太郎似乎以为自己经常帮千反田同学善后，但那只是因为特殊情况容易留下清晰记忆的缘故而已。实际上在平时的社团活动中，奉太郎经常麻烦到千反田同学和摩耶花。印象最深的是今年——不对，是去年暑假，那次我们通过摩耶花的介绍去了一趟温泉之旅，结果奉太郎泡温泉泡到头晕，只能一个人全身无力地躺在被窝里。

总之，奉太郎掉钱包并不是什么不可思议的事情……咦？之前那条手帕好像怀疑是千反田同学掉的吧？

“可是有点奇怪呀，你看。”

摩耶花打开了钱包。偷看别人的钱包实在是太没礼貌了！我目不转睛地端详起来。这……

摩耶花准确地说出了钱包里的状况。

“是空钱包。”

无论是放纸钞的地方，还是放零钱的地方，都是空荡荡的。真是货真价实的身无分文。

“很奇怪吧？折木是来初次参拜的。至少会带点香油钱吧？”

“不，这一点都不奇怪。说不定他把所有钱都当成香油钱丢出去了。”

“那家伙会这样做吗？”

虽然我也觉得不太可能，不过说不定他有什么非常强烈的愿望呢。我指着钱包说道：

“要说奇怪的话，我觉得放卡的隔层才比较奇怪。就算是奉太郎，至少也应该有那么一两张积分卡或会员卡吧。然而这个钱包里却什么东西都没有。”

“啊，嗯，对哦。”

“该不会……这其实不是奉太郎的钱包吧？”

但是摩耶花坚决地否定了。

“不会，这绝对是那家伙的钱包。”

“……你为什么这么肯定？”

“因为钱包链的环扣上绑着这个东西。”

摩耶花从怀中取出一团纸。那是皱皱的小纸条。

我接过来一看，是签纸。

“你看看上面的内容。”

我依言摊开皱成一团的签纸……然后笑出声来。

“凶！凶！哇，荒楠神社还真是不留情啊，居然把凶签放进去了。”

但是，摩耶花并不是想用凶签来逗我笑。她的嘴角浮现出苦笑，一本正经地说道：

“这是折木抽到的签。上面的内容也一样，是写着‘禽鸟啄食’之类的词句。折木把凶签绑在钱包上，然后弄掉了钱包啊。”

原来如此。

我不禁皱起了眉。看到我突然默不作声，摩耶花担心地问道：

“阿福？”

“……也就是说……”

我倒抽了一口气。

“奉太郎那家伙居然把这么不吉利的东西绑在钱包上，结果不仅弄掉了钱包，而且里面的东西还被洗劫一空！”

真可怜啊，奉太郎。正月伊始就遇上这么悲惨的事情。

话说回来，签的威力还真是可怕。居然完美预言了奉太郎的倒霉事。我也来求个签看看好了。

我从自己的钱包里拿出一百日元。

“摩耶花，我也要抽签。”

6（side A）

“还是没有人来救我们啊……阿嚏！”

千反田打了个喷嚏。

因为她一直没有抱怨，所以我以为她一点都不冷，看来并非如此。我是男人，从来没有穿过和服。不过不管怎么看，那都不像是防寒功能特别好的衣服。

“你没事吧？”

听到我这么直白的询问，千反田有些伤脑筋地笑了笑。

“嗯……早知如此，我应该把道行穿出来的。”

“道行？”

“嗯，就是那件黑色的绉绸。”

哦哦，是那件大衣啊。原来名字是道行吗？真有日式风格呢。

“我也在后悔自己为什么没有把风衣穿出来。”

“这里真的有点冷呢。”

才不是有点冷。老实说，我差不多要到极限了。要不是口袋里有怀炉的话，恐怕我早就举白旗投降，大声求救了。

现在，我的口袋里除了怀炉之外，还有很多东西。一千日元纸钞，零钱，CD店的积分卡。

将钱包丢出去可以说是彻底豁出去的做法。其实最佳方案是让千反田的钱包成为“失物”。只要把我的凶签绑在千反田的钱包上，伊原就会意识到事情不简单了吧。说不定就会察觉到我们所处的困境。

但是，我犹豫了。千反田今天的钱包并不是平时在学校小卖部买面包时用的那种。钱包可能也是正月装扮的配饰之一吧。刚才千反田丢香油钱时我瞄了一眼，那个钱包是真皮制的贵重物品。

因为丢出去之前会先将钱包掏空，所以就算“失物”被顺手牵羊，也不会太心疼。然而，我的想法太单纯了。千反田的钱包怎么看都是一头肥羊。如果不是被巡逻的居民代表捡到，那么不管里面有没有钱，都很有可能会被直接拿走。那样的话，我们的计划就会泡汤。

无可奈何之下，我只好将自己的钱包掏空，在上面绑好凶签表示“这是折木奉太郎的钱包”。既然是纸条，我也很想在上面写下求救的信息，但是很遗憾，就算我绞尽脑汁，也找不出可以代替笔的工具。我姑且用指甲划下了“救救我”……但如果要把纸条绑在钱包上，纸面会皱成一团，估计看不清到底写了什么字吧。虽然折叠好放进钱包的话，纸面就不会皱，但是这样一来，伊原很可能没办法一眼看出是我的钱包。究竟该赌哪个方法呢，实在是难以取舍啊。

从结果来看，我可能是赌错了。钱包毫无疑问交到伊原手中，却依旧没有人来救我们。先是千反田的手帕，之后是我的钱包，她应该会起疑心吧……但似乎还没有让她产生来一探究竟的念头。

“……抱歉，千反田。可能真的无计可施了。”

我似乎产生了一顾自我牺牲的冲动，想着要不要脱下衣服披到冷得打喷嚏的千反田身上。但是我也很冷。如果脱掉这件毛衣，很可能真的会失温倒下的。

千反田笑了笑。

“不不，我才应该道歉呢。勉强你配合我的任性，真的很抱歉。”

“那不是任性，应该说是责任才对吧。”

“……话虽如此，但也不能当作将折木同学你牵连进来的借口。还是求救吧，就算会产生一些流言蜚语，那也是没办法的事情。”

忍耐了这么久的寒冷，就这样放弃实在很不甘心。但已经无计可施了，既然想不出有效的办法来，拖延时间也无济于事。我点了点头。

但是，就在最后的最后——

“啊啊，福部同学应该也来了吧。”

千反田的这声感叹唤醒了我的记忆。对哦，里志应该会过来。从时间上来说，估计已经来了。肯定来了才对。

我最开始思考的是从储物间脱困的物理手段，不可行才转而思索要怎样才能与伊原取得联系。但是，可以联系的人并不只有伊原，还有里志。如果是里志的话！

啊啊，可是没有道具！

“千反田，你有绳子吗！”

看到我突然变得气势汹汹，千反田不禁吓了一跳。

“绳、绳子吗？”

“大概这么长……只要有五十厘米就足够了。只要有那么长的绳子，就一定能将我们的困境传达过去。”

千反田一听，便开始搜寻身上有没有可用的绳子。

“木屐带……”

“太短了。”

“啊！束口袋有绳子！”

我摇了摇头。

“不行，等会要用到束口袋的。”

千反田歪着脑袋，似乎不明白我的意图。尽管如此，她还是将提问延后了。

“那么，折木同学你的鞋带呢？”

“……对哦，还有这招！”

精神振奋的我看向自己的脚下，不禁大失所望。如果是平时穿的运动鞋，那就有办法用这招。解开鞋带并不是多麻烦的事情。但我今天穿的是没有鞋带的靴子。当然，我不是为了耍帅，单纯是担心融雪后的神社境内会不会很不好走。没想到居然在这个时候出现恶果，我真是太不走运了。

“如果一定要用绳子的话……”

千反田白皙的手轻轻地抚摸了一下和服腰带。

“带缔也许能派上用场。”

“那是绳子吗？”

“是的。”

点头的千反田不知为何稍稍别过脸去。我没有在意这点细节，大大咧咧地问道：

“那个东西很难解下来吗？”

“嗯，算是吧。稍微有点麻烦。”

听到她这么说，我的心头突然闪过一阵不安。

“呐，千反田。我对和服不是很了解。”

“……”

“把那个叫带缔的东西解下来之后，和服没问题吗？”

千反田低着头，迟迟没有回答。过了一会，她才小声说道：

“腰带部分会整个散掉吧。”

“笨蛋，那就不能拿来用啊！”

“果然是这样吗？要重新绑好的确很麻烦……”

问题不在这里。就算顺利将里志叫过来帮忙，如果那个时候千反田衣衫不整的话，该怎么说呢……很不好交代啊。我们之前的种种顾虑不就付诸流水了吗？

“除此之外，还有什么绳子呢？”

“我再想想看。”

储物间里有扫帚、铁铲、大扫除用的长棒、架太鼓的台子，挂旗子的长旗杆倒在地上。还有纸板箱，里面是大量纹样相同的茶碗。在只有这么多东西可用的状况下，我们走到了这一步，现在只需要一根绳子就好了……如果有刀子的话，还能把固定扫帚前端的麻绳割下来用。拿铁铲用力砍过去的话，能弄断吗？不行，不管能不能弄断，麻绳的长度都不够。

千反田似乎难以忍耐沉默了，小心翼翼地开口问道：

“那个……为什么只要有绳子就能向福部同学求救呢？”

先不要问这个，现在重要的是绳子在哪里？我已经快冻死了。

7（side B）

摩耶花发出异常的声音。

“这是怎么回事！”

也难怪她会大惊失色，又有失物被送过来了。这回是束口袋。不是我平时使用的便宜货，而是适合搭配女性和服的高雅物品。

摩耶花之所以会那么惊讶，是因为那是千反田同学的东西。在我来之前，她看过千反田从里面拿出钱包来，所以记得很清楚。手帕、钱包，然后是束口袋。连续三件失物。这也是奉太郎的“凶”带来的不幸吗？顺便一提，我是中吉。虽然有些遗憾，不过跟凶签比已经很不错了。

“这也是在储物间旁边捡到的。他们在搞什么啊。”

颜色是浅紫色，束口绳是编绳，布面是不规则的彩球图样。真是令人羡慕的高级品，不过这明显不是男性用品，所以我不会拿来和自己的比较。

“上面还绑了一条脏脏的绳子。”

这句话吸引了我的注意力。

“绳子？”

“嗯，你看。”

摩耶花将束口袋拎了起来，下面的确绑着一条绳子。这是一只底端被绑住的束口袋。我不禁瞪大了双眼。

这、这是……

坐在地板上的我一跃而起。吓了一大跳的摩耶花仰望着我问道：

“怎、怎么了啊，阿福？”

“摩耶花，储物间在哪里？”

“就在那边，稻荷神的附近。”

“我去去就回。”

我快步出了社务所，在星空下全力奔跑。内心只有一个想法——

奉太郎、千反田同学，我这就来救你们！

7（side A）

“里志应该能看明白的。袋口、袋底都被绑住的束口袋代表了什么意思。”

做完了该做的事情，我从容不迫地向千反田进行说明。更正一下，是在强忍寒冷的极限状态下进行说明。

“那家伙知道很多无关紧要的事情。”

千反田也冷得浑身颤抖，但好奇心似乎超越了肉体的痛苦。她逼近过来，催促我继续说下去。

“究竟怎么一回事？我听不明白啊。”

“束口袋是带子。绑住袋口和袋底，里面的东西就被封死了……也就是‘瓮中之鳖’的意思。”

黑暗中，千反田歪了歪白皙的脖子。

“原来如此？”

她明显没有理解其中意思。我笑了。

“这不是我想出来的，而是历史上的一个事件。你知道姐川之战吧？”

一涉及到教科书上的内容，就难不倒成绩优秀的千反田。她流利地回答道：

“是1570年织田、德川联军与浅井、朝仓联军的会战吧。织田信长赢下了这场战争。”

“在这场会战之前有个有名的轶事……你没听过吗？金崎的撤退战。”

一碰到这种教科书上没有的内容,成绩优秀的千反田就没辙了。她困惑地歪着脑袋看着我。我简短地进行了说明：

“信长进攻朝仓的时候，信长的妹夫浅井背叛了他。于是，信长的妹妹给阵中的信长送去了一个小豆袋。那个袋子两端都被绳子绑了起来。信长看到那个，立刻领悟到妹妹是想告诉他再这样下去会陷入瓮中之鳖的境地……不过，这到底是否真有其事就不得而知了。”

虽然我侃侃而谈，但其实我是看了里志借给我的漫画才知道了这段轶事。我在暑假的温泉合宿时看了那本漫画。那似乎是相当有名的故事，白天无所事事的我看了《新春特别电视剧 风云急小谷城》，里面也有提到。虽然我之前觉得光靠一个袋子怎么可能会这么顺利，干吗不想办法写封信送过去呢……但如果这个方法无法成功的话，那就伤脑筋了。

不过，应该没问题吧。里志反正也很闲，想必也和我们一样来找伊原了。只要看到束口袋，那家伙一定能够领会其中含义的。那本漫画就是他借给我的，而且他今天也看了《新春特别电视剧 风云急小谷城》。另外，那家伙很容易被刚看过的东西所影响到。只要看到两端被绑起来的束口袋，肯定能够联想到那件历史轶事的。

“原来还有这样的故事啊……”

千反田用力地点了点头，似乎总算明白了我的计划。星光照在她的侧脸上。

我的钱包似乎确实送到了伊原手中。因此即使是比较值钱的东西，相信巡逻的居民代表也不会占为己有，而是负责任地送到失物招领处。既然如此，那就可以毫无顾忌地将束口袋扔出去。

不过，为了传达信息，就必须要有用来绑住束口袋底部的绳子。仅仅靠束口袋本身的话，无法保证信息的完整性。问题是储物间里面找不到合适的绳子。没有工具的话，那就是纸上谈兵。想到这里，我突然发现了自己的思考盲点……绳子不一定要在储物间里面找呀。

这个储物间的墙壁很脆弱。我一边在心中默念“对不起”，一边用铁铲钻开角落的墙面。这样一来，我就弄出了两个小洞，不过也只刚够把手伸出去，千反田也默许了。

我爬到架太鼓的台子上去钻洞。目标是储物间的天花板附近，屋檐的正下方。

我把手伸进小洞寻找绳子……记得写有“荒楠神社”的白色旗子就紧紧挨着储物间。因为旗杆太短难以竖好，所以用塑料绳固定在屋檐上。那条绳子就是我的目标。把手伸到储物间外面还是有办法做到的。

这样一来，我就完成了“瓮中之鳖”的信息。剩下的就看里志了。应该不会有什么问题。

门那边传来“咯噔”一声，接着是非常熟悉的声音。

“奉太郎，你在吗？”

千反田注视着我。她像是难以置信一般，瞪大了原来就很大的眼睛。我耸了耸肩膀，回答里志：

“得救了，差点就冷死了。”

“社务所在提供热乎乎的甜酒酿哦。我这就帮你打开。”

甜酒酿吗？虽然那是让我们陷入苦境的罪魁祸首，但此刻的我非常渴望着能吃上。

咯噔，哐当。铝门缓缓地打开了。

在月光和篝火的照耀下，里志笑着说道：

“哟，恭贺新禧。”

“哟，恭贺开门。”

寒冬里的冷风吹过，千反田轻轻地打了个喷嚏。

手制巧克力事件

绕远路的雏人偶

Little birds can remember

1

看待事物的角度并不唯一，如今这已是常识。在当今社会，如果无法从多个角度解释一两件事物的话，那么就连初中生都不如了。但如果想更深入地去思考其中的意义，那么我们会发现，对于自己肉身等熟悉的事物也都没办法完全做到这一点，而且还会对稳定心理产生非常不好的影响。因此，我们要做的不是追求，而是不去深究一定程度上的真实性。换句话说，我们要“有选择地去相信”。如此一来，我们才能摆脱相对性的深渊，度过平凡的日常。

但是，这与全盘接受周围的一切、彻底放弃探究完全是两码事。尽管“有选择地去相信”是避无可避的手段，不过盲目相信也是不可取的，这是常识。不可饶恕之事决不妥协，虽然我没有这样的底线，但也不会轻视拥有此等底线的人。

对于在关键时刻变得笨口拙舌的里志，我试着这样为他的窘迫找借口打圆场。这里是镝矢中学放学后的校门口。由于时间比较晚了，只能看见零星学生的身影。敞开的玻璃门外天色已黑，不时吹来二月的寒风。里志露出仿佛得救的表情，转头向我竖起了大拇指。

“哎呀，奉太郎你真是善解人意。没错，不可饶恕之事决不妥协，这句话说得真妙。你想想呀，就拿手制曲奇饼干来说好了。在外面买回来的曲奇饼干，用鲜奶油之类的东西装点一下就宣称‘好了，这是我亲手制作的曲奇饼干’，根本就不会有人认可吧？总而言之，我是没有恶意的……”

里志如此语无伦次真的非常罕见。福部里志，我刚进入中学就和这家伙认识了，而且交情还不浅。别看他外表柔弱、身材矮小、从表情上感觉不出任何威严或强势，其实胆子可不小……但是现在就不行了。对手实在太强大。

埋伏好等着里志，并把他逼入绝境的，是一个就算说是小学生也有人相信的小个子女生，名字叫伊原摩耶花。这家伙从小学一年级开始，就一直和我同班。要我说，九年来这家伙除了尺码之外几乎没什么变化。再补充一点，我和伊原虽然相识已久，但基本上没说过几句话。就算现在伊原也根本没在听我说话。她低着头，左手叉腰，右手拎着一个红色包装纸的礼物，低声说道：

“也就是说，阿福你是这个意思吧。要自称是手制巧克力，就从可可豆开始做。把巧克力片买来隔水煮化，然后重新塑形的巧克力根本不能算是手制的巧克力，所以我的情人节巧克力不是手制的。你就是这个意思吧？”

今天是公元二〇〇〇年二月十四日，情人节。这一天是巧克力行业大扩张的日子，对于世人来说，如果自己能有实际利益的话，那么故意配合一下也是人之常情。事实上，不得不说将这个节日定在二月中旬是一着妙笔。离别的季节即将到来，人们可以将情人节当成最后的机会来进行爱的告白——怎么想都觉得这个节日是经过一番精心设计的。

不过，这并非伊原第一次向里志传达自己的心意，而且里志每次都是含糊其辞，敷衍了事。但今天是情人节，已经无路可退了。伊原是认真的，她对里志的烂借口咬紧不放，怒火冉冉升起。

尽管她的言行举止还保持着平静，但低垂的眼中大概饱含着连鬼神都会退避三舍的眼神吧，悠然自得的我事不关己般思考起这种事情。身为当事人的里志就没那么轻松了，他勉勉强强地回答道：

“我没有说到这地步啦……”

“但就是这么一回事吧？”

“……唔，简单来说是的。”

伊原猛地抬起头来，怒火终于爆发了。

“你、你居然说得这么无情！我、我特意……明明是情人节啊！好吧，我明白了。既然阿福你是这样想的……”

还来不及阻止，她就动手撕掉了红色包装纸，里面是用保鲜膜包着的心型巧克力。伊原动作利索地把保鲜膜也撕掉，使劲张开樱桃小嘴，把在二月寒风中冻得硬梆梆的巧克力一口咬下，断开的地方发出清脆的响声。

“我绝对不会给你了！”

如此突然的行为让我们都愣住了。刚好路过的男生好奇地看着我们，然后抱着多一事不如少一事的想法迅速逃走。伊原亲手毁了好不容易做出来的情人节巧克力，恶狠狠地瞪着里志。那不是愤怒也不是悲伤，而是燃烧着熊熊斗志的严肃表情。伊原将破破烂烂的心型巧克力递到里志面前。

“你给我记住了，阿福。不对，福部里志！”

“什、什么啊？”

被气势震慑住的里志不由自主地问道。伊原高声宣言：

“明年！公元二〇〇一年二月十四日！我会做出让阿福满意的杰作砸到你脸上……你给我记住了！”

吼完后，伊原就一阵烟似的跑过走廊。背影不一会儿就消失在楼梯口，再也看不到了。我回头看向里志，即使是他，面对此情此景也觉得有些尴尬。不过他马上耸了耸肩，恢复了平时的神色。我说道：

“这样好吗？”

“有点不太好。”

“那家伙哭了吧。”

“摩耶花？应该没问题啦……”

里志一边说，一边从自己的鞋柜里取出鞋子。我也学里志耸了耸肩，然后不再去想伊原的事。那家伙说的话应该是出于伤心吧。不过反正是与我无关的事情。

话说，伊原似乎打算明年送里志手制巧克力，不过真的会这么顺利吗？距离高中应考已经没剩多少时间了。他们两人的志愿学校都是神山高中，只要其中一人马失前蹄，日后只会渐行渐远。至于我，既然也要面对高中应考，自然没工夫担心这种事情。吹进来的二月寒风实在很冷。我猛地颤抖了一下。

2

……我回忆起去年的这段往事。

现在想来，去年的我似乎比今年还要冷淡。不过那时我跟伊原真的不算特别熟，所以也是没办法的事吧。

我们从镝矢中学毕业，三人都顺利考上了神山高中。而且在莫名其妙的因缘之下加入到同一个社团里。我和里志算是朋友，而伊原喜欢里志，但我们可不是连上个厕所都会一起去的死党三人组。之所以会先后加入这个社团——活动目的不明的谜之古籍研究社，说得诗化一点就是命运的恶作剧，散文一点的说法就是顺势而为的结果。

不过要谈论古籍研究社这个社团，只提及我们三人是远远不够的。古籍研究社借用地学教室作为社团活动室，社员有四人。最后一个人可谓最为棘手。

那人大喊一声，打破了我在回顾过往的安宁心情。

“欸，这是怎么一回事啊？我很好奇！”

我转过头去，首先看到的是黑色长发。由于背对着我，所以看不见她的脸，不过不用看也知道那家伙现在是怎样的表情。既然出现了那句“我很好奇”，那双出卖了她大和抚子般气质的大眼睛应该瞪得特别大，脸颊说不定也微微泛红了吧。富农千反田家的独生女，千反田爱瑠。她那强烈的好奇心使古籍研究社这一年展开了不算无聊的活动。对于喜欢无聊生活的我来说，这实在很伤脑筋。

刚开始，千反田就坐在教室中央和伊原面对面聊天。她们似乎把在旁边看文库本的我当成了空气，音量与平时没有什么两样。如果我不是沉浸在过去的话，完全可以将她们的对话内容听得一清二楚。虽然我并没打算偷听，但伊原接下来的回答传入了我的耳中。

“所以说，巧克力在四千年来一直被视作‘饮料’。这并不是因为南美人缺乏创意，而是技术层面上的问题。”

那两人一直围绕着巧克力的话题聊个不停。不对，与其说是聊天，更准确来说应该是伊原在给千反田授课吧。这也是我会回想起去年情人节那件事的原因。去年……没错，已经过去了将近一年。公元二〇〇一年也进入了二月。为了节能，学校配备的暖炉无法将温度设定在十六度以上，实在难以抗衡寒冷。我虽然喜欢节能，但很讨厌寒冷。

然而伊原的语气却越来越热烈，仿佛要将寒气彻底驱散掉一般。

“一开始是西班牙的征服者带回欧洲，据说过了很久才普及开来。这也难怪，毕竟将可可豆磨碎的话，得到的是脂肪成分超过百分之五十的黏稠液体。在已经有了咖啡的年代，没有人会想喝这种东西的。”

“我不喜欢咖啡因，所以喝不了咖啡……”

千反田停顿了一下，继续说道：

“不过这种成分有一半是油的东西感觉对身体也不太好呢。”

嗯，就像直接喝蛋黄酱一样啊。

“据说当时的人喝了以后就会胃痛，总之相当糟糕。”

“在这种情况下居然还能普及开来啊。”

“那是在加入了砂糖之后，才逐渐被大家接受。在英国似乎被当作比咖啡更高级的饮料。卡路里很高，还有药效，算是比较上流的饮品吧。”

“药效吗？”

“嗯，是saiinyaku。”

千反田困惑地歪了歪脑袋。

“欸？字应该怎么写啊？”

正准备回答的伊原突然僵住了，对话瞬间停止。我的视线离开文库本，抬起头偷看伊原的表情。她的脸明显红透了。说话不经大脑，别人问什么就回答什么，那当然会变成这样呀。

“催促的催……”

“然后呢？”

“总之！”

伊原强行转移话题。看到那么狼狈不堪的样子，我强忍住心中的笑意。那几个字大概是催情药吧。

“原本是饮料的巧克力要成为能够入口的食品，光是抽出油分还不够，必须加入碱才行。用于中和酸味，分解油分。”

这个技术问题似乎引起了千反田的兴趣，伊原成功转移了她的注意力。

“碱吗？我很少听说食物会加这种东西……对了，我知道的只有中华面条。”

看起来松了一口气的伊原继续说道：

“而且只加了碱的话，可可豆沙沙的口感还是不好吃，所以要把豆子磨得更碎。至于颗粒的大小……小千，你觉得有多大呢？”

巧克力的颗粒直径——从没想过这种问题。由于手中的文库本意外的无趣，所以我不自觉地把注意力放到了伊原的问题上。不过，实在很难想象出来啊。

相对，千反田沉吟了一声，回答道：

“这个嘛。我曾听跟家里有来往的小麦销售商提过，面粉颗粒的直径是四十到五十微米。巧克力也差不多这么细吧？”

但伊原得意洋洋地摇了摇头，好像那是她自己的功劳一样。

“告诉你，居然只有二十微米哦！”

“……好惊人啊。”

这是令人震惊的数字吗？没有比较对象，我完全不知道有什么好吃惊的。二十微米和五十微米差别有那么大吗？

……啊，相差了2.5倍哦。

千反田钦佩不已地频频点头。

“只用研钵和研杵很难达到这个数字啊。”

“就和做冰淇淋必须要有冰淇淋搅拌机一样，在家里要从可可豆开始制作巧克力是不可能办到的事情。”

“真遗憾。福部同学不是想要从可可豆开始制作的巧克力吗？”

听到这句话，伊原轻轻叹了口气。

“去年的我还不知道制作巧克力是这么困难的事情……不过阿福在这点上应该和我一样，所以没问题。”

“你说没问题是……”

千反田话音刚落，伊原就浮现出笑容。不对，并不是那么爽朗的表情。夸张点来说，就是“她的喉咙咕咕作响让我感到一阵战栗，背上忍不住冷汗直流。那个少女的嘴角流露出充满黑暗热情的扭曲喜悦”吧。伊原握紧拳头，视线瞄向斜上方，如此宣言道：

“我会做出最好的手制巧克力！如果阿福再啰哩啰唆的话，我就把他监禁起来，然后再用资料把刚才提到的这些内容仔仔细细地给他讲一遍。万一还不行……我就直接塞进他的嘴巴里！”

……真的不能惹来女人的怨恨。如果说不能对女人一概而论的话，那么至少不要惹上伊原。虽然伊原的说法有些夸张，但并不是在开玩笑吧。里志好可怜，去年用无聊的借口推掉了巧克力，结果造成了这样的后果。真是自作自受。

千反田似乎也被伊原的执念给吓倒了，拼命地在安抚她。然后，千反田试图让话题回归正轨：

“那、那么，你要做怎样的巧克力呢？使用巧克力制作的点心有很多种啊……”

伊原估计是早就决定好了，她马上给出了回答：

“我打算用模具做出心形的。”

“欸，可是那不就……”

“我知道那样做毫无新意，但去年被拒绝的就是那个。今年我一定要让他收下。”

伊原猛地探出上半身，像是在说接下来终于要进入正题了一样。千反田也跟着凑了过去，两人的额头几乎要碰到一起了。

“我想用最好的巧克力。就是糕饼店卖的那些……小千，你知道哪里有卖这类材料吗？”

千反田不知为何压低声音回答道：

“我想想……在批发市场旁边，有一家会卖专业级食材的店。去找找看说不定会有。”

伊原也压低了声音。

“你能带我去吗？”

“好的。这个星期天如何？”

“就这么定了……要对阿福保密哦。”

“当然。”

两位女生定下了牢不可摧的约定。

虽然不是什么大不了的事，不过我是男生，而且是里志的朋友……如果说她们非常信赖我的话，那感觉也挺不坏的，但其实根本就没把我放在眼里吧。就在我这么想的时候，伊原像是突然发现我似的开口说道：

“啊，折木。”

“……嗯？”

我也用像是刚注意到伊原的声音回答道。伊原却毫不理会我的好心，表现出少见的温柔，微笑着说道：

“你也不要说出去哦。”

“哦。”

“……绝对哦。”

我不会说的啦。所以，能请你不要用这种眼神看着我吗？我会感激不尽的。

次日放学后，伊原和千反田继续在地学教室里进行着巧克力的话题。为了不打扰到她们俩，我决定还是早点回家吧。

二月的寒风让我拉紧风衣的前襟，汇入到放学回家的人潮之中。说起来，去年的时候，也就是我还在读初中的时候，每天都会一放学就踏上归途。我的每一天都没有目的。即使早点回家，也没有什么特别想做的事情。事实上，我曾试着回想去年放学后都做了些什么，结果却是一片空白。不过在没有目的这一点上，今天和去年倒是没有区别。

我随着人潮来到大马路，走过桥上的狭小人行道进入商店街。到了傍晚，冬天原本就很虚弱的太阳就更加不可靠了。同学们的身影在不知不觉间变得稀稀落落。并非因为讨厌寒冷而全都躲了起来，只是四周本就没什么人影。只有汽车依旧川流不息。

我走在铺着瓷砖的人行道上，路过了绸布店、精品店和理发店。呼呼的风声中夹杂着轻微的电子音。理发店旁边是游戏中心。路过店门口时，突然看到停在店门前的自行车当中有一辆相当眼熟。那是一辆用破布来修补左边车把手的山地车，一看就知道是里志的。

我看了一下手表。虽然不是很想玩游戏，但也没有赶紧回家的理由。那么根据我的信条“如果可以不去做的话，那就不做。实在非做不可的话，那就尽快解决”，这种时候应该采取的行动就只有一个……直接回家。

然而，眼前的玻璃自动门正好打开，里志从里面走了出来。他似乎是看到我才跑出来的，脸上依旧带着一如既往的微笑，举起一只手向我打招呼：

“哟。”

“哦。”

里志瞥了一眼我的表情，说道：

“嗬，看来应该没什么急事。”

干吗讲这种不言自明的事情啊。我还没回复，那家伙就用大拇指比了比游戏中心里面。

“你来得正好。怎么样，要不要来上一局久违的对战啊？我开发出了里志特别必杀技，光是打CPU实在是不过瘾啊。”

是邀请我玩对战游戏吗？我稍稍打了个哈欠。

“我好久没玩了呀。”

听到我这么说，里志露出了从容的表情。

“我也是。但是奉太郎，根据中央教育审议会（简称中教审）的报告，最近的小孩子都沉迷于电子游戏。那么，作为现代的小孩子却完全不碰电子游戏，这在教育上可不好哦。”

我耸了耸肩回应他的笑话，朝店内迈开了脚步。反正没有拒绝的理由。

游戏中心真是久违了。可能是有意而为吧，店内的灯光明亮到刺眼的程度。在我的记忆中，游戏中心是充满烟臭味的地方，但这里完全没这回事，反而几乎没什么顾客。小型机台全部挤到角落，映入眼帘的都是没见过的大型机台。

我回想了一下自己到底有多久没来游戏中心了。我基本上不会独自一人到这种地方来，应该都是和里志一起去的吧。去年……不对，应该是前年吧，那个时候还会经常来。

屏幕上显示出来的尽是些我不认识的游戏。时隔两年，这也是难免的。里志瞄了一眼好像来到异国他乡一样徘徊着视线的我，动作利索地往里走，在某个机台前停下脚步转头看向我。

“怎么样，这个游戏你还记得吧？”

里志选了一个我还有印象的游戏，是我以前经常和里志玩这个操纵机器人来对战的模拟游戏，两台驾驶舱造型的黑色机台仍然并排摆在一起。这两年来，或是更早以前，这款游戏就一直摆在这里。里志张开双臂高声说道：

“四散的弹药，交错的光线！这是臭男人们的浪漫啊，我总不能约摩耶花过来一起玩吧。”

“就算是其他游戏，她也不会想玩吧。好，我就陪你玩玩。不过可能不太顺手。”

“小意思，很快就能回忆起来的。那么，请你手下留情哦。”

说完，里志小巧的身体就滑进了驾驶舱。不消一会，里面就传来了雄壮的电子音乐。

我放下挎包，脱掉风衣，让自己轻装上阵，坐进另一台驾驶舱。我朝投币口投入一百日元硬币，向里志发起对战。里志使用的机体和两年前一样，特点是擅长空中作战、注重机动性。躯体细长，右手内藏着机关炮，机体前还装了一门光束炮。我也老老实实地选了自己曾经使用过的巨炮主义大舰机体。外表厚实，看起来重心很低，右手握着滑膛炮，双肩扛着激光炮。

屏幕上显示出两具机体，电脑自动选择战场，场地是空中航母的甲板。根据我朦胧的记忆，这里障碍物比较少，对于重视回避的里志机体来说有点不利。不过应该无法填平长达两年的技术空白吧。

合成语音说出“Get Ready”。面板上只有两根操纵杆和五个按钮。“Go”。

比赛是三局定胜负。第一局，贴心的里志将一半左右的对战时间用在让我熟悉操作上。剩余时间不到十秒的时候，我按照自己的记忆发射激光炮，结果刚好命中在我正面射程晃悠的里志机体。旁边传来了“唔啊”“咔啊”之类的怪叫。就算周围没有其他人，这小子也太丢脸了吧。装甲薄弱的里志机体一下子就无法动弹了。

在第二局开始之前，匆匆忙忙跑出来的里志把脑袋伸进我的驾驶舱问道：

“怎么样，可以正式开始了吧？”

“嗯，基本上回忆起来了。开始吧。”

“OK，我不会手下留情的。”

里志刚钻回去，比赛就开始了。顿时，里志的机体从我的射程内消失了，这表示他认真起来了吧。我也赶紧让机体跑起来，刚才自己机体所在的位置冒出了蓝色的火焰。我转动机体搜索敌机。在正后方发现身影之后，马上扣动扳机，右手的滑膛炮开火了。但是还没命中，对方又从我的视野中跑掉了。移动速度完全不是我的机器可以相比的。

没错，就是这种感觉。我一边回忆起过去的经验，一边尽可能地避开对方的攻击。说是避开，其实只是拼命奔跑而已。里志的机体在空中飞行。机关炮弹像是进行空中轰炸一样倾泻而下。不过，稍微被打中几下也不要紧。因为我的机体装甲很厚。

初中时，我们玩这个游戏分出胜负的方式只有两种。一个是我利用机体的强大火力在游戏一开始就把里志的机体破坏掉。另一个则是里志利用机体的机动性一直拖到时间结束，将我玩弄在股掌之间。里志获胜的几率要高出不少，他总是嘲笑我说“奉太郎你太急于分出胜负了”。

突然，我在正面空中发现了敌机。再这样下去只会越来越糟糕，所以我没有瞄准就发射了激光炮。但是，敌机急速下降，轻松地避开了攻击。里志朝着维持射击姿势无法动弹的我发射了最大火力的光束炮。无可奈何的我只能眼睁睁地看着自己的机体被击中。结果形势被里志掌控住，在机关炮的连番轰炸下，分出了胜负。

第三局。

Go的声音刚落，我就向前方全力奔跑，缩短敌我的距离。面对出乎意料的袭击，里志的机体只能往后方逃去。这是好机会，只要连续发射滑膛炮，总有一发会直接命中。对于装甲薄弱的里志机体来说，那将会是严重的打击。

不过里志也不是省油的灯，我本以为他会暂时专心回避，却不想当场站稳脚步，向我发射了光束炮。由于距离太近，我根本来不及做出反应。我的机体被击飞，倒在了地上。

配合我的起身，里志接连不断地用身上搭载的炮火猛攻。这是攻击性的战术。面对迎面而来的炮火，我时而以狂奔闪过，时而用装甲抵受。

“唔……”

我忙着操控摇杆，同时产生了一种别扭的感觉。以前和里志对战的时候，他也是这种风格吗？

不对，明显不同。

里志的作战模式并不是这种风格。双方的炮火不断削弱对方的装甲，时间也所剩不多了。我孤注一掷射出的滑膛炮被完美地闪开，里志的机体一下子逼近过来。屏幕上的细长机体在急速接近。

但是，直线奔跑使之恰好成为了激光炮的最佳目标。我的手指扣上扳机，同时想起来了。

对了，里志的作战风格应该是“胜利至上”才对。为了胜利不择手段。如果对自己不利的话，就会到处逃窜等待良机。如果到时间结束就能获胜的话，就会一直拖延下去。相对的，攻击时则会彻底攻击。不仅如此，甚至还会利用系统中的漏洞。总之，里志对胜利充满了渴望。万一因为一些不走运的因素而输掉，他会表现得很不甘心，完全不会掩饰自己的烦躁。可以说相当不服输。我之所以会远离游戏中心，简单来说就是不怎么喜欢里志的执念。

那现在这个突击是怎么回事……难道是打算引我上钩吗？

虽然我意识到事有蹊跷，但为时已晚。我已经扣动了扳机。我的机体进入了激光瞄准的姿势。里志只要来个急刹车，逃到空中发射光束炮就能结束战斗。

然而，里志并没有这样做。屏幕上出现里志机体右手的特写，光剑嗖地伸长。白刃战吗？太乱来了，居然打算在那么远的距离冲过来砍人。

剑尖砍中我的机体之前，激光炮就近距离命中了。被击飞出去的里志机体翻了好几个跟头。总比分是2:1。我赢了。

屏幕上的“You Win”还没消失，里志就突然把脑袋伸了进来。出乎意料的，他的脸上是一如既往的笑容。那家伙兴奋得连珠炮似的说道：

“哎呀，真是很棒的战斗啊！奉太郎，你真的有两年没玩了吗？摇杆的操作相当精湛呢。自行车、游泳、骑马只要学会了就不会忘记，看来操纵机器人也应该属于此类！”

玩笑话也出口成章，的确是我认识的里志，没有丝毫差错。对于获胜，我也并非不开心，于是冲他微微一笑。

“很久没玩，完全回到初学者的水平了。疯狗打法而已。”

取得胜利的我获得了继续和电脑作战的权利。我认为里志指着屏幕是在叫我继续玩下去，于是我随便玩玩，输了就算。

我瞄了一眼“GAME OVER”的画面，正准备离开驾驶舱，一听罐装咖啡递到了我的眼前。半弯着腰的我抬头一看，发现那只手的主人是里志。他说：

“这是奖品，我请你喝。”

我接了过来，那是热的黑咖啡。既然他要请，我就恭敬不如从命了。我一边拉开拉环，一边问道：

“怎么了，相当大方嘛。”

“也包含了硬拉你过来陪我玩的歉意啦。”

“你真的这么想的？”

“怎么可能啊！”

咖啡就算是罐装的，也还是热的比较好。但说实话，我比较怕烫，不太能喝热饮。我靠在附近的机台上，轻轻地啜了一口咖啡。

里志的样子并没有不自然之处，心情看起来好得很，但与我记忆里的“平日的里志”大相径庭。这家伙明明输掉了游戏啊。这种样子实在让我难以释怀。

“里志啊，在第三局的最后。”

“嗯？哦，我结结实实地吃了你一炮啊。”

“你为什么不飞起来呢？只要飞到空中攻击的话，我就完蛋了……为什么偏偏选择了白刃战？”

里志搞怪地耸了耸肩膀。

“既然是操纵巨大机器人，最大的浪漫当然就是白刃战了。一刀解决战斗的话那不是很爽吗？不过大刀阔斧地砍过去，结果被反击的主炮命中，这也是相当赞的场面。所以从结果上来说，我是很满足的。”

若无其事的语气。如果相信这个说法的话，里志追求的不是胜利，而是浪漫……或者说是为了追求乐趣，所以才输的。

这种输法非常适合里志。对于这位依从本能追求乐趣的冒牌雅士来说，实在是再合适不过的输法。如果是我熟知的里志，这并不是什么不可思议的事情。

但这样一来，我在那一瞬间产生的奇妙感觉又该如何解释呢？

“好了，接下来就让你见识一下里志特别必杀技之二吧。为你献上传说中的役满‘一筒捞月’！”我依旧小口喝着咖啡，里志却投币玩麻将游戏去了。看着硬是想兜牌的里志，两个身影在我的脑海中来来去去。

输了游戏狠砸机台的里志。请胜者喝咖啡的里志。

3

制裁之日终将到来。无论有多少人真心诚意地希望阻止这一天的来临，时间也不会停止，日历也是如此。如果无法接受的话，那么就以光速奔跑吧，没有人会制止你的。

就这样到了二月十四日。今年正月在附近神社拿到的年历上，这一天被理所当然地写上了“情人节”。早上起来之后，我发现房间前面放着一个小礼盒。估计是老姐的无聊玩笑吧。我打开了盖子，里面是一块巧克力和一张字迹潦草的纸条。纸条上写着……“送你一块巧克力片。里面包含了折木供惠衷心的哀怜”。

我将整个礼盒踹进自己的房间，上学去了。

神山高中跟平时一样，并没什么变化。学校允许学生穿防寒服装，所以上学路上能看到大衣、皮夹克等装束，比冬天以外的季节要热闹多了。进入学校后也没有闻到甜美的香气在飘荡。命运之日的开幕显得非常平静。

午休，打算购买核桃面包的我前往小卖部，冲进了人海。顺利买到最后一个核桃面包的我从人群里挤出来，这时才发现千反田也在吵吵嚷嚷的学生当中买东西。先不说那家伙的性格，至少在外表上满足了千金大小姐的条件，所以这幅挤在人群中的景象让人觉得很滑稽。千反田似乎也发现了我，她推开水手服和学生服，好不容易从里面挤出来向我打招呼。

“你好，折木同学。”

“哦。”

在整理领巾的千反田手上只有一个纸盒饮料。虽然不关我的事，但我还是有点在意，于是问道：

“千反田，你的午饭就只有这个吗？”

千反田闻言有些不好意思地垂下视线。

“不是，我有准备好便当的。这个……我最近很喜欢这个。”

她把手伸了过来，我看了一下她手上的东西，那是叫做抹茶牛奶的奇妙物品。先不说这个搭配有多稀奇古怪，抹茶里不是有千反田讨厌的咖啡因吗……算了，反正也有所谓的安慰剂作用。我就不要多嘴了。

杵在拥挤不堪的小卖部前会给大家添麻烦的，于是我们迈出了脚步。我的教室就在千反田教室的隔壁。

我们慢慢走着，聊起了伊原的事情。

“话说，伊原的巧克力怎么样了？”

千反田浮现出微笑，有些骄傲地回答道：

“她决定用科多尔。虽然我觉得用雀巢也挺不错的。”

我默不作声地走了一会儿。但千反田似乎不准备解说，于是我只好询问道：

“你在说什么啊？”

“……啊，抱歉。她决定用比利时产的巧克力。当时在比利时和瑞士两个产地之间犹豫了一下。”

她接着说道：

“真是相当辛苦啊。我们买了很多店里的巧克力，两个人一一品尝了。这应该是非常难得的经验。除了巧克力还是巧克力……老实说，我暂时不想再见到巧克力了。”

她一边说，一边嘻嘻地笑了。我想象了一下在地学教室里，这家伙和伊原面对面地把满桌子的巧克力一个接一个地咬过去，也忍不住笑了。堆到快有天花板那么高的巧克力山想必是慢慢地变矮了吧。

“吃了这么多巧克力，你们没长痘痘吗？”

“我没事。摩耶花同学的脸上长了一个很显眼的，就用创可贴遮起来了。”

然后千反田露出了仿佛在做梦一般的表情。

“心形的模具是摩耶花同学自己做的。我都不知道摩耶花能做出那么厉害的手工活。还有非常细致的雕刻……两个面对面的丘比特，真的很可爱呢。唯一的遗憾是木制模具似乎不太适合用来做巧克力，可能会不太平整。”

“怎么说她也是漫画研究会的人，使用美工刀应该是家常便饭。不过我也不知道她居然会用雕刻刀。”

“摩耶花同学的专注力非常高哦。所谓倾注心思就是这么一回事吧……实在太美妙了。”

倾注心思吗？要我说，伊原的优点就是这份专注力了。如果说对于事物容易沉迷到忘我的是千反田，那么对于事物格外专注的则是伊原。顺便一提，里志能够同时享受到两者的乐趣。而我就不用多说了，对于大部分事物都不感兴趣。这次的巧克力对于伊原来说是雪耻战，自然会拼尽全力的。

“那么，巧克力已经送出去了吗？”

听到我的询问，千反田摇了摇头。她稍稍皱起眉头说道：

“这个有点遗憾。摩耶花同学希望能自己送出去……她原本打算放学后在社团活动室送的，但是漫画研究会那边有事，她实在难以脱身。”

“那她准备怎么做？”

“她会先把巧克力放在社团活动室，然后叫福部同学过去拿。其实用不着拘泥于放学后，只要是二月十四日这一天，情人节的仪式都能成立，所以应该还有更好的方法才对……”

嗯。虽然千反田频频表示遗憾，但以若无其事的态度将巧克力抛给对方也别有一番情趣。感觉这是里志比较喜欢的做法。

这时，千反田像是突然想起什么似的，猛地转头看向我。一脸严肃的千反田跟我正面相对。

“啊啊，对了，折木同学。今天是情人节。”

“……”

千反田轻轻地低下了头，重新抬起来后，脸上又恢复了原本的开朗表情。

“我家的规矩是，对于关系真正亲密的人，岁末中元节就不需要赠送礼物。因此，我没有准备情人节巧克力给你，还请不要介怀。”

……是这样啊。

不过我至今为止都不知道原来中元节岁末的礼物跟情人节巧克力是并列的。

可能是听到了我们的对话吧，路过的二年级学生露出强忍笑意的表情快步超过了我们。我真想狠狠地往他的屁股踹过去。

放学后，我将教科书和其他书籍放进挎包。这时，里志来找我了。他总带在身边的束口袋不知放了什么，变成了鼓鼓的长方体。里志甩动了一下束口袋，向我问道：

“你接下来有什么打算，奉太郎？”

由于知道接下来会有怎样的蠢事，所以我不打算去地学教室。我原本想回答“马上就回去”，但看了一眼窗外之后，发现刚开始下的雨雪越来越大了。虽然我的鞋子和大衣都具备防水功能，还带了伞……

“我想等雨雪停了，或者转为下雪再走。”

“在这里等吗？”

我思考了一下。教室里暖气关了，是很冷的。而且今天是情人节，如果像我这样的人放学后还待在教室里等天气变好的话，可能会给其他使用者添麻烦的。我可没那么不识趣。至于社团活动室，我还是要再说一遍，实在是太蠢了。

“这个嘛，就去图书室好了。”

闻言，里志迫不及待地点了点头，从束口袋里取出一本书递给我。那是四六型开本的精装本，一看标题就知道是曾经红极一时的作品。如果我没记错的话，内容是一对过着平凡生活的男女，因为小小的不协调感而遭遇大灾难，死亡的阴影席卷整个城镇！我不怎么喜欢看恐怖小说。

“你怎么看这种书啊……就算你大力推荐，我也不会看的。”

“我不是要推荐。不好意思，能帮我还掉吗？快到期了。”

我没有回答，而是将那本书和活页笔记本一同塞进包里。我没有停下手上的动作，问道：

“你要去社团活动室吗？”

听到我这么问，他心不在焉地应了一声“是的”。我有些在意他为什么这么无精打采，说道：

“伊原好像不会过去哦。”

里志露出了惊讶的表情，似乎对于我会知道这件事情感到意外。

“哟，你的消息真灵通啊……是千反田同学吗？”

他这样嘟囔道。

“说是无法从漫研脱身。”

“我是这样听说的。”

“千反田感到很遗憾呢，伊原……”

里志打断我的话，滔滔不绝地说道：

“现在漫研内部起了一点纷争。潜在的对立在文化祭之后具体化，分成印象派和理性派两个派别在争夺主导权。如果处理不得当，历史悠久的漫画研究会搞不好就无法避免分裂的下场了。从人数上来说，印象派和理性派是三比一，我对此感到有些心酸。摩耶花是理性派的领头人，今天恐怕也是因为这方面的事情吧。”

虽然他的话题转移得实在太生硬了，但我决定先不管这点，问起他刚刚提到的陌生词语：

“印象派和什么来着？”

“理性派。也可以称为重视角色派和重视剧情派。听说会像当堂对峙一样，如果可以的话，我也想参加呢。”

他说得非常开心。感觉比起二月十四日的活动，他对这方面的传闻要更感兴趣。算了，这不重要。

“那两派的名字是你取的吧。”

里志一听，有些做作地耸了耸肩。

“我依旧怀有对倡导者的憧憬哦。”

他一边说，一边挥舞着彻底瘪掉了的束口袋。我不陪里志继续闲扯，背好挎包，将风衣搭在手臂上，离开了教室。里志也跟着我走了出来。通往特别大楼的连接通道与图书室的方向是相反的，所以我们在教室前面就分道扬镳了。

“那么再见啰，折木同学。”

我也用开玩笑的口气回复了装腔作势的里志。

“加油哦。”

“你在说什么啊，真是的。”

那还用问吗？当然是雪耻战的那一位呀。

图书室里出乎意料地空荡荡。一般来说，放学后如果天气不好的话这里都会有很多人。

我先把里志的书放进还书箱，然后把挎包放到附近的座位上。我到书架去寻找可以随便翻翻打发时间的书，发现了南美名胜古迹的摄影集，就拿过来了。书架上也有欧洲和中亚的摄影集，我会选择南美说不定是在向巧克力发源地致敬吧。

首先是著名的玛雅金字塔，以及遍布在圭亚那高地上、由数个奇特凹坑构成的奇景。翻到下一页，映入眼帘的是一棵奇妙的植物，树干上长着有人脸那么大的果实。图片下有说明“Theobroma cacao。Theobroma的意思是‘神的食物’”，没有说这是什么语言。

我望着这张照片，发觉自己尤其在意今天有多特殊。但如果在意情人节的话，就不会不在意圣诞节。然而，上上个月的二十四日我并没特别留意什么。于是我试着回想一下，究竟是什么造成我对情人节的印象特别深刻呢？伊原的雪耻战稍稍引起了我的兴趣，不过最大的原因是今天一大早就收到巧克力作礼物吧，所以才会让我意识到今天是十四日。

不过我可以肯定，即使如此，我对巧克力的期待也并没有比去年高。

这么说好了，正在看马丘比丘下水道遗迹的我，假如突然有个人红着脸来到我身边——当然，那是一名女生——然后，她说着“请收下这个”同时把心形巧克力递过来。这种时候，我会有怎样的想法呢？

当然，肯定是觉得很开心。

不过我可以预想到，那份开心与自己得到意外的认可时所感受到的开心是一样的。从本质上来说，就跟自己随便乱画也能在市美术竞赛获奖一样。换成更口语化的说法就是“虽然我完全不明白好在哪里，不过既然要表彰我，那我很乐意接受，真是非常感谢”。

至于会不会产生为恋爱的萌芽感到喜悦的心情，那就有待商榷了。我以节能主义作为自己的信条。“如果可以不去做的话，那就不做。实在非做不可的话，那就尽快解决”。这个信条总是让我保持懒惰。当同时也能让我通过稍微有些不同的角度来看待人际关系。

古籍研究社让我觉得就像俱乐部一样轻松，无论是里志、千反田还是伊原，我们彼此都不会纠缠对方。比如千反田，虽然那家伙的好奇心总会打破我的安宁，但对于我打从心底不想去碰的事情，她不会死缠烂打地把我拉过去。事实上，无论是去年的“冰菓”事件还是“女帝”事件，千反田并不是在所有事情上都要求我的协助。那家伙确实很强势，但不代表她会强人所难。如果她对我说“这是你的义务。你理所当然要这么做”，或者泪流满面地拼命求我，说不定我会立马退出古籍研究社的。

但是，这个能适用于恋爱和感情中吗？我能向恋爱的对象做出这种期待或强求吗？

……民间有这么一种说法，生物是为了留下自己的遗传因子，也就是传宗接代才存在的。恋爱就是被升华的繁殖欲求。从这个观点来看，作为生物的我还不够完整吧。但不管怎么说，好歹我也算是人类，不需要太把生物学上的欲求当回事。因此即使是不完整的生物，也没什么好在意的。

如果非要讨论欲求的话，对于巧克力的欲求要更有探讨的价值。我喜欢吃辣，但也不排斥甜食。

我一边看着栖息在密林中、一身鲜艳橙色的毒蛙，一边思考着这种事情。

“终于找到你了，折木同学。”

冷不防听到有人叫我，于是转头看了过去。千反田的脸近在眼前。视线与那双大眼睛刚好对在一起，我不由得别开了眼睛。

冬天的干燥空气让喉咙有些痛。我干咳了一声。

“……你找我有什么事吗？”

“没什么。”

“……”

千反田大致环视了一下没多少人的图书室，然后嘟囔道：

“我还以为只要找到折木同学，也就能找到福部同学了。”

她是来找里志的。

“我又不是总和那家伙混在一起。”

“话是这么说没错……你知道福部同学在哪里吗？”

正准备回答的我发现了不对劲的地方。里志应该去了地学教室。但如果是这样的话，千反田就不会出来找他。

“他还没有过去吗？”

千反田轻轻地点了点头。

“因为迟迟不来，我就出来看看情况。因为和摩耶花同学说好了的，我想福部同学应该不会忘记。只是怕他临时出了什么事。”

唔。我看了一下手表。虽然不记得精确的时间，不过距离里志跟我道别前往社团活动室，应该还不到三十分钟吧。现在离五点还差几分钟。太阳即将下山，我能理解千反田着急的心情。

然而，那可是里志啊。虽然让别人久等是很不应该的事情，但在路上耽搁三十分钟左右对于那家伙来说是家常便饭。

我翻了一页摄影集，望着墨西哥城的远景，说道：

“里志很没有时间观念的。他说了会去社团活动室，你就再稍微等等吧。”

“并没有规定好什么时候必须到，所以不能算是迟到。我知道了，就再等等吧。”

千反田的语气显得有些无精打采，流露出些许不安。说完之后，她就转身离开了，黑发随之舞动。里志这个该死的家伙，就是不能把事情处理得更好一些。我看了一下窗外，在想是不是该回去了。但外面的雨雪还没有停下来，无可奈何之下，我只好重新坐到椅子上，继续翻看摄影集。

4

从墨西哥城到里约热内卢，在我经历了一遍南美大陆的虚拟体验之后，雨雪总算停歇。我将摄影集放回书架上，准备穿上白色风衣。这时，有人来了。

滑门哗啦一声被拉开了。

“折木同学！”

在必须寂静的图书室里，千反田无视规矩，气势汹汹地朝我逼了过来。我本想叫她安静下来，但环顾四周，图书室里只剩下我、图书委员和身为管理员的糸鱼川老师而已。

千反田的表情与刚才来的时候截然不同。她抿紧嘴唇，瞪大那双原本就很大的眼睛。看来是发生了什么不太好的事情吧。拎着束口袋的里志也在千反田身后现身了。他神情疲惫，少了几分平时的高昂兴致。

“奉太郎，你还没走啊。”

“我不是说了要等雨雪停了再走吗？”

我依序打量两人，对千反田说道：

“看来你这次是真的找我有事，但我正准备回去了。”

千反田先是轻轻颔首，然后再朝我重重地点了点头。

“嗯，是的，我知道，时间已经很晚了。但是，我希望你能帮一下忙。”

“抱歉，等明天吧。不管会不会帮忙，你还是明天再拜托我吧。”

说完，我就准备离开图书室。

然而，千反田挡在了我的面前。看到我不禁皱起眉头，千反田垂下视线说道：

“对不起，请你听我说……事情都怪我，不应该随便让社团活动室空无一人。我实在对不起摩耶花同学。”

……看样子并不像往常那样出于单纯的好奇心。仔细一看，她双拳紧握，原本就很白的肌肤更是失去了血色。是因为慌忙跑过来吧，还是说有别的理由呢？她的脚也在颤抖。

我简单地向里志问了一下：

“发生了什么事？”

“并不是什么大不了的事情。”

这时，千反田像是要盖过里志的话一般开口了，但声音非常微弱。

“巧克力……”

“巧克力？”

“摩耶花同学的手制巧克力被偷走了吧！她耗费了很多心血才做出来的啊！”

我看向里志。他有些伤脑筋地耸了耸肩，朝我点了点头。

伊原的巧克力被偷走了啊。

嗬，是这样啊。

真是让人不知该说什么才好。

……进入神山高中和古籍研究社已经快十个月了。期间因千反田而起的各种麻烦事，搞不好够得上我初中三年所遇上的所有事情，全都一下子向我涌来。

解决那些事件并没有撼动我的节能主义信条。但也无法忽略一个事实，这些经验似乎让我在该行动的时候变得更加干脆利落了。

所谓就像吃了黄连一样，指的就是我这时的表情吧。我穿上风衣说道：

“走吧，去找吧。”

啊啊，雨雪明明停了啊。不过这也算是为人处世的人情义理吧。毕竟我和伊原尽管缘分浅薄却很长久。如果知道自己好不容易做出来的巧克力被偷走了，那家伙会露出怎样的表情来呢？我可不想看到那种表情！

毕竟，我很讨厌恐怖片的。

穿过连接通道前往特别大楼。

地学教室在四楼。我正准备走上楼梯——

“等一下！”

里志叫住我，向我招了招手。

我没有心生困惑。因为正准备上去的那道楼梯被黄黑相间的塑料带子围了起来。这几天，校内正分区进行打蜡。带子上挂着一块牌子，写着“刚打完蜡 楼梯禁止使用”。

楼梯有两条，于是我们绕到另一条去。走到三楼和四楼之间的平台上时，一名卷发的一年级学生出声问我们：

“不好意思，请问能帮我看一下有没有歪掉吗？”

他正在公告栏上贴海报。海报内容是“工艺社毕业制作展 于通信制1-C教室”。我本来打算随便敷衍一下就直接走人，但身后的里志先开口了：

“移太低了。”

听到他这么说，我仔细看了一下，右侧的确偏低。接着，里志身后的千反田也开口了：

“这张海报是故意做成梯形的吗？”

谍报员*……不对，工艺社社员闻言往后退了一步，目不转睛

***　注：谍报员的日语是“工作員”，工艺社社员的日语是“工作部員”。**

地盯着海报看，然后轻声嘀咕了一句："啊啊，我在搞什么啊。"

然后他从口袋里拿出美工刀和尺子，拆下海报，坐到楼梯上动作利落地开始修正。

我一边在心中默默祝福他工作顺利，一边前往地学教室。

门没有锁。走进室内停下脚步，迎面而来的寒冷让我全身颤抖了一下。我刚待在温度适宜的图书室里，不过相比起来这里还是太冷了。

千反田走到教室正中央的座位旁边，把手放到桌子上。

"就是放在这里的。"

原来如此，巧克力现在的确不在那张桌子上。

我还没说话，千反田就主动进行了说明。

"巧克力是用红色包装纸包装的。没有绑上缎带之类的东西。大小是……因为是心形，最宽的部分有……"

她伸出双手比划了一段距离，然后逐渐扩大。到了和自己的身宽差不多时，她歪着小脑袋思索了一下，又稍微缩小了一点，接着看向我说道：

"差不多是这么大。"

看来除了五感、记忆能力和观察能力之外，千反田的空间认知能力也相当优秀。话说，那个巧克力还真是大啊。

"伊原呢？"

"还没有告诉她。虽然这样做有些不妥，但我希望先试试看能不能找回来，再决定要不要告诉她。"

千反田反复抚摸着桌子，仿佛这样做会让巧克力变回来一般。

"在我出去找福部同学之前，巧克力是在这里的。那时我的手表显示的时间是四点四十五分。回来时是五点多一点。都怪我出去时懒得上锁，结果整整十五分钟都是门户大开……"

说到最后声音小得几乎听不见了。对于重情义的千反田来说，会感到如此自责也并不奇怪。看来她受到了相当大的打击。

里志开口对消沉的千反田说道：

“不过千反田同学，你又不是摩耶花的巧克力管理人，不需要太在意啦。”

“但是，这样太对不起福部同学了……”

“都说了，这不是千反田同学你的责任。如果说千反田同学有错的话，那么迟到的我更是罪无可恕了。”

真意外。我本来以为里志是某种意义上不懂得体恤别人的冷血之人。另一方面，虽然心肠火热的我不是冷血之人，但还是决定不要随便说出不恰当的安慰话语。

环视房间。地学教室没有什么特殊的设备。教室里只有讲坛、黑板、桌椅、放置打扫工具的柜子，仅此而已，放眼望去一览无遗。

不过，桌子有四十多张。我用拳头敲了一下旁边的桌子。

“确定不在这个房间里吗？桌子抽屉都检查过了吗？”

“是的，没有。我和千反田同学确认过了。不会有错的。”

哦，我想也是。

不对，等一下。

“不是只有千反田一个人发现巧克力不见了，然后在找的吗？”

对此，千反田回答道：

“是的。我在回来的途中碰到福部同学，是两个人一起进来的。”

“就是在那个楼梯，三楼和四楼之间的平台上遇到千反田同学的。”

原来如此，在那边的楼梯啊。

……我的脑海中闪过一丝灵光。我一甩风衣，转过身去。虽然我不喜欢动来动去，不过目的地就在附近。千反田对迈开脚步的我询问道：

“你要去哪里？”

“那个谍报员在那里待了有多久？”

我一边说一边走出了社团活动室。两人也跟了上来。

“谍报员是谁啊？”

“就是那个卷发的家伙，在贴海报的。”

“……你是说工艺社的那个人哦。”

她稍微思索了一下。

“在我去找福部同学的时候，他刚好把海报摊开。”

“运气不错。”

听到这句话，里志应该领悟到是怎么一回事了吧，不过有时迟钝得令人难以置信的千反田就不好说了。保险起见，我补充道：

“既然谍报员一直待在那里，那么说不定会记得有哪些人经过楼梯的。因为打蜡的关系，两条楼梯只有一条能使用。”

“哦哦……的确是这样啊！”

仿佛有了一线希望，千反田消沉的声音变得开朗一些。不过，里志对此保持慎重态度。

“有没有可能……那个谍报员就是巧克力小偷？”

“不可能。”

“欸？”

“哪有人偷了东西之后还有心情去管海报贴歪了没有啊。”

我们走过转角处的女生厕所，下了楼梯。谍报员仍在公告栏前用美工刀修正海报。发现我们之后，他摊开海报问道：

“现在怎么样呢？”

千反田看了一眼，果断地说道：

“变成了没有直角的平行四边形。”

“……”

“先不说这个，我们有事想请教你。从你在这里贴海报开始，记得有多少人经过这条楼梯吗？”

千反田认真的眼神似乎让谍报员感到有些困惑。他向背后的我们问道：

“发生什么事了吗？”

我正犹豫着该如何回答，里志就简单利落地进行了说明：

“出了点问题，我们怀疑从这条楼梯经过的人当中可能存在着犯人。”

“嗬……”

尽管听得不甚明白，不过可能觉得也无所谓吧，谍报员回答道：

“我记得哦。”

“总、总共有几个人呢？”

谍报员笑着回答了激动的千反田。

“三个。”

三个人啊。所以，也就是这么一回事了。

“分别是怎样的人呢？”

唔，千反田果然很迟钝啊。我从身后戳了戳她的肩膀。千金大小姐转过头来，我依序指了指自己和她——

“我们两个再加上里志，总共三个人。”

然后朝谍报员投去进行确认的视线。他点了点头。

“绝对不会错吗？”

面对千反田的追问，谍报员拍着胸脯保证：

“对于记认别人的面孔，我还是很擅长的。而且我贴海报也没忘我到连有人经过都察觉不到的地步。”

千反田转过头来，疑惑地看着我。

“这是怎么一回事呢？”

我偷偷地瞄了里志一眼，回答道：

“不就是——偷巧克力的人原本就在四楼，而且还没有走吧……里志。”

“嗯，怎么了？”

“有哪些社团的活动室设在特别大楼四楼呢？”

里志得意洋洋地挺起了胸膛。

“真开心，你把我当成数据库来使用啊。我想想，古籍研究社，轻音乐社，阿卡贝拉社，天文社，还有……对了，思想研究会也在四楼，不过没有社员就是了。”

那家伙接着说道：

“你很有干劲嘛，真少见。”

虽然我有点想冲他大吼“我是为了你才这么积极啊”，不过真要这么做就太累了，还是算了吧。而且千反田就在我们身边，这种话也不能说得太明白。

“既然如此，说不定有办法拿回来吧……可是，那个人为什么要偷巧克力……”

得知有希望拿回巧克力之后，稍微恢复从容的千反田提出了这样的疑问。嗯，这是最大的问题所在。

不过，总之——

“总之先把这件事有效地解决掉，理由到时候再说。我们到还留在四楼的社团去看一下吧，搞不好很快就能顺利解决呢。”

“但愿如此。”

千反田点了点头，在上楼之前很有礼貌地向谍报员道了谢。

我们察看了一下剩余的社团，结果比想象中还要顺利。

轻音乐社租了一个音乐厅，正全力为演唱会做准备。阿卡贝拉社每天在中庭练习已经成了惯例。不过这么冷的天气，舌头估计都冻得不太好发声了，也有可能早早就回去。思想研究会无需多说。如此一来，特别大楼四楼只剩下古籍研究社和天文社而已。千反田皱起了眉头。

“是天文社的人吗……”

“先去看看情况吧。”

我一边说，一边朝天文社的活动室——第五选修教室走去。途中，里志轻声说道：

“天文社的话，说不定那个人会在吧。”

“福部同学你有认识的人在那里吗？”

听到千反田的询问，里志坦率地点了点头。

“其实千反田同学和奉太郎你们也都认识。泽木口学姐是天文社的人。”

“那个人啊。真是让人放心啊……可以这样说吗？”

有点微妙。泽木口美崎。我记得那个名字。去年暑假快结束时，因为“女帝”事件和她有过来往。之后，她在文化祭的烹饪比赛中试图阻止我们古籍研究社胜出，结果自取灭亡了。印象中她好像会用香蕉熬汤。

两个社团活动室之间隔了一间教室。如果天文社社员真想偷巧克力，不用二十秒就能得手。

站在教室前面，从里面传来了开朗的笑声。我们看了看彼此。千反田点了点头，然后敲门。

“嗯？来了。”

我对应门的声音有印象。

千反田拉开了门。

首先是一阵热气涌来。校规禁止学生擅自变更公共暖炉的温度设定，但这里仿佛不知道有这条规定一般，暖和到了豪放的地步。如果戴眼镜的话，视野肯定瞬间变得白茫茫一片。

围坐在室内的学生总共有五人。几张桌子拼在一起，上面散布着纸张之类的东西。而且不知为何还有十来个骰子。男女比例是三男两女。在甚至有些炎热的暖气之中，全部男生都穿学生服，有一名女生穿着水手服。

没有穿水手服的女生应该就是刚才应门的人，也就是里志提到的泽木口。她和之前一样，脑袋边上绑了团子一样的发型，可能是非常喜欢这样吧。那个团子用有黑色蕾丝的黄褐色布条包起来，显得相当雅致。不过身上穿的则是朴素的学校运动服。

一和泽木口四目相对，千反田就立刻以十五度角低头行礼，微笑着说道：

“你好，泽木口学姐，请把巧克力还回来。”

我在想是要捂住她的嘴巴呢，还是给她的后脑勺狠狠来上一巴掌呢。好在泽木口没有完全听清楚她说了什么。

“巧克力怎么了？唔，你是千反田吗？”

“是的。我是千反田爱瑠。”

"找我有什么事吗？"

估计是为了不让千反田再次说出惊人之语吧，里志迅速插嘴。

"事情紧急，吾等前来拜访，希望学姐能助吾等一臂之力。"

虽然是很胡来的说法，不过泽木口闻言露出了孩子气的笑容。看来怪人跟怪人比较好沟通吧。

"哦，要很久吗？"

"只要三分钟就足够了。"

在他们交涉的时候，我再次环视了一下第五选修教室。天文社社员的书包和防寒衣物都很随便地摆放在并排起来的桌子旁边。种类各不相同，书包和防寒衣物的数量都是五个。除此之外，还有一个大袋子，根据以往的经验，那应该是泽木口的东西。天文社的社员们不明所以地朝我们投来了讶异的视线。可能是在兴头上被我们打扰了吧，有个男生甚至明显摆出了臭脸。

泽木口轻轻地点了点头，然后对天文社的社员们高声说道：

"我离开一会。如果突入前的入手难度是三，加五成买下来也没关系哦。"

天文社的社员们对离席的泽木口报以嘘声。

"五成搞屁啊！"

"难度三根本没有东西能买……"

对此，泽木口挥了挥手说道：

"被逼到绝境还能允许进行补给，你们就该心怀感激了吧？如果敢浑水摸鱼的话，惩罚可会加倍的哦。"

然后，她来到走廊上。千反田再次很有礼貌地向她低头行礼。

"很抱歉在你忙的时候打扰你……请问那是在做什么呢？"

泽木口简单地回答道：

"哦，是SF。"

"Science Fantasy？"

我漫不经心地出声确认，里志也几乎同时开口询问。

"Space Fantasy？"

“是Star Fighter。话说……”泽木口直勾勾地看着我，把我从头到脚打量了一遍，然后盘着手说道，“这件风衣很有品位嘛。”

里志随声附和：

“是吧，学姐。您的眼光真好！这是奉太郎冬天最好的衣服，感觉就算里面藏了汤普森机关枪也不奇怪，真是太可怕了。”

如果能藏的话，我也想啊。应该能在吐槽你的时候派上用场吧。

泽木口依然目不转睛地盯着我的风衣。千反田耐心地又叫了她一声：

“那个，学姐……”

“哦，对了对了。那么，你们找我有什么事吗？”

“是的。”

千反田点了点头，转头向我使了个眼色。

……懂得在关键时刻刹车，看来千反田这十个月来是成长了不少。她不擅长拐弯抹角地说事情。尽管直言不讳的性格至今也立下了不少功劳，不过现在的情况有所不同——我们在怀疑天文社的社员偷了巧克力，所以过于直接的话恐怕只会误事。我领会了她的意思，向前迈出了半步。

“唔，泽木口学姐。”

“你是……对了，侦探折木同学。”

听到非常不合实际的称号，我感到有些不爽，不过还是忍了下来。我指着地学教室说道：“是这样的，原本摆在那里的情人节巧克力被偷走了。”

泽木口的视线变得严厉起来了。好了，接下来就要看我旁敲侧击的手段了。

“所以我们在寻找目击证人。在四点四十五分到五点之间，你们这里有人出来吗？”

不知道将找嫌疑犯变成找目击证人的小把戏能不能奏效。泽木口露出饶有兴致的笑容，轻声嘟囔道：

“偷情人节巧克力啊。又不是恋爱小偷，居然还有人会做这么风雅的事情。”

哪里风雅了啊。真想让她看看刚才千反田咬紧嘴唇的懊悔表情。

接着，她歪着脑袋想了一下。

“四十五分到五点之间吗？不好意思，我们玩得很投入，完全不记得时间了。不过，离席的人……中山、吉原还有小田都出去过。是我让他们出去的。”

五人中三人吗？我看见千反田沉下脸来。

不过，还有办法进一步缩小范围。

“请问有人做好回去的准备吗？”

“为什么这么问？没有呀。”

“啊，小田同学是那个女生吗？”

“女的是中山。”

面对接连不断的提问，泽木口也不禁板起了脸。她没有改变整体的气质，叉腰对我怒目而视：

“我把话说在前头，没有人把巧克力拿进来。你要是觉得我在说谎那也无所谓，但是侦探同学，被人怀疑让我有些不愉快呢。”

她甩下这番话，突然打开了教室的门，然后朝里面大声说道：

“你们这段时间有没有看到什么类似巧克力的东西啊？”

天文社社员的男生们发出了笑声。

“学姐，能不要说这么悲伤的事情吗？”

“我也很想说看到了啊。”

泽木口用手指了指他们，仿佛在说这就是证据。

“那么，这就是你们想问的事情吗？已经够了吗？”

果然称不上很友好。尽管用了迂回的做法，但说到底还是在怀疑对方，所以这也是无可奈何的事情。基于自身的信条，我养成了不喜欢纷争的性格……真是伤脑筋啊。

我尽量让自己表现得很有礼貌，向泽木口低头行礼。

“谢谢您，学姐。很抱歉说了不礼貌的话。”

“哦，我是无所谓啦。”

说完，泽木口就头也不回地走进第五选修教室。不知道是不是我多心，感觉关门的声音特别响。“重新开始，重新开始”——不一会，室内就传来了格外开朗的吆喝声。

千反田来回看了看眼前紧闭的门和我，神情有些忧伤。

“折木同学……泽木口学姐生气了吧？”

“当然会生气呀。”

“……可是！我们必须想办法拿回摩耶花同学的巧克力才行。”

我转过头去。即使是里志，此时也沉下了脸。平时的微笑几乎消失无踪，还浮现出类似自嘲的神色。

“奉太郎……”他似乎有话想说。

我没有放在心上，提议先回到地学教室去。外面相当暗了，差不多该做个了断了。

5

地学教室位于楼层的角落，三面墙壁都开了窗户，因此寒冷的空气也容易溜进来。面对逼人的寒气，我忍不住缩起了脖子。

“好冷啊。”

我情不自禁地嘟囔起来，结果得到了温暖的回应。

“是吗？我倒还好。”

“只有你一个人穿着严严实实的大衣，还抱怨什么啊。”

呃，但真的很冷呀。

窗外有白色的物体在飘落。雨雪停了之后，就改成下雪啦。白色圣诞是耳熟能详的名词，不知道有没有白色情人节这个说法呢。感觉听起来有点像白葡萄酒的品牌名称呢。

我坐到旁边的桌子上。千反田站在我面前，用有些疲惫的声音说道：

“要怎么办才好呢，折木同学……我不想怀疑是天文社的人拿走的。”

不知道该如何回答，我只能继续说：

“除了那条楼梯，还有别的方法进入四楼吗？”

与我同样坐在桌子上、将束口袋搁在大腿上的里志摇了摇头。

“不能说完全没有。还有逃生长梯和专用滑梯，但使用这种方法肯定会因动作太大而引起注意。另一侧打过蜡的楼梯并没有拆掉，非要使用的话也不是完全办不到吧……”

“那边没有留下痕迹。因为刚打过蜡，如果有人从上面走过的话，应该会留下痕迹才对。虽然还有通往屋顶的楼梯，但屋顶的门一直上着锁。必须要有教师在场，学生才有办法到屋顶去。”

如此一来，路线果然还是只有那条楼梯。当然，如果用直升飞机将吊索放下来也是方法之一，不过我可不认为伊原的巧克力有什么特别的秘密，值得对方如此大费周章采取间谍一样的方式来盗取。

……不对，等一下。我记得伊原使用的是比利时产的巧克力。众所周知，比利时是EU总部所在的国家。莫非伊原的巧克力里藏着足以撼动欧洲和平的微晶片吗？如果是这样的话，那么不管是吊索还是停在空中的直升飞机，都是很有可能的。

“折木同学？”

“不，什么也没有。”

今天没有听到过直升飞机的声音。

巧克力在哪里呢？我看着飘落的雪花，想到了另外的可能性。

“对了，你们找巧克力的时候有留意过下面吗？”

“下面吗？”

我用手指比划出一道抛物线。

“如果从窗户将巧克力扔出去的话，就会掉在地面上吧？”

千反田摇了摇头。

“那不可能，我已经找过了。”

真是无懈可击。那么这招如何呢？

“你有调查过女厕所吗？”

两人都傻眼了。

“什么？”

“你说什么？”

“女厕所呀。在那段十五分钟的时间里，特别大楼四楼可以进出的场所只有这里、第五选修教室和女厕所吧。而这房间无论是里面还是外面，都找不到巧克力。那么，小偷有可能把巧克力藏在女厕所里吧。”

我话还没说完，千反田裙摆飘扬转身踏出一步。然后她发觉我不动如山，就催促似的说道：

“我没有想到这一点。一起去找找看吧！”

一起……她还真是强人所难。

“抱歉，你一个人去吧。”

“折木同学，人多力量……”

“我说你啊，如果这层楼的厕所是男厕所，你有办法冲进去吗？”

千反田似乎有些失去了正常的判断力。听我这么一说，她才满脸通红地“啊”了一声，然后一再向我低头表达了歉意，一路小跑离开了教室。顺便一提，特别大楼的男厕所在一、三楼，女厕所在二、四楼。

里志笑着目送千反田离去，晃着脚询问道：

“你真的认为会在厕所吗？”

我懒散地回答道：

“不觉得，连万分之一的可能性都没有。”

“万分之一也就是百分之零点零一吧。连这么低的概率都没有吗？”

“里志。”

我叹了一口气。

“我大概猜到在哪里了。麻烦你安静一点。”

“……这样啊。”

听我这么说，里志闭上了嘴巴。平时一直挂在脸上的笑容消失得无影无踪。直到千反田回来为止，大约三分钟的时间，地学教室里一片寂静。

回来的千反田失望地耷拉着肩膀。

“没有……”

我点了点头，说道：

“那么，就只有一个可能性。”

“欸。”

千反田抬起低垂的脑袋。就在这时，该来的一刻终于到来了。

地学教室的门被打开，那家伙进来了。身穿水手服，外面披了一件米色的夹克，头上戴着毛线帽子——是伊原摩耶花。左脸的创可贴是为了遮住试吃大量巧克力而长出来的痘痘。伊原看到我们，浮现出困惑的表情。

“咦，为什么你们都聚在一起啊？”

“摩耶花同学……”

千反田的嘟囔声听起来似乎有些颤抖。但伊原没有注意到千反田的神情，脱下帽子轻松地说道：

“对了，我的巧克力怎么了？”

一进来就直奔正题啊。也难怪，毕竟这是伊原最关心的事情。

我将视线扫向里志。不过那家伙面无表情，只是淡漠地看着伊原。似乎不打算说些什么。

那么就由我来说吧。正准备开口，千反田似乎察觉到我的用意，马上举手制止了我。她是想亲口告诉伊原吧。我只好沉默了。

千反田笔直地注视着伊原。

“摩耶花同学，对不起。”

她的声音不再颤抖，估计是做好了觉悟吧。而伊原则露出惊讶的表情。

“怎么回事？你做了什么必须向我道歉的事吗？”

“是的，其实……”

不过她还是稍微迟疑了一下。

“我没有锁门就离开了教室，结果摩耶花同学的巧克力在这段时间被偷走了……对不起。”

不再动摇的语气，堂堂正正的态度。但千反田的眼睛有些红了。

然而，得知此事的伊原却采取了与我预料中完全相反的态度。

她只是轻轻地说了一句话：

“哦，是这样啊。”

然后她停顿了一会，浮现出有些伤脑筋的苦笑。

“被偷走了啊。”

这个表情，这些话语。

我难以相信伊原居然会做出这样的反应。我以为伊原肯定会毫不掩饰自己的情绪，当场发飙。即使我再怎么不懂男女感情，也明白那才是正常的反应。如果我是伊原的话，绝对不会原谅这种事情的发生。

但伊原保持着平静。相反，千反田的情绪倒是快要崩溃了。

“摩耶花同学，我……”

伊原对内疚的千反田摇了摇头。

“不要露出这样的表情，小千。你很在意没锁门的事情吗？谁能想到居然会有人进来偷情人节巧克力啊。”

“可是！”

“千错万错，都绝对不会是小千你的错。而且，我不记得自己有拜托过小千帮忙看管巧克力……我才觉得过意不去呢。让你帮了那么多忙，结果白费力气了。”

说完，伊原重新戴好刚刚脱下来的毛线帽子。她将视线从千反田身上移开，轻声嘀咕道：

“嗯，但还是有点受打击啊。我今天就回去了。小千，你真的不需要放在心上哦。”

然后伊原转身，踏着平静的脚步离开了地学教室。我们注视着她的背影，没有人能够出声挽留。

我，千反田，里志。望着伊原的背影，我们三人心中的想法肯定各不相同。

过了一段时间，算准伊原应该不在四楼了，千反田毅然决然地迈出脚步。我看出了她的意图，于是从桌子上跳下来挡在她面前。千反田没有止步，一直到鼻子快碰到我的时候，她才总算停了下来。

“……请让开。”

“你想做什么？”

距离实在是太近了。我一边说，一边往后退了一步。但是，千反田也跟着我的动作向前踏出一步。

“即使采取有些强硬的手段，我也要找出摩耶花同学的巧克力。不然的话，今后我就没脸见摩耶花同学了。”

“大家都说这件事不能怪你啊。就算去问法律方面的专家，也一定是同样的意见，纯属意外。”

“我不管法律是怎么认为的。我无法原谅我自己。摩耶花今天应该是很开心的，结果却变成现在这个样子。我无法坐视不理！”

她想从我的旁边穿过去。

我反射性地伸出了手。我的右手抓住了千反田的右手腕。

是温暖的手。

因为握着手腕，所以通过肌腱感觉到千反田紧握的拳头正试图使劲。要不要放开呢？犹豫不决的我开口说道：

“我不敢说完全理解你的心情。毕竟我不像你那么感情丰富。不过，这件事就交给我来处理吧。今天我一定会将巧克力交到里志手中。”

没想到身为节能主义者的折木奉太郎居然会有如此自告奋勇的一天。

千反田那双大眼睛瞪得更大了。但她并没有松开拳头。

“……我很高兴你能这么说。既然如此，我也想一起帮忙。”

我摇了摇头。

“不行。我心里大致有数了。但如果有你在场的话，就不太方便行事了。”

短暂的沉默。千反田轻声问道：

“你有线索了吗？”

我放开千反田的手。我可能不小心用力过度了吧，千反田抚着被抓住的手腕。

事到如今，不能再含糊其辞了。我缓缓地点了点头。

“是谁？”

“只有一个人有办法偷走巧克力。那就是——”

我叹了一口气。

“天文社的中山。”

传来了桌子晃动的咔嗒声响。是里志站起来了。现在先无视掉他。

“根据那个谍报员的证言，只有我们三个人从三楼上来的那条楼梯经过。再根据泽木口的证言，判断出有偷巧克力嫌疑的天文社社员一共三个人。”

“是小田同学、中山同学和吉原同学吧。”

“那么这三人当中是谁进来偷走了巧克力呢。如果换成你的话，会怎么做？伊原的巧克力应该非常大吧。”

千反田点了点头，用手比划出略小于自己身宽的距离。

“差不多这么大。”

“这么大的东西根本无法藏起来。既然没有藏在厕所里，也没有丢到外面，那么只能带回到第五选修教室里面了。但是，泽木口说没有人把巧克力带进来。社员们也都这么说。如果整个天文社都是同谋那就另当别论。若非如此，便能发现不对劲的地方。”

我指了指自己和里志。

“学生服没办法将这种尺寸的巧克力藏起来。如果有书包的话，说不定能放进去。我的风衣也可能放得下。但是，离开教室的天文社社员并没有回家的准备。也就是说，他们没有把书包和防寒衣物带出去。学生西裤的口袋太小了。尽管可以藏在衣服内侧，但巧克力这样硬邦邦的东西会让动作变得很不自然，绝对会非常显眼。”

接着，我指向千反田。

“但是，水手服就能做到。只要胶带之类的东西绑在腿上，就能用裙子遮盖起来……我不知道中山这位天文社社员为什么要偷伊原的巧克力。也许两人之间存有我们不知道的过节吧。不管怎样，既然只有中山能够不为人知地将巧克力偷走，那么就只能认为是她做的。”

停顿了一会，我再次重申：

“伊原的巧克力一定会在今天交到里志手中。我有绝对的自信。但如果你在场的话，事情就不太好办了。所以今天你就安下心来回去吧。”

千反田注视着我的眼睛。

……我不由得想马上别开视线。唉，我真是太不中用了。

不过，千反田还是稍微重拾笑容。

“折木同学很少会把话说到这份上呢。”

“是吗？”

其实我自己也这样觉得。太勉强自己了。

“我知道了。虽然不明白折木同学你要做什么，不过既然你说了这样做会比较好，那我就放心了。”

紧张感暂时撤离，我脸上的表情大概也放松下来了吧。

“好的，进展顺利的话我会给你打电话的。”

“那就拜托了。”千反田向我低头行了一礼。

千反田回去后，社团活动室里面只剩下我和里志。

我望向彻底暗下来的外面，雪还在下。我皱了皱眉头，将挎包背在肩上。

“好了，回去吧。”

听到我的这句话，里志也从桌子上跳了下来。

“是哦，回去吧。”

这次我们没有忘记将门牢牢地锁上。

6

夜晚的归途，眼前是车头灯、车尾灯，还有雪花。我拉紧风衣的衣襟。

寒风吹过，我将脖子缩在风衣里面。里志走在我的旁边。他拎着束口袋，背着后背包，只穿了一件羽绒背心来御寒。

“将情人节巧克力绑在自己的大腿上偷走吗？”

我嘟囔着自己刚才的话语，不禁一笑置之。

“怎么可能会有这种事情啊。”

“我觉得道理上讲得通呀。”

里志晃着手中的束口袋说道。对于他的这句话，我同样一笑置之。

“不，讲不通的。”

“嗬。”

“那个女生无从得知伊原会把巧克力放在社团活动室不管吧。退一步来讲，即使她有办法得知，也无法预料到千反田会留下来看管以及千反田中途会出去找你这些事情吧。”

“说不定有办法做到呢？”

“好吧，就当她能做到。里志啊，人的体温可是能够让巧克力融化的哦。而巧克力融化后的独特香气是无论如何都无法掩藏的。另外，最重要的是——”

我们刚走到斑马线中间，绿灯就开始闪烁了。于是我小跑步过了马路，然后回头看向里志。

“正常人是不会去偷情人节巧克力的。”

里志苦笑着说道：

“你又无法保证中山同学肯定是个正常人。”

“脑袋不正常的人一开始就牵扯进来了。怀疑那位才是理所当然的做法吧。”

人行道上积了薄薄的一层雪。每走一步，都会发出咻咻的声音。一阵强风吹过，我抱着肩膀忍受着等风停下，然后开口说道：

“我先把答应人家的事情解决掉吧。”

里志沉默不语。

“……那个束口袋给我一下。”

我的喉咙深处发出轻轻的笑声。里志老老实实地接受了我的要求。接过束口袋，我用力地纵向一甩。袋子里响起咔嚓咔嚓的声音，那是碎片互相碰撞造成的。

我故意做出一本正经的样子，恭恭敬敬地将束口袋还给了里志。

“在今天之内将伊原的巧克力交给你。这样就完成了。”

“佩服佩服，奉太郎。”

里志笑了。但在我的眼中，那只是习惯了挂在脸上的笑容，或者说是虚张声势。

偷走巧克力的人是里志。

千反田说巧克力被偷走的时候，我已经猜到只有里志这家伙才会做出这种事情来。即使没有这样的预先判断，通过消除法也只剩里志了。既然排除了天文社全员，那么就只有从三楼上来的人有办法偷巧克力。根据谍报员的证言，只有三个人经过那条楼梯。千反田、我还有里志。我直接排除掉，千反田是“受害人”，所以也排除掉。那么就只剩里志了。当时我们问谍报员有几个人经过，所以他不会告诉我们总共有多少人经过了多少次。

估计里志一开始跟我道别说要去社团活动室之后，先是躲进了特别大楼三楼的男厕所。厕所在楼梯的旁边，三楼有男厕所。里志就一直在里面等着。想必他早就料到千反田迟早会出来找自己吧。

确认千反田下了楼梯之后，里志就前往四楼。于是，谍报员就记住了里志，说不定那时就问过他海报有没有歪。如果我的记忆没有出错，在我们前往社团活动室的途中，里志对谍报员的回答应该是“移太低了”。只有之前说过“右边稍微移低一点”，才有可能作出这种回答。

来到空无一人的社团活动室，里志准备回收伊原的巧克力，可巧克力却出乎意料的大。他可能是打算将巧克力藏在束口袋里面吧，这下就有些不知所措了。里志的束口袋只能勉强放进四六型开本大小的东西。巧克力虽然比千反田的身宽要小，但还是比书要大一些。

如果直接拿在手里逃离现场的话，万一在楼梯附近碰到千反田，那么巧克力游戏就完蛋了。如此一来，里志采取的行动是？

街上已经亮起了路灯。我们来到桥头。这是一条行人专用的窄桥。两人并排行走的话，边上就没法走人了。没有了障碍物，吹过来的风变得更加凛冽了。

“你把这玩意砸碎的时候，没有一丁点犹豫吗？”

里志没有回答。可能是因为我的声音很小，被风声盖过去了吧。

里志打碎了巧克力，或许是隔着包装纸直接用手肘敲下去的。如果稍微意识到里面是伊原亲手做的心型巧克力，说不定是小心翼翼地掰断吧。不管怎样，结果都没区别。心型巧克力变得刚好能放在束口袋里面。

然后，里志离开了社团活动室。接下来，他只要装出在楼梯平台碰到千反田的样子，用“啊，千反田同学，抱歉抱歉，我遇到很有意思的事情，就耽误了时间”之类的借口就能打发过去了吧。千反田和里志一起来到社团活动室。巧克力已经不在那里了。

在血色尽失的千反田旁边，里志究竟在想些什么呢？

来到桥的中段，我停下了脚步。里志也停了下来。

为了不被风声盖过，这回我稍微提高了嗓门。

“这样我欠你的人情就还清了。”

“人情？”

里志回答的声音中含有一丝淡淡的笑意。

“是哪个人情呢。应该不是正月那个吧？我对于借贷方面没什么概念啦。”

“是去年四月的事情。那时，我为了逃离千反田而编了一出戏。”

里志好一会才想起来。

“哦哦。”他嘟囔道，“对哦，还有过这么一件事。”

“那时是你配合我演戏的吧？”

“是这样吗？真亏你能记得这么久远的事情。”

“我当然不会忘记。”我轻轻地咬紧牙关，“我做了不该做的事情，做了蠢事。”

“是啊。当时我就这么认为的。”

今天我才真正领悟到这点。深切体会到用计谋欺骗别人究竟意味着什么。不知道是偶然还是必然，上一次和这一次，被骗的人都是千反田。

然而，里志不怎么感兴趣地说道：

“不过，那是一件善事。节能主义的奉太郎不仅贯彻了自己的信条，也没有伤害到任何人……除了奉太郎你自己。”

一瞬间，风突然翻卷而来。飘舞的雪花在空中形成旋涡。我再次拉紧风衣的衣襟，低着头问道：

“你至少给我个解释吧。”

“解释吗？”

我不明白里志为什么会这么做。不过，我认为他一定有自己的理由。我相信他，所以才想方设法说服千反田，用编造的推理来解决事情。因此，他之前调侃我说“你真有干劲啊”的时候，我差点一时火起吼出“这还不都是为了你”，也是无可厚非的事情吧。不过他本人并没有拜托我，所以我只好保持沉默了。结果，我为了让千反田安心回去，不得不将无关的女生拉出来当替罪羔羊。也许还有更好的方法，但我想不出来。今后那女生也将继续被千反田误解，一直在这种状况中度过校园生活吧。

我之所以会这样做，也是因为相信里志的行动是有理由的。万一——

“万一你说这只是在开玩笑……”

“如果我这样说的话？”

“那我就只能揍你了。用拳头，连千反田和伊原的份也一起。”

即使到了现在，里志的举止依然很夸张。他耸了耸肩说道：

“我可不想被揍。”

“顺便一提，如果你选择缄默的话，我会去向千反田道歉的，并把你也捅出来。”

“那就更糟糕了。我完全没打算要把千反田同学卷进去。”

里志仰头看向天空，然后长吁了一口气。

一段沉默之后，他缓缓地开口说道：

“我真不想说啊。不值得说给别人听的事情。不过，看来是不说不行吧。”

“我不管你脑子里在想些什么。但你并非只是想想而已，还付诸行动了。”

“是啊，奉太郎你说的没错。我没有后悔，虽然没有后悔……”

里志的视线从天空移到地上。可能是下定决心了吧，他开始娓娓道来。声音尽管不大，在风中却是清晰可闻。

“奉太郎，你认为我是有所坚持的人吗？”

我稍微思考了一下，回答道：

“这个嘛，我觉得你是兴趣至上的人。”

“这是决定性的误会。”

里志靠在积了薄薄一层雪的栏杆上。

“无论是兴趣至上的人还是有所坚持的人，都会全身心投入到某样事物当中。对于自己擅长的领域，他们不愿意输给任何一个人。所以每一天都处于新发现和钻研的状态中。”

“你不是这样吗？”

“不是。你已经忘记‘女帝’事件了吗？我说过自己无法成为最高权威的。广而浅……不过奉太郎，更正确来说，我放弃去成为那样的人。前不久，我们不是一起玩了对战游戏吗？”

他是说在游戏中心的那场对战吧。最后结果是2:1，我获胜了。

“嗯。”

“那个时候，奉太郎你也感到有些不对劲吧。对于胜利我并没有太大的坚持。两年前我和奉太郎经常玩那游戏。在现在的我看来，估计会觉得那时的我是个很丢脸的家伙吧。争强好胜，为了胜利不择手段。输了的话，就会抱怨对手使诈，或者挑规则的漏洞。不仅是游戏，如果碰到熟悉武田信玄的人，就会去找相关书籍来阅读，让自己能够胜过对方。我还曾经试图拼赢铁道迷呢。我实在是太好胜了。我执着于各式各样的事情，现在都多得快记不起来了，比如服装的配色、汉字的正确笔画等。去吃回转寿司的时候，我坚持按照正确的顺序来吃，结果眼睁睁地看着好吃的东西从眼前溜走。”

仿佛觉得很可笑似的，里志自己也笑了起来。

“老实说，真是太无聊了。毕竟那么求胜心切，赢了却觉得很无聊，自己都不知道该怎么收场才好。那时我不知道问题出在哪里，想了很多都没想明白。真是大笨蛋啊，赢得那么丑陋当然不会觉得有趣。然后某一天，我对此感到厌倦了，放弃了继续执着。不，不对。应该是执着于‘不再去执着任何事物’。至于契机是什么，我已经忘记了。奉太郎，在那之后，真的每一天都很开心呢。今天骑车远游，今天做手工艺。安保、简易保险、古典音乐。将不到执着程度的小小执着当成调味剂，涉足各个领域。忘了是什么时候，奉太郎你说我是鲜艳的粉红色，那真是巧妙的形容。”

里志基本上不是在和我说话。他的视线没有停留在我身上，继续自顾自地回想着过往。

“但是，如此轻松自在的日子却存在着一个问题。我执着于‘不执着任何事物’，得到了轻松的生活。我无从得知奉太郎的节能主义对于奉太郎自身来说究竟是多么重要的支柱。不过，我的不执着可是相当关键的原则哦。如果没有这个原则的话，说不定我会马上变回那个丢脸的执着派。然而，摩耶花却……”

我发现里志握紧了拳头。

“摩耶花是个好女孩。奉太郎你也许无法理解她的优点，但她真的是个好女孩。那么好的女孩子就算打着灯笼都找不到。那样的摩耶花说希望我能和她在一起，简直是做梦一般的事情啊。但是，但是啊，我可以把心思都放在摩耶花身上吗？

“我明明决定了不再执着于任何事物。唯独摩耶花可以例外吗？

“我曾经有想过这其实是非常简单的事情。我按照自己的想法去做，所以获得了现在轻松的生活。而我毫无疑问想和摩耶花在一起。那么，按照自己所想，放手去做不就好了。我曾经有过这样的想法。

“但是啊，奉太郎，这是不行的，绝对不行。我如自己所愿，不再执着任何事物。我按自己所想，将自己的心思都放到摩耶花身上……我到底应该怎么对待摩耶花呢？如果最终没把摩耶花当作一回事，那么这就是不好的原则，必须修正才行。但是，我要怎么修正才好呢？还是说，想要找出答案这个想法本身就是大错误？一直进行这种自问自答的我能够成为不会伤害摩耶花的人吗？

“我没能找出答案，去年的情人节就到了。奉太郎，你不觉得情人节巧克力是一种象征吗？我认为如果收下摩耶花的巧克力，就等于宣布自己对她有所执着。可是，我明明没有找出合适的答案啊。”

“所以，你没有收下来。”

“没错。然后又到了今天。你可以尽情地痛骂我是个蠢货。花了一年的时间，我还是没有找出答案！在那种状况下，要想不接受无法接受的巧克力，就只有让巧克力消失这一个办法了吧。如果还有其他办法的话……嗯，就算需要被狠狠地揍一顿，我也没有关系。”

沉默降临。

但是，这应该是与千反田无关的事情。

“可是，你伤害了千反田。”

听到我这么说，里志轻轻一笑。

“……我没办法像奉太郎一样做得面面俱到。那不是我的本意。”

“你本来打算怎么做？”

“按照原定计划，摩耶花将巧克力放在社团活动室。如果我做好了接受的觉悟，就拿走。反之，就把东西留在原处。这是我们的约定，本来只是这么简单的事情。我并不是说摩耶花有错。但是，摩耶花没有料到，参加巧克力制作的千反田想成为送巧克力的见证人……”

也就是说，这其实是伊原和这小子的共同计划吗？

“那么你有将刚才那些话告诉伊原吗？”

“当然说了啊！这不是理所当然的事情吗！不然的话，我岂不是纯粹因为个人情况就把摩耶花耍得团团转吗！

“……不，其实也没太大的区别。

“去年，拒绝了摩耶花的巧克力之后，我们有谈过好几个小时，比起刚才我跟你说的还要详细很多。真令人怀念啊，都过去了一年呢。摩耶花对我说了相当重的话哦。最终，摩耶花没有认同我的想法。不过她说愿意等我。还将下一个情人节作为考验的日子。

“摩耶花即使听到巧克力被偷，也还是很平静吧？我认为她应该是明白了巧克力被偷也是我无法给出结论的信号。”

伊原明白是里志偷走了巧克力。到这里为止我是预料到了的。但是，我本来以为伊原会大发雷霆，毕竟不仅是去年，里志今年也拒绝了她的巧克力……我没想到其中还有这样的缘由。既然如此，伊原说漫研有事无法脱身也是编出来的吧。

里志张开双臂，学生服的衣袖随风舞动。

“好了，奉太郎，我交代完了。我的行动不是开玩笑的，也没有保持缄默。那么，奉太郎你准备怎么做？”

……雪越下越大。

我竖起风衣的衣领。桥上实在是太冷了。我重新迈出脚步，脚下的雪发出咻咻的声响。

里志跟了上来。

“刚才这些事情没办法告诉千反田吧。”

“不行，那还不如狠狠揍我一顿。”

我也这么觉得。就算里志曾经对伊原全盘托出，此时的对话毕竟算是男人之间的秘密。如果千反田和伊原也在进行女人之间的悄悄话，那么我也无法得知她们到底说了些什么。另外，对于里志来说，今天所说的内容也并非他的一切，而我也没有对里志展露出自己的全部。

不对，很难说。

我的信条是“如果可以不去做的话，那就不做。实在非做不可的话，那就尽快解决”，仅此而已。几乎没有什么值得展露的东西。我突然回想起刚才在图书室看摄影集时所思考的事情。节能主义无法处理男女感情问题。这其实与里志破坏手制巧克力的动机有一脉相通之处吧。不过那是似是而非的东西，存在着决定性的不同。那就是，里志的犹豫是为了伊原着想。

我带着烦恼，迎着呼啸的寒风走在河流上方。虽然归根究底都是这家伙的错，但我逼里志说出了他不想说的事情。我是不是应该对他进行补偿呢？我要不要对这家伙说“对不起，我太不了解福部里志了”呢？

幸好现在背对着里志，我露出了淡淡的苦笑。

算了，说不出口啊。

桥不长，在即将抵达对岸时，我询问道：

“那么，答案有了眉目吗？”

我转过头去，看到里志露出罕见的严肃表情，轻轻地点了点头。

“还差一点，只差一点了……我只是没办法用语言表达出来。”

我拍了拍他的肩膀。

“抱歉啊，大冷天还拖着你讲了这么久。我请你喝罐装咖啡。”

里志闻言恢复了一如既往的微笑。那家伙转动了一圈手中的束口袋，巧克力的碎片发出“咔嚓”的声响。

“好啊。不过难得奉太郎你请客，我就要红茶好了。”

回到家里，为了让冰冷的身体暖和起来，我泡了一杯热茶。喝了半杯左右，我给千反田打了电话。

我跟她说事情顺利解决了，巧克力交到里志手上，没有任何冲突，也没有结下任何梁子，事件圆满收场。千反田欣喜若狂，接连不断地向我道谢，逼得我只好使出有些强硬的态度才结束了永无止境的谢意，放下了话筒。

我撒谎了。但事到如今，反正破罐子破摔了，没有人会责怪我的。

回到自己房间，我躺在床上仰望天花板。

而且……并不能保证千反田没有对我撒谎。看待事物的角度并不唯一，如今这已是常识。毕竟我连老朋友里志都不甚了解。即使没有任何人撒谎，也很有可能因为自己的误会而擅自曲解对方。

说到底，伊原不可能不知道千反田想见证送巧克力的过程。里志有发觉这点吗？伊原将千反田卷进来是为了让里志接受巧克力而采取的策略。还是说，这也是我的曲解吗？

我什么都不知道，脑子里一团浆糊。天文社的中山利用一些手段偷走了巧克力。如果这是事实的话，我就不需要像这样望着天花板了。

巧克力片躺在地板上。那是我今年收到的唯一一块情人节巧克力。

我捡起那块似乎是国外产的巧克力，撕开包装和铝箔纸，朝着黑色巧克力一口咬下去。

巧克力的味道在嘴巴里扩散开来。那是强烈的甜味，还带有一点苦涩。然后理所当然的，味道逐渐淡去，最后彻底消失。只有那个印象还残留在脑海之中。

绕远路的雏人偶

绕远路的雏人偶

Little birds can remember

1

穿过神山市的市区，沿路往东北前进，不久就会遇到一条长长的缓坡。如果骑自行车的话，踩踏板的双脚会感到稍微有点沉重。虽然不至于要站起来骑，不过倒是可以恰到好处地热身一下。

骑了一会儿，道路两旁出现了稀疏的树林，还能看到些许残雪。四下突然变得杳无人烟，简直就像不同世界的分界线一样。实际上，从历史上来看，神山市东北部的丘陵地带曾是一处另有名称的独立村落。我是从福部里志那里听来的。在现在，那一带也有专门的地名——叫“阵出”。坡道逐渐陡峭起来。虽然春天的气息已经越来越浓厚，但清晨依旧寒冷刺骨。我那急促的呼吸都化作了一团团白气。

我发现坡道顶端有一座小小的佛堂。这条路我已经来过好几次了，一开始是里志带的路，第二次则是进行文化祭的庆功宴，古籍研究社四个人一起过来。不过，我一直没发现这里居然有座佛堂。大概是因为之前经过的时候总在吵吵闹闹吧。

今天我是独自一人。自诩节能主义者的折木奉太郎居然一大早就独自骑自行车来到遥远的邻村。要知道这在一年前根本是无法想象的事情，我忍不住露出一丝苦笑。佛堂中供奉的是地藏菩萨。我跳下自行车，单手拜了一下地藏菩萨，顺便当作休息喘口气。

地藏后面就是下坡路。

田地里到处可以看到斑驳的残雪。朝阳光芒四射，空气相当寒冷。

这条坡道并不算高，所以视野也很一般。尽管如此，还是能够看到在广阔平原的深处有一座与零散人家大不相同的宅邸。被白雪环绕的大宅颇为显眼，种植在庭院里的挺拔松树也能看得一清二楚。那里就是千反田的家。虽然从这里就能感觉到房子很大，不过像是能把人吓破胆的大厅、极为精致的楣窗等等，只有进去了才能体会其中奥妙。

不过，今天我并不是要到千反田家去办事情。我转头看往另一个方向。

在与千反田家隔了一条小河的对岸上，山的颜色比起新绿少了几分鲜艳，一座小小的神社就像是镶嵌其中一般建在山上。虽然看不到神社的正堂，不过那边立着社旗，应该没错了。

那里就是目的地，名字好像叫水梨神社吧。

起因是前天。

我百无聊赖地躺在自己房间的床上，看着怎么都看不完的超厚文库本。这时，电话响了。

“喂喂，很抱歉在你休息的时候打扰你。”

是千反田。千反田向来举止彬彬有礼，语气也很沉稳。不过当真人就在面前时，她的那双大眼睛，以及过去我所总结出来的经验都会时刻提醒我，那家伙并不是楚楚可怜的清秀少女。然而换成电话就看不到对方的脸了，所以有一瞬间我还纳闷是哪位富贵大小姐在给我打电话呢。

“我倒是没有在休息啦。”

“欸？折木同学，你在补习吗？”

“没有……”

在神山高中，我的成绩的确不算特别优秀，不过也没有沦落到会收到补习通知的地步。电话另一头的千反田平静地说道：

“那么，是在过春假吧。”

是的，我的确是在逍遥自在地过春假。

“很抱歉这么唐突……”

因为千反田的声音听起来确实显得相当过意不去，所以不知事情缘由的我也感到有些紧张。

“你后天有什么安排吗？”

我下意识地看了一下日历。别说后天或大后天了，整个春假我都没有任何安排。如果老姐在的话，也许会指使我出去跑腿吧。还好她现在去南纪*旅游了。

“没有。”

“这样啊，太好了。”

电话另一头的千反田明显松了口气。然后她说道：

“那个，折木同学。我很清楚如此突然的请求会给你造成诸多困扰，但能否请你帮我撑伞呢？”

我握着听筒，不禁疑惑地歪了歪脑袋。

如果这是去年四月，我肯定会认真思考“是不是有‘撑伞’这种行话啊”。不过根据我和千反田相识一年的经验，我知道千反田求人帮忙时都会直接跳过说明部分。

“……麻烦从头说起。”

“从头说起吗？这个嘛，开端是在二战之后不久吧……”

“啊，不，从中途开始说就可以了，麻烦你说得浅显易懂一些。”

千反田也终于意识到自己的坏习惯了。她有些不好意思地说道：

“对不起，我不太擅长说明……”

然后，我听到了一声低吟，千反田似乎在整理自己的思路。

“简而言之，就是我家附近的神社要举行女儿节祭典，有天皇、皇后、左右大臣、三女官。以前好像连五乐师都有，但最近小孩子少了很多，就取消了。”

“嗬……”

为什么少了小孩子就要省略五乐师的人偶啊？真是无法理解。不过还有一个更根本的问题。现在是四月，而女儿节在三月。

“这不是晚了一个月吗？”

“啊，对，没错。因为是按照阴历来的。”

感觉她的意思是“就是这样啊，有什么问题吗”。难道晚一个月的女儿节是如此普遍的现象吗？千反田没有在意满头问号的我，

* 注：日本的地名。

继续说道：

“所以，必须有人给天皇、皇后撑伞才行……可是，这几年担任这项职务的人突然受伤，手臂脱臼了。我不会强求，但我们人手本就不足，这一带能找的人都找过了，已经无计可施了。而且还有衣服尺码的关系，不是随便找个人就可以的。比如福部同学的身材就稍微小了点。根据我的判断，折木同学你应该刚刚好。”

说到这里，千反田稍微停顿了一下。接着，她试探似地问道：

“工作本身花不了一小时，你能够助我一臂之力吗？”

我很清楚自己板起了脸。

简单来说，只要在人偶台旁边撑伞就可以了吧。但老实说，这真是很麻烦的事情，而且就算有千反田帮忙介绍，让我去一个和自己毫无关系的地区参加祭典，实在是很不自在啊。

“没什么兴趣呢。”

“这样啊……”

尴尬的沉默。

不过仔细想想的话，既然只是撑伞的工作，应该不需要顾虑什么，也没有什么自在不自在吧。千反田应该知道我的节能主义。明知如此，她还是来拜托我。说明眼前的状况的确让她很伤脑筋吧。

如果能够简简单单地帮助有困难的千反田，倒也不是不可以啦。

“啊啊，好吧，我去。”

“欸？可以吗？”

听到我突然改口答应，千反田倒是大吃一惊。她停顿了一下，然后很有礼貌地回应道：

“非常感谢，真是帮大忙了。”

“后天对吧。只要站在雏人偶旁边就可以了吧？”

“是的，一起走就行了。另外尽管不多，但还是有报酬的。”

哦，还有报酬啊。那就相当于简简单单的打工吧。

刚这么想，我突然发现了一个问题。不会吧……

“走是指和雏人偶一起走吗？”

“……是的。”

“雏人偶会走？”

“是啊。”

千反田理所当然似的回答道，不过她的声音渐渐变小了。我刚想说“为什么雏人偶会走路啊”，按捺不住的千反田开口说道：

“虽然的确是雏人偶，但请不要这样一直说个不停。我也会不好意思的。”

好像不太对劲啊。我思考了一下，到底是哪里不对劲呢？

我只要给雏人偶撑伞就可以了。而千反田说雏人偶会走路，然后听到雏人偶这个词会觉得有些不好意思。

看来结论只有一个。

“莫非雏人偶是……”

“……啊，难道折木同学你什么都不知道吗？”

果然是这么回事啊。

停顿了足以将听筒换到另一只手的时间后，千反田耐心地解释道：

“水梨神社每年阴历的女儿节中，都会有女孩子打扮成‘活雏人偶’。‘活雏人偶’会领着一个队列在村中巡游。水梨神社的活雏人偶祭典还算比较有名，我还以为折木同学一定也知道……

“自从升上初中之后，皇后一职每年都由我来担当……福部同学说他会来看。”

不过里志要去补习，好像刚好赶不上巡游。昨天，他捶胸顿足地给我打了一通电话。

“听好了，奉太郎！好好给打扮成皇后人偶的千反田同学撑伞。千万一定绝对不能有任何疏忽！”

比起这个，我更担心在雏人偶背后撑伞的人是怎样的打扮。

虽然离约定还有一段时间，不过要是在陌生的路上迷路就不好了。我拉紧风衣的前襟，跨上自行车，一口气冲下了坡道。

2

仔细一看，发觉这里是个四面环山的村落。建筑物零星散布，可能是还没到播种的季节吧，田地里只有尚未融化的残雪和稀少的绿意。之前我听里志说过，在收割水稻之后，田里会种下莲花。千反田也曾经露出暧昧的笑容说是有地方会种。至于现在田里吐出新芽的是不是莲花，我就不得而知了。

我沿着小河骑自行车。河岸边种了很多树。去年秋天落叶之后，还没有长出新芽。虽然我对风花雪月没有什么兴趣，不过这么常见的树种自然还是知道的。那是樱花。市区那边的梅花已经盛开，不久之后就会轮到这边吧。

说起来，植物并不是工业产品，因此偶尔会出现错季的现象。溯流而上，在我面前就有一棵独自绽放出鲜艳花朵的樱花树。尽管还没有彻底盛开，但其他树明明还在保持冬季的沉默，这棵树却已花开过半。估计也是跟日照有关吧。独自绽放的樱花树还真是令人心旷神怡。

我停下自行车。虽然独自绽放的樱花树确实让我感到很震撼，不过倒不是准备赏花。我从口袋中取出记事本，上面写着千反田告诉我的水梨神社路线。

“从平常的那条坡道沿着小河往上游走。你会看到一棵独自绽放的樱花树。穿过樱花树前面的长久桥，接下来顺着路走即可。”

从这棵樱花树往前走，再过第一座桥就可以了。我确认完路线，继续赶路。

我感觉到祭典的气息。玄关垂挂着印有家纹的门帘，孩子们在追逐打闹，远处可见的白色社旗。更重要的是，自己在这个不需要上学的早晨，居然从九点开始骑车来到郊外。

过了一会儿，拐过一个弯，就看到了一座小桥。那就是长久桥吧。这座桥的确很符合“长久”这个名字，看起来非常古老。桥面很窄，汽车应该无法通过。

但是——

我放慢了踩踏板的脚。

“……咦？”

桥头立着一个很常见的牌子。虽然很常见，但实在让人困扰。牌子上写着这样的内容——“禁止通行”。

桥正在施工中。我仔细看了一下牌子上的内容，好像是因为这座桥日益老化，所以要进行翻修工程。也对啦，颜色几乎发黑的木桥一看就不太稳妥，连沥青都没有铺就暴露在外的木板看起来也有好些年头了。

现在桥头只立着“禁止通行”的牌子，桥本身并没有封锁起来。所以，如果我想过去的话，还是有办法的。但是小河对面停着一辆轻型卡车，只见两个头戴黄色安全帽、身穿黄灰色连体工作服的男人，正在从车上往下搬铁制脚手架之类的器材。他们是土木公司的施工人员吧……擅自过桥的话，万一被骂就太不划算了。幸好这座桥只有数米长。我大声向对面的施工人员喊道：

“不好意思打扰一下！”

施工人员转过头来，脸上的肤色黑得让人在这样的寒冷天气中都能联想到夏天。不知道是工作晒黑的，还是他们冬天喜欢滑雪呢。我运气似乎还不错，他们看起来不像是很难说话的人。

“哦，什么事？”

“这里可以过吗？”

“可以可以。要过就趁现在。快过快过。”

施工人员招手让我过去。恭敬不如从命，我就推着自行车走过了长久桥。每踏出一步，脚下的木板都会弯曲，并发出嘎吱嘎吱的声响。看来的确是翻修一下会比较好。

等我过完桥，施工人员就两手叉腰，笑着说道：

“等下一辆卡车到了，我们就会开始施工。到时候就过不了了哦。”

“啊，谢谢。”

也就是说，回程要走下游的另一座桥了。也罢，反正应该不会迷路。

穿过长久桥之后，我突然觉得有点不可思议……千反田住在这个阵出地区，当然也该知道长久桥要施工才对吧。尽管如此，她却让我走这座桥，这未免有些奇怪吧。千反田又不可能故意恶作剧。

算了，既然都过来了，就没什么好抱怨了。接下来只要顺着路走就可以，于是我朝着小河上游骑行。

说起来，正月时我看过千反田的和服打扮。那天是初次参拜，今天则是祭典。我对于信仰方面并不是特别热衷，这还真是奇妙的缘分啊。

和远看时的印象相同，水梨神社就像镶嵌在山中间一样。规模与初次参拜时去的荒楠神社不同，水梨神社不仅鸟居很小，石阶也很狭窄。正堂与其说是历史悠久，不如说只是老旧而已。话说回来，和作为观光胜地的荒楠神社作比较未免有些太强人所难，这里也是相当尽力了。神社前面贴着仪式预定表，另外还立了一个用很大的字写着“活人偶巡游从十一点半开始”的招牌。

在我的人生当中，本来一次也没有进入过社务所这种地方。没想到今年却进了两次。毕竟是第二次，我有了一些莫名的自信，胆子也壮了不少。当然荒楠神社的社务所与水梨神社的社务所毫无关系，但是怎么说呢，去过大阪的牛肉盖饭店，就能大摇大摆地掀开名古屋牛肉盖饭店的门帘而入，大概就是类似这种感觉吧。这便是所谓的“张三的仇报在李四身上”吗？还是说不一样呢？总之，即使身处穿着号衣的年长人士之中，我的确能够做到泰然处之，不再畏畏缩缩了。

虽然比荒楠神社的那个大厅要小很多，但是眼下这个房间也至少有二十张榻榻米那么大。我找到其中像是负责人的中年男子询问道：

“请问，我应该做些什么呢？”

巡游是从十一点半开始，而集合时间是九点半。虽然我按时到了，但无事可做。那个鼻子红通通的男子一脸狐疑地打量着我，然后粗鲁地问道：

“……你是谁啊？”

“我叫折木，被人叫来撑伞的。”

“我没听过这个名字啊。”

“嗯，我不是这里的人。”

“哼……”

他直勾勾地盯着我看。难道千反田没有事先打过招呼吗？大冷天一大早赶过来居然是这种待遇。就算是我，也不免感到有些恼火。

“你没有从千反田那里听说吗？撑伞的人受伤了，所以由我来代替他。”

可能是这句话证明了我的身份吧，男子的态度有了一百八十度大改变。

“哦哦！你是替羽泽的啊。这件事我是听说了。怎么来得这么早啊？男孩子的换装很简单啦，晚点来也没关系的。”

……要是早知道晚点也没关系的话，我肯定会倾尽全力慢慢来的。出师不利的我不禁意志消沉，男子将我带到了煤油炉旁边。

“就在这个房间里准备。在轮到自己之前，就先待在暖和的地方吧。”

“哦。”

这真是求之不得。既然得到了许可，我就披上白色风衣，坐到煤油炉前面化成活雕像。这可是我最擅长的行动之一。话说回来，那个人说“男孩子的换装可以慢慢来”，意思是千反田从九点半开始就要换装吗？

除了我之外的人都各自在做自己的事情，而且好像都很急迫的样子。房间内基本会有四五个人守候着，时而有穿着号衣的男人急匆匆地跑进来，大声地交谈两三句后，人员就会进行交替。比如像这样——

“喂，酒是由谁负责啊？”

“酒的话交给中竹先生了。先不说这个，午饭要怎么搞啊？”

“已经让女人们去准备了，我现在去确认一下。”

或者——

“花井先生！电话，报社打来的！”

“报社？不是NHK吗？”

“说了是报社啊。”

通过这一连串对话，我知道了刚才那名红鼻子男子叫花井。

在吵闹的和室中，我专心致志地进行着将热量融入体内的工作。偶尔会有人向我投来惊讶的视线，像是在说“那家伙是怎么回事，不来帮忙一直待在那里搞什么啊”。不过只要不对上视线，就没什么好怕的。

……我平时选择节能主义并不是出于什么特别的理由。不过现在，我之所以待在暖炉前面一动也不动，是有正当理由的。

其一，我不了解这个村子。无论是人际关系还是祭典的步骤，我都一无所知。越俎代庖的话只会给大家添麻烦吧。

其二，暖炉前很暖和。

可能是因为我蹲下来让自己处于无声无息的状态，大部分人都直接无视了我。万一我一直被无视到雏人偶巡游开始的话，那该怎么办呢？我正在烦恼的时候，刚才那个叫花井的男子来到我的面前，语速很快地说道：

“你是给千反田家的女儿撑伞的吧。”

“我是这么听说的。”

“这样啊。那我先跟你说一声好了。园家现在正在服丧中，所以巡游路线有所改变。”

“哦，请节哀。”

听到我这么回答，花井一脸平静地轻轻点头。

“别在意，是寿终正寝。话说，你已经听说巡游的路线了吗？”

“没有。”

“那么，你跟着前面的人走就行了。会变得稍微近一些。”

花井似乎把该说的都说完了，就立刻快步离去……反正只要跟在千反田后面就好，有没有改变路线与我何关啊。如果不告诉我的话，我就不用知道园家的不幸，心无牵挂地走过去了。还好是寿终正寝，我在心中向那位不知道是他还是她的老人默哀。

手忙脚乱的准备工作永无止境。

“鞋的总数对不上！女用草鞋是怎么个情况？”

“缺一双还是两双？”

“缺一双。”

“那么请千反田小姐自己拿一双过来，”

我也要穿草鞋吗？那么是不是需要二趾袜？我现在穿的是能够保护脚不受寒冷的普通袜子。应该没问题吧。

……不好不好。被慌慌张张的气氛影响，连我都静不下心来了。没问题的，我已经向千反田确认过。我应该什么都不需要准备才对。

可是现在看来，他们的联络似乎不是很周到。真是让人不安啊。

随着时间的流逝，冲进房间的人表情变得越来越紧张了。一位满头白发的纤瘦老人刚踏进房间，就用不知道从哪里发出来的巨大声音吼道：

“中竹！酒到底怎么了啊！”

在房间角落的人堆中，一名男子慢吞吞地站了起来。他长得很敦实，尽管显得比较迟钝，但看起来孔武有力。

“我已经订了。中午会送到。”

“中午中午，具体是几点啊。”

“一点吧。”

“混账东西！”

一声大吼，就连坐在房间另一侧的我也吓得颤抖了一下身体。

“巡游队伍是十二点半回来，一点送到的话就根本来不及啊！我再三强调万事都应该多留点余地，快去把时间提前点！”

负责酒的那个人虽然不太情愿，但还是简短地回了一句“我马上去办”就出去了。白发老人再次目光锐利地扫视房间，我一不小心和他对上了视线。他轻轻地嘟囔一声，板着脸大步流星地走了过来。老人稍稍弯下硬朗的身体，对我说道：

“你就是千反田小姐找来的人吗？”

他为什么要表现出如此强大的震撼力啊……虽然我的内心涌出了想回答“不是，您认错人了”的冲动，但很明显我不能这么做吧。

“是的。”

我只能这么回答。我原本还是半蹲半坐的随性姿势，却在不知不觉间变成了规规矩矩的跪坐。

接着，老人向我低下头来：

“让您特意从大老远赶来，真是万分抱歉。这次我们人手非常不足，还要麻烦外面的人来帮忙，实在是过意不去。今天就有劳了。”

我反射性地脱掉风衣，站起身来。

“我才不好意思，身为外人还掺和进来。我会尽量不妨碍到大家。毕竟是第一次，若有不当之处，还请尽管指出来。”

老人抬起头，眯起眼睛说道：

“真是稳妥可靠的好孩子啊。”

……有生以来还是第一次听到有人这么评价我。

出场之前就好好休息吧。说完，老人又行了一礼，就离开了房间。总觉得这样一来我就不需要提心吊胆，完全可以大摇大摆地休养生息了。

然而，事情总是不会那么称心如意。

我听见进进出出的男人们在聊这样的话题——

“长久桥那边没问题吧。”

说这话的是红鼻子花井。答话的是那些身穿号衣的健壮男子当中的一个瘦高个。

“已经拜托村井老师了。”

“交给村井先生去处理了吗？”

花井的语气中夹杂着一丝苦涩。高个子男人似乎也注意到了这点。

“这样做不好吗？”

“不，算了，就先这样吧。那么，已经让他们停止施工了吧？”

“他说包在他身上。说是就算会拖延工期，也会在活雏人偶祭这一天停止施工的。”

身为局外人，我只要默不作声，当做“哦，一切顺利啊”那就好了。为什么我没有这么做呢？连我自己也搞不清楚。总之，我维持着用暖炉烘背的姿势，轻轻地插了一句话：

“长久桥的话，已经开始施工了哦。”

想不到这句话造成了巨大的反响。花井，还有和花井说话的男人。不仅如此，白发老人、因为筹备酒而被老人训斥的男子，总之这个房间里所有的人都一齐看向了我。

连我都能看出来事情似乎非常严重。花井一下子瞪大了眼睛——

“什么?!”

他大惊失色地喊道。接着他又对高个子男人吼道：

“阿茂！你不是确认了吗?!”

叫阿茂的男人变得语无伦次了。

“我叮嘱过村井老师好几次的。但他都说包在他身上了，我也不好直接去联系建筑公司嘛。”

“我问你。”

花井转向我问道。

“这个消息属实吗？”

看到他整个人仿佛都要扑上来了一般，我也不知道该怎么回答才好。

“我来的时候已经立起了‘禁止通行’的牌子。我正好碰到现场施工人员，拜托了他们才放我过来的。”

“只是立起了告示牌吗？”

“是的……不过他们说等另外一辆卡车到达就开始施工，到时候就无法通行了。”

吵闹的房间一瞬间安静得让人感觉毛骨悚然。大概是厨房的方向吧，传来了一阵兴奋的尖叫。

白发老人说道：

“阿园，不好意思，麻烦你开轻卡去确认一下。谷本去找村井……算了，直接给中川建筑公司打电话。”

看来高个子男人好像是叫谷本茂，至于是单名一个“茂”，还是叫“茂次郎”之类的名字，那我就不得而知了。听到这个安排，花井点头表示赞同。

“嗯，那就拜托了。”

不知为何，他狠狠地瞪了我一眼。如果长久桥能够正常通行的话，我会不会被施以私刑啊？

……不过我是白担心了。

过了十分钟左右，那个胖得几乎要将号衣撑破的园姓男子气喘吁吁地跑了回来。只听他大声报告：

“是真的！施工已经开始了。”

我大致能猜到为什么这件事情会如此重要。简单来说，巡游的路线会经过长久桥吧。

花井不留情面地大吼道：

“阿茂！你是怎么做事的啊！”

谷本茂也有自己的主张。面对花井的震慑力，他战战兢兢地清楚说道：

“不对，这事情太奇怪了。村井老师应该有联系中川建筑公司，让他们在祭典当天停工。”

“那么……”

“不过他们说，前天又接到了让他们按照原定计划施工的指示。”

阿园对汗流浃背的谷本伸出了援手。

“阿茂说得没错。中川建筑公司的人正在往这边赶。他们说之前的确有接到联系。”

怎么会这样啊——有人轻声嘟囔道。

房间内气氛变得异常严肃，让我如坐针毡。我是不是应该也皱起眉头会比较好啊？但是很遗憾，我这个人没法装出不符合心境的表情来。还是静观其变吧。

这次又是白发老人做出了符合现实的判断。

“建筑公司那边就先别管了。应该是什么地方搞错了吧。现在最要紧的是路线该怎么办。”

冰冷的圆形时钟挂在门楣上面，时间即将到十点半。

原本的路线相当简单。

顺着神社前面的道路走，沿着小河往下。过了长久桥后改变方向，这回是往上游走。在神社附近有一座叫茅桥的桥，过了茅桥回到神社。就是这么简单。

但是，现在没办法走长久桥。

面对这个紧急事态，原来散在各处进行准备的男人们也都回到屋子里。宽敞的休息室转眼间就化作拥挤的会议室。因为不好继续待在暖炉前面发呆，我便脱掉风衣，默默地跪坐在房间的角落。其实我很想出去，毕竟他们是在讨论与我这个外人无关的事情。不过一不小心就错失了离席的时机。

有人先表态了：

“就不能让施工停一会吗？队伍只要有五分钟就能走过去了。”

如果能做到那就省事了。花井摇了摇头说道：

“队伍本身的确要不了多长时间，但是记者也会跟过来。要是在禁止通行的桥上出了什么事故，那么就是建筑公司的责任。既然他们已经开始施工，我们就别太为难人家了。之前就是为了避免这种情况，才让人事先去和那边打好招呼的……”

花井一边说，一边瞄了旁边一眼。视线前方当然是谷本了吧。

“没办法了，要不就走到长久桥为止，然后返回吧？”

花井摸着下巴说道。话音一落，怒声就接踵而来——

“哪有这种做法啊！”

“原路返回吗？”

“西边可能没什么影响，但是东边要怎么办？活雏人偶就不去了吗！”

我对于现状有了大致的掌握。祭典应该是小河东西两岸共同举办的。如果巡游队伍只去一边的话，另一边自然不会同意。

听到反对意见，花井提出了下一个方案：

“那么就先走到长久桥，然后返回。再从茅桥巡回东边，走到长久桥后再次返回。”

去了回来，再去再回来吗？虽然也算是个办法……

这回直接挺身反对的就只有一个人了。这名男子刚才不在房间里。

“那就要花上两倍的时间了，要走的距离也会翻倍吧。”

“这是没办法的事情啊。”

“不要用一句没办法就把事情都打发掉。这样的话，接下来的行程都会被打乱的。电视台的人也会来啊，绝对不能草率行事。”

另一名男子从旁插嘴：

“而且扮活雏人偶可是个重体力活，让她们走两倍距离那也太残酷了吧。”

真是非常精彩的见解。虽然不知道伞有多重，不过我可不想走两倍的距离。

里外不是人的花井不仅是鼻头，连脸都红了起来。

“那么，到底该如何是好啊？还有其他方案吗？”

“还可以走远路桥。”

一名年轻男子说道。

“从远路桥走，再从茅桥回来的话，就花不了两倍的时间了。”

根据他们的对话可以判断出，比施工中的长久桥更下游的地方应该还有一座桥。我是沿着河边骑过来的，有桥吗？唔，应该有吧。因为我没有去留意，所以才没有印象吧。

然而这个提案一出，花井就露出奇怪的表情沉默了。不仅是花井，感觉整个房间的气氛都变得很尴尬。

距离巡游开始已经没有多少时间了。打破这个停滞的人究竟会是谁呢！

先不说停滞不前的状况，沉默倒是马上被打破了。拉门突然被拉开，一名胖胖的中年妇女有些惊讶地问道：

“那个……很抱歉在你们忙的时候来打扰，请问折木先生在这里吗？”

“啊，是我。”

我支起腿站了起来。

“我就是折木。”

那名中年妇女一看到我，就露出了更加不可思议的表情。总觉得她在想对我很失礼的事情。

“有什么事吗？”

“哦……千反田家的女儿叫你，让你过去一下。”

千反田？

大概是在等闯入者离开吧，大家都紧闭嘴巴，气氛变得越发沉重。我匆匆忙忙地离开了房间。虽然不知道千反田找我有什么事，不过在这个时候把我叫出去，真是让我感激不尽啊。

3

然而，我却不被允许与千反田见面。

我来到一个房间，面积和刚才挤了一堆男人的休息室差不多大。可能是煤油炉的数量比较多吧，这里要暖和不少。房间里用厚厚的窗帘布拉了一个帷帐。至于白色帷帐对面有谁、有几个人，从我这边是完全看不到的。估计也不能看吧。除了灯油燃烧的气味之外，这个房间里还弥漫着化妆用品的香气。

这时，帷帐对面传来了冷静沉着的声音：

“是折木同学吧。”

应该是千反田的声音。除了她之外，这里我也不认识别人了。

不过一瞬间我又困惑了。虽然千反田的沉稳语气很常见，我也听过类似的说话方式，但是与以往相比，从帷帐对面传过来的声音听起来要更加平稳冰冷……感觉非常郑重其事。

“非常抱歉以这种形式相见，因为我这边还在更衣。”

虽然我猜测过这道帷帐的存在意义，不过没想到还真是这样啊……这里是女性更衣室。我含糊地随便应了几声。与眼下的尴尬程度相比，刚才那个严肃的会议室简直轻松得让人能够倒头大睡。我将披在肩上的风衣折叠好放在一边。

“叫你过来不是为了别的，好像是出了什么麻烦吧。”

“……是的。”

“很严重吗？”

“好像是吧。”

“这样啊。”

声音停顿了片刻。对面只有千反田吗？应该不会吧。作为活雏人偶进行巡游的并不只有千反田一个人。再说了，虽然我不知道她要穿些什么，但一般来说这方面的更衣都是没办法一个人解决吧。总之，既然她不说话，那我也不好说些什么。

片刻之后，声音再度响起。

“那么，请告诉我发生了什么事。已经没有多少时间了。”

正是如此。十一点半出发的话，那么我也差不多该去换衣服了。我明白必须抓紧时间，也理解千反田想要了解事态的心情。不找其他人，而专门把我叫过来，是因为同龄人比较好说话吧。

不过……

看不到脸的交谈，其实就跟平时打电话差不多。虽然想是这样想，但是我的舌头却有点不听使唤。大概是因为从寒冷的地方突然来到温暖的地方吧。

没问题。还没到无法说话的程度。我舔了舔嘴唇，开始说道：

“那座长久桥……”

施工已经开始了。

按照原本的计划，那个施工今天应该会停止才对。

然而，施工队好像收到了可以继续施工的指示。

于是，长久桥就无法通行了。现在正在讨论要怎么变更路线的严肃话题。

我简明扼要又不紧不慢地讲述了目前的情况。

帷帐对面安静得连一声咳嗽都听不到。就算随便应几声也好啊。不，说不定千反田其实有在附和。只是声音被厚厚的帷帐挡住，我没有听到而已。也不知道她是怎么听的。可能是跪坐着让别人帮自己梳头，搞不好甚至是倒立着……话说回来，她有在好好听我说话吗？

我突然不安起来，于是中途停下来询问道：

“虽然有提议改走远路桥……你有在听吗？”

她马上做出回答：

“我在听。”

说这个声音很冷漠似乎并不太贴切。大概是一种我从未体会过的低温感觉……不知不觉之间，在我脑海中的千反田变成了单手持扇遮住嘴角的形象。感觉她一只手放在矮几上，一边打着哈欠一边在听我说话。我轻叹一声，讲到男人们之间的尴尬气氛为止，就结束了解说。

我闭上嘴之后，房间里只剩下了煤油灯火的吱吱声。

……不对。

竖起耳朵的话，还能听到其他声音。似乎是压得很低的窃窃私语声。有人在交谈，是千反田在说话吗？还是千反田周围那些还没有对我说过一句话的人呢？

然后，那边先是下了一个评价。

“总结得非常有条理。”

多谢。

不过接下来的话和之前有点不一样。她似乎吸了一口气，声音也变得稍微有点高亢。

“村井先生是神山市议会议员。虽然延迟工期听起来有些不妥，不过既然是他出面交涉，那么中川建筑公司应该很难拒绝。也就是说，那通‘今天可以施工’的电话应该是实际存在的。”

话语中混杂着熟悉的感觉。那是隐藏在清秀外表深处的火热激情。是我听到千反田会最先联想到的东西。是自从去年四月初次相识以来，无数次将我、里志还有伊原牵连进去的东西。那就是好奇心。

这样看来，千反田手上并没拿着扇子。她很想知道是谁做出这种事情，现在说不定是紧紧贴在帷帐上面吧。怎么可能会打哈欠呢。那双大眼睛毫无疑问寄宿着难以言喻的力量。那就是千反田。

“为什么要做那种事呢……”

帷帐对面，千反田感到好奇了。

但是仅此而已。

这股热情刚露出苗头，就马上好像一开始就不存在一样被无视掉了。

千反田并没有对跪坐在榻榻米上的我说出“我很好奇”这句话。她说道：

“不过我安心了。看来不是非常严重的问题。”

我同时有两个疑问，所以没能马上做出回应。一个是：“就这样而已吗？”不过这当然不是这种时候应该问的问题。我清了清喉咙，询问道：

“是吗？但是那边的人好像很头痛呀。”

“或许如此，但他们并不是因为想不出解决方案。简单来说，我们犹豫的是‘祭神仪式能不能进入比长久桥更下游的地域’。”

那是循循善诱的语气。受到影响，没有太大兴趣的我差点就说出“请麻烦解释得更详细一些”这种话了。

她稍微停顿了一下，似乎是在思考。

“折木同学，可以麻烦你给那边的大家带个话吗？”

“嗯，好的。”

“那么——”

千反田的声音多了份毅然决然的感觉。

“对方的宫司由我来打招呼，氏族代表那边我会拜托父亲去联系。你这样跟大家说就好了。”

一瞬间，我还以为千反田又犯老毛病了——内容不够具体。千反田在拜托别人时总会跳掉说明部分。不过只要提醒一下，她就会好好补充完整的。

然而这次不同，就算我再三确认“这样就可以了吗”，厚厚的帷帐对面也只会传来冰冷平板的回答：

“这样就够了，他们应该会明白的。”

事实上，那句话的确足够了。

我回到男人们聚集的房间，一边想着“这里真是冷啊”，一边转述千反田的话。还无法给出结论的花井听完之后，明显露出了安心的表情。

“嗯，那就这样吧……好了，大家，路线就绕到远路桥走。”

于是，在我还是一头雾水的状况下，路线就被决定下来了。

接下来是一连串风风火火的行动，根本没空产生什么疑问。距离巡游开始，时间已经所剩无几了。

4

我的换装可以说是急行军。

外面的阳光已经带上了春意。我脱掉毛衣，风衣当然就更不可能穿在身上了。我在内衣外面套上黑色和服外褂，穿上了裙裤。虽然袖子长短挺合适，但是下摆完全不够长。三分之一的小腿都露在外面了。

“这套衣服尺寸不对啊。”

我对帮忙换装的人说道。叫我来的时候明明说是身材比较合适，现在这个样子可不像话啊。然而，那个不知道有没有二十岁的男人却笑着回答道：

“就是这样的哦。”

“就是这样吗？”

这样脚就太冷了啊。我想起正月时的事情。看来只要满足“千反田”和“和服”这两项条件，就会自动带来“寒冷”这个结果。

“这个长短刚刚好。如果裙摆再长一点的话，我就要被抓去撑伞了。”

男子说道。的确，他的个头比我还要高不少。他的头发染成了明亮的茶色，看起来是个相当潇洒的小哥。不过既然有年轻人，那么何必专门把我叫过来呢。一想到自己马上就要出场，我就突然紧张起来，真不像平时的自己。同时，还忍不住出口抱怨：

“只是裙摆这点小问题的话，改一下不就好了。”

男子把黑色二趾袜递给我，耸了耸肩说道：

“这是难得一见的巡游啊，我可是为此专程赶回老家的。如果我也参加的话，自己不就没办法欣赏全貌了吗？”

的确，我估计只能看到千反田的后背吧。

虽然服装无所谓，但是对于穿别人的旧袜子，我还是有点抵触的。不过事已至此，再怎么抵抗也是徒劳。好吧，谁怕谁，我就穿给你们看。

这样一来，我就算武装到脚趾，全身上下都是黑的。只有小腿露出来了，看上去果然很丢脸啊。

“好了，接下来是这个。”

男人递来了一套看起来像连身衣一样的白色衣物。

“套在外面，然后在腰上系紧。”

我按照他的吩咐，用腰带打了个蝴蝶结。

这身衣服裙摆部分有橡胶的成分，所以可以勒得很紧。袖子相当宽大，能够看到里面的黑衣。侧面从腰开叉到膝盖附近，显露出裙摆的褶子。前面算是比较规矩，衣襟没有敞开。只有脖子附近露出黑色的衣领，是很明显的黑衣外面套白衣。

原来如此，果然是“人靠衣装马靠鞍”啊。这么一来，我也有点祭典相关人员的样子了。

“剩下只要戴上这个就可以了。”

男性说着递来了一顶黑色帽子。这帽子形状就像是从两侧被压扁的圆筒一样，应该是一种乌帽吧。

总觉得有种讨厌的预感。到目前为止还像那么回事，但是，如果戴上这顶帽子……

我试着戴了上去。

然后到镜子前面看了看全身像。男人仔仔细细地端详了片刻，轻声嘟囔道：

“……不搭啊。”

我也这么觉得。

但是不管折木奉太郎适不适合穿和服，祭典都会开始。

虽然桥的问题好像解决了，但是时间还是出现了偏差。我被告知出发时间延迟了十五分钟。

我要先从后门出去。活雏人偶们好像是从社务所的玄关出去，然后到拜殿前集合。此时还没轮到我出场。我只要在她们排好队的时候很自然地加入其中，然后站到千反田身后就行了。

好了，步骤万无一失。

我忍受着陌生二趾袜子的不适感，沿着社务所的走廊朝后门走去，然后穿上事先预备好的草鞋。我要穿着它走一个小时左右的路，不过因为路线变更，步行距离稍微变长了一些。我在玄关里面来回走动了几下，鞋子并不怎么挤脚。虽然算不上有多舒服，但应该能坚持住吧。

走出社务所，那个快把号衣撑破的男人——我记得应该是姓园，正拿着伞在等我。伞面是红紫色的纸，比想象中要大不少。与西洋伞相比，这把伞打得更开，几乎成了一个T字形。这也让它看起来更大了吧。像是鼓励畏畏缩缩的我一般，阿园说道：

“哎呀，活雏人偶祭不是需要这么紧张的活动啦，放轻松就好。”

“也就是说，还有其他的祭典活动吗？”

“是啊。春祭是分开办的。”

这样啊。我一边心想这里的人还真是辛苦，一边接过了伞……虽然看起来很大，不过重量并没有多离谱，只比普通的伞稍微重上一点。因为可以双手拿伞，所以要坚持一个小时还是很轻松的。

呼——我深深地吐了一口气。阿园问道：

“你很紧张吗？”

……有一点吧。

活雏人偶集合了。

首先是天皇。天皇戴着装饰有长长帽尾的乌帽，与我脑袋上的大不相同。服装是一身黑，只有脚上能看到一点白色。要说是贵族装束倒也可以，总之就是雏人偶中天皇人偶的打扮。话说回来，黑色并不等于浑身一片漆黑。衣服上用不同色差的黑色绣了各种纹样。在远处的我看得不是太真切，不过乍看之下，应该是有条纹花样吧。扮作天皇的是一个正气凛然、貌若潘安的美男子。

不对不对，完全搞错了。我不禁怀疑自己的眼睛。那个人并不是男子，活雏人偶全体都是女性。而且那位天皇是一个熟面孔。锐利的目光，纤细的下巴轮廓。仅仅束起头发是瞒不过我的眼睛的。她是神山高中二年级学生，入须冬实！

因为文化祭的诸般事宜，我和入须算是有点缘分。我帮过她的忙，也仰仗过她的帮忙。我虽然对她不是太了解，但我至少知道入须家并不在这一带。她也和我一样是从外面召集过来的吗？入须笔直地看着前方，没有一丝一毫的羞怯。由于她的视线一动不动，所以并没注意到我。

接下来是皇后。

拜殿之前的神社境内人山人海，不禁让人怀疑这么多人到底是从哪里冒出来的。该不会神山市外面也有游客跑过来观赏吧？看来活雏人偶祭似乎超乎我的想象，是揽客能力相当出色的观光资源。原来如此，难怪千反田会感觉“还算挺有名的”。

境内人声鼎沸，还架设了好几台摄影机。如果不是在春光明媚的环境之中，闪光灯肯定会闪个不停吧。

雏人偶中天皇穿的是黑色贵族服饰，所以入须穿的也是贵族的黑色服饰。那么，皇后又是怎样的服饰呢？

千反田身穿十二单走了出来。

那身十二单最外层是橙色，里面一层是桃红色，然后是淡青、沉稳淡雅的黄色、白色，纹样是车轮。千反田轻柔交握的手中拿着一把扇子。扇子上系着五色细绳。化了妆的千反田双目微垂，在神社境内静静地迈出脚步。仅仅数步的距离，我就能看出千反田非常擅长这种场合的优美姿势。

啊啊，我不由得想道——

这下可不妙。这身衣服很不妙。糟糕。或许，这里无论如何都不是我应该来的地方。

我之所以会这么说，总而言之就是——

也就是说……

折木奉太郎一向对日语还算有点自信。

尽管还没有到理论派的高度，不过我认为自己应该算是能够有条不紊地整理思路的类型。

但是在这一天，在神山市水梨神社境内，春季某日的上午十一点四十五分左右，看到身穿十二单的千反田现身时——

无论如何我都无法解释清楚自己为什么会觉得“糟糕”。

尽管绞尽脑汁，我还是难以解释。如果可以不去做的话，那就不做。实在非做不可的话，那就尽快解决。我的节能主义信条遭到了致命的威胁。大脑中产生了这样的预感，但没办法用话语说清楚原因。

只是，我的大脑里充满了“这下糟糕了”“这样可不妙”之类的念头。

千反田的十二单后面垂着一条长肩巾。两名和服侍女各执一边，抬起肩巾以免着地。长长的乌黑秀发垂在背后，被金色和纸扎成一束。陌生人如果看到此情此景，大概会认为这个穿十二单的女孩头发很长吧。不过我知道千反田的头发并没有那么长。她戴了假发。

在她身后应该还有左右大臣和三女官。不过很遗憾，我没办法去看她们。

回过神来时，我已经给千反田撑着红紫色的伞，大大方方地加入到队伍之中。队伍的顺序依次是入须、千反田、手持千反田肩巾的两位女性，然后是我。

我迈着小小的步子前进，心里觉得那条肩巾实在是太碍事了……都看不见千反田了。

不仅观光客很多，记者似乎也来了不少。我注意到有大型镜头夹在气派的三脚架上转向了这边。又往前走了几步，连电视台摄像机都在前面等待。“如果哪天不小心有机会上电视的话，想必会很紧张吧”——我曾经有过这样的想法。然而实际面对摄像机时，却没有任何感觉。甚至根本没有放在心上。

不过原因显而易见，我只是个附属品，并非主角。

巡游队伍比我想象中还要长。身着整齐服饰的男性们吹着横笛跟在后面。虽然我没有亲眼看见，不过还能听到有“咚咚”的声音传过来，想必队伍中是有太鼓吧。

队伍沿着我骑车走过的河边道路，朝下游走去。早上我穿着风衣还嫌太冷，现在温暖的阳光则让人觉得非常舒服。尽管那是一条小河，河面上偶尔还是会有风吹过。四月的风果然还很冰冷，不过这种冷冽的感觉并不难受。

狭窄的道路左右是成排的观光客。有生以来，我还从未如此被人注目过。不过说到底，根本没有人会留意在皇后雏人偶身后撑伞的男生吧。而我则一心一意地看着前方。

队伍很快就路过给大家造成不少麻烦的长久桥。甚至在不知不觉之间，我们已经走过了远路桥。队伍转而向上游前进，我注意到——

视野中出现了粉红色。我猛地抬起头来。

千反田现在正走在独自绽放的樱花树下面。我们慢慢地从花开五成但是朵朵饱满的樱花树旁边经过。在准备尽情盛开的樱花树下面，一袭十二单的千反田在静静地前行。温暖柔和的阳光，刚好建在此处的老旧瓦屋，田里的残雪，冰雪融化的清澈河流，潺潺的水声……我甚至突然觉得，在这里不存在任何丑陋的东西。

然而，我只能看着垂下长发、侍女在身后抬着肩巾的千反田的后背。

对于千反田时常抱有的“好奇心”，我过去并没有什么亲近感。然而此刻，我不禁在想千反田平时是不是就是这种心情呢。我现在很想看千反田的表情。此时此地，如果能正面欣赏、垂下双眼的千反田，那该是多么……

“奉太郎。”

听到这声招呼，我顿时回过神来。

我定睛一看，发现里志身处观众之中，旁边还站着伊原。

我面不改色地把视线默默转回前方。

5

酒水最后好像还是送晚了。不过因为变更路线而延迟了时间，从结果来说算是勉强赶上了。回到神社后，有热乎乎的食物以及温好的酒水在等待我们。虽然发生了很多事，但总算是顺利结束了。

接下来就是类似后夜祭一样的活动。午饭时的气氛非常和睦，饭桌上充满了欢声笑语。

千反田等活雏人偶则没有吃饭直接进到拜殿里面。听说好像是要进行除秽的仪式。

雏人偶原本就是代替人类承受污秽的道具，所以必须将积累的污秽清除掉才行。虽然我不知道水梨神社的活雏人偶祭是从什么时候开始的，不过既然是让人类来承担人偶的职责，那么应该算是相当奇怪的祭祀吧。如果认为是咒术的一种，甚至会让人觉得很危险。因此，活雏人偶们间不容发地直接去除秽，并不能说是毫无意义的事情。

告诉我这些的，正是那位通晓天下无用之事的福部里志……其实不是他，而是伊原。穿回便服裹着风衣的我再加上伊原和里志，三人在神社境内角落吃着酱油团子。话说回来，我完全不知道伊原居然这么了解咒术。

里志告诉我的则是另外一件事。

“奉太郎，简直就是奇迹啊！”

“你是指自己赶上祭典这件事吗？”

“啊，对哦，这也是个奇迹。没想到祭典的行程居然整个推迟了。”

听说他一结束补习就骑自行车全速飞驰而来，正好在祭典后半——走过远路桥时赶上了队伍。只见里志那家伙把手伸进束口袋，拿出了一次性相机。

“虽然对道具不是很满意，不过总比没拍到要好。考虑到说不定万一能赶上，我就把这家伙带在身上了。能派上用场真是太好了。如果明明赶上却没拍到那个场景的话，我一定会后悔终生的。”

“拍到了吗？”

“樱花也没落下，全部拍进去了。”

看到我陷入沉默，里志嬉皮笑脸地说道：

“以奉太郎你的性格来说，想必是说不出‘帮我洗一张留作纪念’这种话吧。不过不用担心，你不说我也会给的。”

“但是老实说，你跟那个场景完全不搭啊。”

伊原补充了一句不言自明的话。

直到最后，我都没能和千反田在水梨神社碰上面。不知道祭神仪式什么时候才算结束，随着观光客纷纷散去，里志他们也不好意思再逗留下去了。“那你帮我们向千反田同学问好”——留下这句话之后，那两人就走了。

至于我，由于不清楚自己这个相关人员要当到什么时候为止，吃过午饭之后，我又积极地帮忙收拾碗盘。虽然有事的男人们都早早离开了，不过还留下来十人左右，就着奈良酱瓜、腌肉之类的小菜喝得正起劲。

直到太阳西落，我才和千反田见上面。受邀来到千反田家的我在套廊处与她不期而遇。

我被带到客厅之后，就一直乖乖地待在那里。不过突然尿急，就起身去上厕所。回来的时候，正好碰到了走过来的千反田。

“啊，折木同学。我正准备过去跟你打个招呼呢。”

已经卸掉妆的千反田微笑着说道。是一如既往的千反田。虽然从来没有仔仔细细地打量过她，不过此时我心中有种恍然大悟的感觉。我果然还是更熟悉这样的她。那身十二单早就脱下，换上了开襟衬衫和素色的短裙。不过这身打扮说是居家服则有点太好了一些，估计等一会还要去参加宴席之类的活动吧。

就在我观察她的时候，千反田突然鼓起了脸颊。

“怎、怎么了？”

只见她长出一口气，然后兴冲冲地叫道：

“折木同学！”

“……”

“今天真是太辛苦了，我一直一直都在忍耐。唯有今天，我都想称赞自己了！”

“哦，你说活雏人偶啊。”

然而我错了。千反田摇摇头，朝我逼近了一步。套廊的光滑地板发出了吱的声音。

“并不是那个。我忍耐的当然是……”

千反田将双手握在胸前，倾吐出内心的想法：

“究竟是谁给中川建筑公司打了电话呢？我一直都在好奇这件事！”

……那个啊。

“在那间屋子的时候，我就觉得折木同学知道了一些什么。可在那时我没办法问你。一想到这里，我甚至觉得折木同学你在帷帐对面朝我吐舌头做鬼脸了呢。”

“我没有吐舌头。”

“那你吐了什么？”

我没料到她居然会这么问……

“我想了很多。如果长久桥禁止通行的话，究竟谁能获得好处呢？但是我今天有要职在身，既不能一直思考这件事情，又没办法询问其他人……”

虽然她的表情几乎没有变化，但是能从语气中体会到她的不甘心。套廊上没有帷帐，所以象征千反田好奇心的那双大眼睛就近在眼前。

“折木同学。你一直待在社务所，有发觉什么吗？”

虽然我很想说“没有”……

但是，实际上的确是有的。如果是平常的我，肯定不会去在意一座桥到底是怎样的情况。不过考虑到今天的特殊性，我一直在想千反田会不会很好奇。因此，我无意识间对别人的对话也听得比较仔细。

在那个房间里，千反田并没有说“我很好奇”，所以我还以为这件事会就这样过去。没想到只是延迟到傍晚，在千反田家的我还是要面对这个问题。

我后退半步，回答道：

“这个嘛……我今天见到了好多人。大多数还是连名字都不知道的人。”

“我应该全部认识。”

“你有觉得谁比较可疑吗？”

我试着反问。千反田那双绽放出好奇心光芒的眼睛因为惊讶而瞪得老大。

“咦，我吗？”

她指了指自己。话说，最近似乎经常能看到这个动作。千反田歪着小脑袋思考了一下。

“……这个嘛，虽然并没有什么证据，不过我是觉得有个人比较可疑。”

“我也有一个怀疑对象。那个人说不定一开始就知道全部情况了。”

千反田扑哧一笑。

“那要怎么办？写下来一起亮出来吗？”

要怎么写啊，这里没有纸也没有笔。

不过千反田不会随便开玩笑，她伸进裙子的口袋里，拿出了签名笔。

“这里有笔。”

“为什么你会随身携带笔？”

“因为我刚才在写收信人的名字。这种细节无所谓啦。”

“要写在哪里？”

一瞬间，千反田有些困惑地皱起眉头，不过马上就给出了结论：“就写在手上吧。”

……我是无所谓，但你等会不是还要参加宴席吗？

拔下笔帽后，千反田毫不犹豫地用签名笔在自己白皙的手上写了起来。一写完，她就立刻将笔转递给我。

“轮到你了，折木同学。”

没办法，我也只好写了下来。左手好痒。我拼命忍耐，让自己不要发出奇怪的笑声。不过说不定反而因此露出了奇怪的表情吧。

我们两人都握紧了拳头。套廊的防雨板打开了，也许有办法从外面偷窥到里面。不过，应该没什么问题吧。千反田家的庭院很大，围墙也很高。

“我数一、二、三哦……一、二、三！”

千反田的左手上写着“小成先生的儿子”。

我左手上写的是“茶发”。

千反田目不转睛地比较两只手上的文字，然后满意地轻轻点头，说道：

“小成先生的儿子头发就是茶色的。”

“最开始我觉得那个姓园的男人有点可疑。明明家里还在服丧，他却来帮忙祭典。”

“哦，园先生啊……他家婆婆应该接近一百岁了。”

“不过，这并非绝对性的疑点。如果这个村子有两家姓园的话，那就一点问题都没有了。”

千反田点点头。

“虽然有亲戚关系，不过的确有两个园家。村子里同姓的人家还是蛮多的。”

“是吧。因此，就可以把园排除掉。接下来是负责准备酒水的中竹。他订的酒水是一点到，结果被白发老爷爷骂了。由于长久桥走不了，巡游队伍绕了远路，从结果来说在一点送到的酒还是赶上了。

“但是，为了让酒赶上而叫人开始施工，这种事情未免也太荒谬了。而且，建筑公司是在前天接到的电话。因此认为酒水方面单纯是做事不靠谱要更为妥当吧。”

“中竹先生……他人并不坏哦。”

她说这话时有点吞吞吐吐。我大致能领悟其中的意思。

“然后还有中川建筑公司、村井市议员和去拜托村井帮忙的谷本。我也想过这中间会不会有人在说谎。建筑公司会不会将工期当成最优先事项，一天都不肯浪费呢？村井会不会一方面对谷本拍胸脯保证，一方面又对中川施工队说‘就编造这样这样的理由，你们照常施工就好’呢？

“但是，施工其实还没有开始。长久桥今天早上还能正常通行。也就是说，工期才刚刚开始。一般来说，工期都会预留几天给下雨之类的特殊情况，因此建筑公司完全没必要急于一时。至于市议员那条线，作为推论有些太可疑了。”

千反田扑哧一声轻轻地笑出声来。我说的话有什么可笑的地方吗？

“的确，村井先生这个人是蛮可疑的。”

是这样吗？我是一个市议员都不认识。

“总的来说，大家的嫌疑都不是特别大。然而，只有一个人是以无法经过长久桥为前提在行动。”

“那就是小成先生的儿子吗？”

“我不知道他的名字。”

一直站着说话也有点奇怪，于是我们就坐到了套廊边上。夕阳很耀眼。如果这时候能有三色猫和日本茶的话，那就一应俱全了。

“那个男人说是为了看‘难得一见的巡游’才‘专程回老家’。不觉得很奇怪吗？你从初中开始就每年都有扮活雏人偶吧。也就是说，祭典每年都会举办。一年一次的确算不上频繁，但是既然每年都有举办，那么‘难得一见’这个说法就很值得商榷了。”

“……的确有点奇怪呢。”

千反田慎重地点了点头。我瞄了一眼她的侧脸，夕阳将她的脸颊映照得格外红润。我把视线移回到空中，继续说道：

“然而，今年的确看到了‘难得一见的巡游’。”

“欸？”

千反田愣了一下。

我想起了里志的那句话——“简直就是奇迹”。

“河岸边上有一棵樱花提早绽放了。然后，长久桥因为翻修工程而无法通过。我不知道小成离开家乡去了哪里，但是既然老家在这里，得到这种情报并不是什么困难的事情。

“如果巡游队伍改成走远路桥的路线，那么今年就能看到‘活雏人偶队伍从樱花树下通过’这个奇迹般的场景。这就是‘难得一见的巡游’，是值得‘专程回老家’来观赏的景象。”

“居……”

千反田惊讶地捂住嘴巴。

“居然只是为了这种事！”

她惊呼道。虽然我也觉得这种做法有些儿戏，但是……

石川五右卫门在我的脑海里跳舞。绝景啊，绝景！用春宵一刻值千金来形容都未免太小家子气，小家子气！

樱花和扮成皇后雏人偶的千反田，即使只是从背后看，这个搭配都美到令我屏气凝神。如此美景的确有仔细观赏的价值。或者说，值得让人为此做一些小手脚。

不过我不会说出来。

我别开脸，现在换我提问了：

“那么，你为什么会觉得是那家伙呢？”

闻言，千反田低下头说道：

“那个，我一开始就说了没有证据吧？”

“说是说过。反正我又不会笑你。”

即使我这么说，千反田还是再三犹豫，最后才下定决心似的这样说道：

“我觉得，要说有谁能满不在乎地给村井先生的面子抹黑，那也就只有小成先生的儿子了吧。”

原来如此。

不过按照这个思路，福部里志也成重要嫌疑人了。

不过，我并不打算拿游走在灰色地带的发言作为证据来告发那位小成某某。如果想找出真相的话，那么我必须在这里住下来仔细调查才行。

但是，那又有什么意义呢？尽管的确带来了一些麻烦，不过祭典已经顺利结束。我们只是看着彼此的手心，开心地笑一笑而已。幸好千反田似乎也对此感到满足了。

夕阳西下，气温变得越来越低。我正要开口说“天气变冷了，我们到屋子里去吧”，千反田说话了：

“折木同学。我在那个房间说了要联系宫司吧。”

我点了点头。千反田去联系宫司，千反田的父亲去联系氏族代表。我仅仅传达了这句话，长久桥禁止通行造成的混乱就像是施了魔法一样迅速平息。

“也许有点无聊，不过还是请听我说。”

换作里志倒是毫不稀奇，但我从未听过千反田会用这种开场白。因此，我就把“天气很冷”这句话吞回去了。

千反田的视线越过自家庭院，越过围墙，投向了在夕阳中环抱村落的山峦。

“因为土壤改良的关系，现在可能已经看不出来了。不过在很久以前，这一带被一片湿地隔成南北两个部分。据说，当时长久桥那一块正好是沼泽地，以北是我们村子，以南是另一个村子。现在两个村子合并在一起，也就是神山市阵出地区。”

我不明白她要说什么，只是静静地听下去。

“我们村有个水梨神社，而南边的村子也有个酒押神社。现在虽然不存在土地或者水源方面的纷争，但是祭祀仪式如果越过长久桥进入对方的村子，总觉得像是踏入了他人的地盘一样，双方都不太舒服。

“由于这次情况特殊，酒押神社的居民代表们应该也会予以通融。花井先生和其他男丁也都明白这一点。但是未经许可就擅自越境的话，搞不好会成为日后冲突的导火线。所以希望能在事前通知一下对方。然而，具备这种沟通渠道的人并不多。

“我当时说了‘不是什么严重的事情’对吧。那是因为我很清楚，只要我说会去联系酒押神社，大家就能安心地踏入长久桥以南的土地了。”

“……原来如此。”

我坦率地感到佩服。

“难怪里志会称你家为‘名门’。”

然而，千反田却有些激动地问道：

“是这样吗？”

“……”

“这只是个很小的世界吧？神山市北部，行政区名是阵出。我只是对这个小小地区的北阵出和南阵出进行了协调而已。折木同学，我并不认为这是不足挂齿的事情，但也没什么了不起的。”

太阳渐渐隐入山后，夕阳余辉映照的周围开始染上了夜色。

“小成先生的儿子似乎有个成为摄影师的梦想。为了实现这个梦想，他现在在大阪的专科学校上学。折木同学你认为他的动机是想看到罕见的美景，这个推论应该是合理的。如此一来，他应该不是单纯在做观众，估计还拍摄下来了。另一方面，在高中毕业后，我肯定会去上大学的……也许小成先生的儿子和我不一样，但是不管怎样，我都会回来的。无论是经过怎样的路线，我的终点都是这里。终归是这里。”

然后，千反田对我微微一笑。

“折木同学，文理分科你是怎么选的？”

突然被问到文理分科，我一时间没明白她在说什么。察觉到她是在说高一升高二要选择文理科的事情之后，我这才回答道：

“哦，我选了文科。”

“为什么？”

“因为理科那四门我最喜欢化学，文科那四门我最喜欢日本史。然后两者相比较的话，我更喜欢日本史。”

千反田用拳头轻轻地抵着嘴角，笑着说道：

“相当合理呢。”

“包在我身上好了。”

“……我选了理科。”

千反田的成绩似乎能进入年级前五名。她本人并没提起过，成绩排名也没有贴出来，这只是我基于所知信息得出的推论。总之对于这家伙来说，选择范围应该非常广吧。

不过千反田考虑的并不是这种事情。

“我并不觉得回到这里有多么讨厌或是悲哀。而且千反田家在北阵出具有一定的领导地位，作为这个家的女儿，我想尽到自己应尽的职责。因此，我在学校思考自己为此应该怎么做。

“一种方法是率先栽培商品价值很高的农作物，让大家都富起来。

“另一种方法是通过经营层面的战略眼光让生产变得更加有效率，使大家摆脱贫困。

“最终，我选择了前者。所以决定选理科。”

对于一句话也没说的我，千反田再次询问道：

“你知道让我下定决心的最重要理由是什么吗？”

“不……”

话音未落，我想到了一点。

“我只是觉得后一种不太适合你。”

千反田轻轻地点了点头。

“回答正确……最直接的原因是文化祭和围绕文集的那场骚动。我给折木同学你添了很多麻烦，并从中得出了一个教训——我大概不适合经营公司。”

是啊，我也这样认为。

千反田坐在套廊边上，向空中张开双臂。天空基本上已经被夜幕所笼罩，还能看到好几颗星星在闪烁。

“请看，折木同学。这里就是我的归属之地。如何？只有水和土地，人们也日渐衰老疲惫。虽然山上有整齐树木，但是从商品价值的角度来看又是怎样呢？我并不认为这里是最美的地方，也不认为这里充满了可能性。但是……”

千反田放下手，垂下视线，然后轻声嘟囔道：

“我想向折木同学介绍这里。”

此时，我长久以来一直心怀的疑问，终于得到了解答。

于是我打算这么说——“话说，如果我愿意弥补你放弃的宏观经营战略部分，你意下如何呢？”

可是不知为何，我明明是这么想，却完全不觉得自己能够说出来。

这种状况还是第一次发生。正是这个初次体验，成为了帮我解开长久以来心中疑问的最大关键。

我明白了。

福部里志为什么要弄碎伊原的巧克力。

总而言之就是这么一回事吧。

现在，在暮色降临的千反田家中，我没有说出真心话，而是换成了毫不相干的话语，这应该也是基于同样的理由吧。

我竭尽全力装出冷淡的样子，这么说道：

“天气变冷了啊。”

但是，千反田有些惊讶地瞪大眼睛，然后浮现出柔和的微笑，缓缓地摇了摇头。

“不，已经开春了。”

后记

大家好，我是米泽穗信。

在此为您献上本系列的第四集。这次采用短篇集的形式。

回顾我的学生时代，当时觉得今天之后就是明天，第三学期之后就是第一学期，这样的循环会无限继续下去。虽然我完全不认为学生生活有多好，但说不定只是我害怕给自己的生活加上期限，所以故意对现实视而不见吧。也就是说，这是对时间的不宽容。

即使在故事里，我也不太喜欢固定好时间循此渐进，导致原先构建好的关系发生变化。我希望三藏法师一行人永远处于被妖怪袭击的取经路途中，希望弥次喜多傻傻的开心之旅永远继续下去。我不想看到他们到达天竺或者伊势。

但是，本书的主角们永远处在时间变化之中。第一学期、暑假、第二学期、寒假、第三学期、春假，每个时期都有相关的故事。如果详细讲述我的心境变化，那就会变成作者解说，而不是后记了。简单来说，就是与时间和解了吧。既然相处了一年之久，登场人物之间的距离感不可能一直不变。希望现在的我能好好地把变化叙写出来。

不过比起剧变，他们的距离感变化算是比较和缓的。因此，我才会把这一集的书名定为《绕远路的雏人偶》。

另外，由于这次是短篇集，所以我用上了各种各样的场景。而且还尝试了多种悬疑的表现手法，如果有读者对本系列和悬疑作品都很了解，说不定会发现“手制巧克力事件”可以算是一种倒叙悬疑吧。

如果有读者在看了本书之后想更进一步了解悬疑作品的话，那么衷心希望《心里有数之人》和《恭贺开门》能够分别成为大家接触哈瑞·凯莫曼（Harry Kemelman）的《九英里的步行（*The Nine*

Mile Walk）》和杰克·福翠尔（Jacques Futrelle）的《逃出十三号牢房（*The Problem of Cell 13*）》的契机。

2010年6月
米泽穗信

连泉水子自己也不知道，
命运巨轮已经开始悄悄转动……

◎著者：（日）荻原规子　绘者：（日）岸田梅尔

RDG 濒危物种少女 1 待续

拥有不能触碰电子科技产品之体质的少女铃原泉水子，因升学择校问题而牵扯出对自身秘密和命运的疑问，并与转校生相乐深行一起在毕业旅行中觅得答案。一番惊险经历让两人从厌恶对方变得相互信任，同时背负着无法逆转的命运继续前行。究竟命运之轮要驶向何方?

定价：27.00元

TIANWEN KADOKAWA 轻文学 Light Literature

TK 天闻角川

◎著者：（日）松冈圭祐

一部被封禁的古老电影
引出一系列的密室纵火案——

万能鉴定士Q的事件簿 1~4 待续

专门收集珍稀电影周边的收藏家家中起火，大量珍品化为灰烬。第二天早晨，又有一家经营电影手册和海报的店铺起火，商品被烧得一干二净，原因不明。连续纵火犯的目标，是过去曾红遍全国却被封禁的一部国产电影……《Q系列》作品第四集！

定价：各25.00元

TK天闻角川

轻文学 Light Literature

TIANWEN KADOKAWA

面对大河的真实心意，龙儿该如何应对？

站在人生十字路口的龙儿，选择的道路是？

◎著者：（日）竹宫悠由子　◎绘者：（日）泰

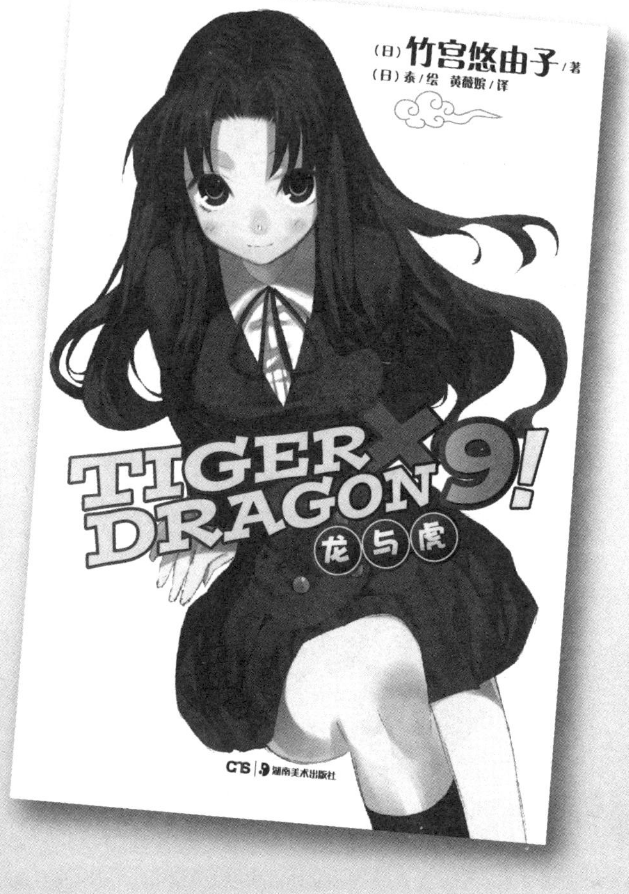

龙与虎 1~9 待续

在冬季校外教学的雪山之行，龙儿不小心得知了大河的心意，而大河因为意识不清，不记得自己说过什么。与此同时，龙儿因为升学还是就业的问题与泰子起了争执。在面对一切有如坠入五里雾中的龙儿面前，实乃梨与亚美逐渐展现出自己真实的一面……万众瞩目的第九集登场！

定价：各19.00~24.00元

TIANWEN KADOKAWA Light Novels

TK 天闻角川

图书在版编目（CIP）数据

绕远路的雏人偶 /（日）米泽穗信著；方宁译. —长沙：湖南美术出版社, 2014.2（2023.3重印）
ISBN 978-7-5356-6760-1

Ⅰ. ①绕… Ⅱ. ①米… ②方… Ⅲ. ①长篇小说－日本－现代 Ⅳ. ①I313.45

中国版本图书馆CIP数据核字(2014)第006661号

本书为引进版图书，为最大限度保留原作特色、尊重原作者写作习惯，故本书酌情保留了部分外来词汇。特此说明。

绕远路的雏人偶

广州天闻角川动漫有限公司 Guangzhou Tianwen Kadokawa Animation & Comics Co.,Ltd. 出品

著　者	（日）米泽穗信
译　者	方宁
出　版	湖南美术出版社
地　址	长沙市东二环一段622号
经　销	全国新华书店
出 版 人	李小山
出 品 人	刘烜伟
责任编辑	贺澧沙 谭振健
美术编辑	罗毅俊
制版印刷	凸版艺彩（东莞）印刷有限公司
开　本	890mm × 1240mm 1/32
印　张	8.25
版　次	2014年2月第1版
印　次	2023年3月第4次印刷
书　号	ISBN 978-7-5356-6760-1
定　价	35.00元

联系地址：中国广州市黄埔大道中309号羊城创意产业园 3-07C
电话：（020）38031253　传真：（020）38031252　官方网站：http://www.gztwkadokawa.com/